行读人生岁月

唐颐 著

海峡出版发行集团 | 海峡文艺出版社

图书在版编目(CIP)数据

行读人生岁月/唐颐著. —福州:海峡文艺出版社,2025.8

ISBN 978-7-5550-4119-1

Ⅰ. I267.4

中国国家版本馆 CIP 数据核字第 2025F9D052 号

行读人生岁月

唐　颐　著
出 版 人　林　滨
责任编辑　蓝铃松
出版发行　海峡文艺出版社
经　　销　福建新华发行(集团)有限责任公司
社　　址　福州市东水路 76 号 14 层
发 行 部　0591—87536797
印　　刷　福建省天一屏山印务有限公司
厂　　址　福建省福州市闽侯县荆溪镇徐家村 166—1 号楼
开　　本　720 毫米×1010 毫米　1/16
字　　数　240 千字
印　　张　19
版　　次　2025 年 8 月第 1 版
印　　次　2025 年 8 月第 1 次印刷
书　　号　ISBN 978-7-5550-4119-1
定　　价　88.00 元

总序

半世“行读”为乐事

唐　颐

“诗和远方”是潜藏在每个人基因里的，只是你不知道什么时候被激发出来。

我 1953 年出生在闽东的一个山城，因为父亲是福州人，从小听父母谈论福州往事，懵懂中的“诗和远方”，隐约就是闽江大桥和烟台山。

13 岁时，这种基因突然受到激发。那年中国发生了一场名曰“革命大串联”运动。在班主任带领下，我和初二年级 30 多名同学一起出发，目标是到北京天安门接受毛主席接见。第一站，福州；第二站，上海；第三站，南京。均乘火车。那时火车拥挤状况，恐怕是中国史上的空前绝后。到了南京，在长江南岸火车轮渡码头等了三天三夜，最终没能挤上进京火车，只好悻悻返乡。但上海外滩和南京中山陵、雨花台景物以及民俗风情，驻入心间，从此挥之不去。这可能就是最初的真实版的“诗和远方”。

1969 年的知识青年上山下乡运动，我毫无选择地被插队落户于本地农村，竟然十分羡慕大城市的知青，他们可以奔赴北大荒、内蒙古大草原、西双版纳等远方，甚至可以成为建设兵团的一名农垦战士。“诗和远方”与我无缘，唯心向往之。

1977 年恢复高考。我当时是一家农械厂金工车间工人，填报的第一个志愿“哈尔滨工学院”，但名落孙山。1978 年改报文科，第一志愿“北大图书馆系”，未被录取，录取于福建师范大学，感觉“诗和远方”再次落空。

1981年秋毕业实习，我受到指导老师影响，按照《徐霞客游记》中《闽游日记》所描述，引导学生游览福建永安桃源洞，撰写读后感。这让我从中受益匪浅，明白了，“诗和远方”其实亦在“读万卷书，行万里路”之中。从此喜欢上徐霞客，萌生了日后沿着《徐霞客游记》的路线，壮游祖国山河的愿望。

感谢邓公，恢复高考和提出“发展是硬道理”的治国理政总方针，让我切身体会到“知识改变命运”，并有机会投身到改革开放洪流之中，为家乡建设和强国富民，尽绵薄之力。几十年基层工作的得失与酸甜苦辣，唯有寸心得知。而今回首，许多次国内外学习培训、考察取经与经贸活动，包括服从组织决定，许多次改换工作岗位，激发了自己努力学习和实践的热情，从个人情结和阅历来看，不就是从向往“诗和远方”到践行“读万卷书，行万里路”吗！

感谢福建省委原副书记何少川，介绍我加入福建省炎黄文化研究会，并在退休之后参加该研究会和省作家协会联合组织的“走进八闽”大型纪实文学丛书采风活动。这项活动在何少川团长带领下，从2007年至2018年，历时12年，为福建省所有县市区（84个）各撰写一册书。该丛书要求体例统一，内容全面，特色突出，文化味浓，每册约20万字，选题三四十篇，由三四十名作者撰写。丛书陆续出版后，受到不同层次读者欢迎，被誉为“通俗版当代县志”。我有幸“走进”70余个县市区，撰写70余篇文章。我以为，这就是“行万里路，读万卷书”最佳的践行方式。

退休之后，喜欢自驾游，不仅驾行祖国各地，也多次出国旅行。由于深受《徐霞客游记》影响，加上“走进八闽”采风模式的调教，养成了边走边读边写的习惯，并从中得到乐趣，乐此不疲。十多年来，不知不觉写下约200万字。我将之整理为《边走边读徐霞客》《边走边读苏东坡》《行读“胡焕庸线”西面风景》《行读闽东山海间》《行读八闽大地》《行读大江南北》《行读五洲万象》《行读人生岁月》，共8册。自以为，游记和“采风体”文章是靠车轮与双腿“写”出来的，先行走，后读写，所以将之定位“行读”。这些文章，大都是因地因时有感而发，随手写来，多为粗粝之作，但敝帚自珍，有劳读者批评指正。将之定位“文存”，其实有写给自己看、为自己作品存档之意。

退休那年，我为自己书房撰写两句话：“行路五千里，读书五千卷，半世行读唯乐事；再行五千里，再读五千卷，余生伴侣逍遥游。”

我当继续努力。

感谢文友邱景华先生为我的“行读文存”撰写评论。感谢老同学周安林、沉洲和文友白荣敏、徐龙近等先生，为我的文稿编辑修订，提出许多宝贵意见，在此一并致谢。

2025年夏

目　录

第三辑　知青记忆

第四辑　岁月悠悠

第五辑 天伦之乐

附录

第一辑

母亲自述

题　记

2017 年 5 月 3 日凌晨 2:35，母亲没了。

母亲永远没了。没了，才知道什么是没了！

唯一值得欣慰的是，母亲走时没有痛苦，非常安详。母亲是虔诚的天主教徒，她快乐地接受了上帝的召唤。

我总以为母亲会活到 100 岁。

2016 年农历十一月二十日，为母亲过 95 周岁生日。家宴上，祖孙四代，其乐融融，话题是 4 年后如何为母亲操办百岁寿宴。那天，母亲十分高兴，频频赞许儿孙建议，她说，上帝会让我活到 100 岁的。

确实，95 岁的母亲，眼不花，耳不聋，食欲尚好，喜欢甜食，身体轻盈，思路敏捷，爱打麻将，还嫌晚辈出牌太慢。91 岁秋季在子女陪同下，赴台湾旅游 7 日，兴致盎然；92 岁春节乘坐儿女自驾车，每日行程数百公里，赴深圳看望外孙，沿途几次下车游览，全无倦意……

所以，她老人家和我们晚辈对百岁寿宴都信心满满。

但是，“天有不测风云”，临近春节，母亲感觉身体不适，诊断一出，无异于晴天霹雳，昏天暗地。

我们这三个多月的陪护，只能是一句话：子孙满堂，回天无力。

母亲在病榻上，很喜欢和儿孙们聊起从前的事。为转移她对病痛的注意力，我鼓励她写回忆录。她欣然提笔，但写了一些以后，我们又担心她太劳累，便让她口述，分为若干篇章，由我记录整理，最后请母亲审定。现在母亲没了，我拟将老人家 12 篇计 4 万字左右的回忆录发表，以表晚辈对她的缅怀。

愿母亲在天国安好。

2017 年 5 月

我的爹爹和嬷嬷

从我儿时记忆起，爹爹就是古田县知名牙医，牙科诊所租赁在县城二保街上，前店后家。爹爹终日从天亮忙到天黑，除了礼拜天上天主教堂做礼拜外，几乎没有休息日。患者称呼爹爹或是“先生”，或是“师傅”，但绝大多数人称他为“牙齿铨”。这个称呼绵延了20世纪的半个世纪，在古田县可谓家喻户晓。

爹爹姓名丁炳铨，1887年出生，城关三保街人。丁氏在古田县属小姓，还是回民后裔。爹爹身材魁梧，身高1.7米左右，为人坦诚，性格直率，对外人古道热肠，持礼有加；对家人不苟言笑，脾气很大，全家人都要顾忌他的脸色生活。

嬷嬷姓名陈三妹，1886年出生，比爹爹年长一岁，马岭人。嬷嬷与清末所有女子一样，从小缠脚。她是爹爹的童养媳，个子瘦小，身高不到1.5米，性格温顺，吃苦耐劳，勤俭持家，一生操持家务，默默劳作，好吃的、好穿的从来是先考虑丈夫和儿女。

爹爹和嬷嬷共养育六女二男，还收养了一个儿子。大姐丁赛兰，长我18岁，生于1904年，后来和我家一起生活了20多年，85岁终老古田。

二姐出生后，给洋角村一大户人家当童养媳，养到2岁多不幸夭折。男方家婆婆怕她丈夫和我的爹爹嬷嬷伤心，赶紧去领养一个女孩，谎称我的“洋角二姐”。待真相大白后，爹爹和嬷嬷仍然认这个女儿。

洋角二姐后来跟随她儿子终老在广州。

三姐出生不久送给大桥岭头村程氏人家当童养媳，3岁便与夫家漂洋过海去了马来西亚，养育儿女10多人，子孙满堂，88岁终老诗巫。

四姐、五姐出生不久皆夭折。

到我出生之后，爹爹和嬷嬷直连生养6个女儿，自然很是郁闷和着急，于是去认养了一个儿子，取名丁长官，比我年长一岁。之后，嬷嬷又生了两个弟弟，取名珠珠和卵卵。但不幸的是，珠珠3岁夭折，卵卵12岁遇难。

我从小没有见过爷爷和奶奶，连爹爹的弟弟和妹妹也没见过，他们在我出生之前皆已去世。我只听嬷嬷给我讲过，爹爹很孝顺，年轻时胆子很大，为了多赚钱给奶奶和叔叔治病，冒险到土匪窝里当牙医，虽然赚了许多钱，但还是治不好亲人的病。

我不知道爹爹的牙医技术是哪里学的，也许是天赋，无师自通。他不管是治疗牙病，还是制作假牙，在古田县的牙医界皆首屈一指，这是公认的，所以"牙齿铨"的外号由此而来。1956年公私合营，古田县成立牙科联合诊所，医生的工资自评公议，爹爹在诊所里被评为最高，也是卫生院所有医生中工资最高的。

爹爹一生急公好义，坦荡为人。在我的记忆中，他有"三多"：朋友多，找他帮助的人多，到家里吃饭的客人多。有个远房的婶婆，每年都要到我家住上一段时间，离开时，爹爹还让嬷嬷给她带上一袋米。我小时候也很有同情心，曾经找一盏煤油灯，擦得干干净净的送给她。有的穷苦人来拔牙，交不足诊费，爹爹一挥手就给免了。爹爹在古田县是有好口碑的，他去世时，参加送葬的人很多，有很多人自发而来，我们都不认识。

爹爹唯一的嗜好是每天喝一斤半自酿的糯米酒，晚饭前温热一锡壶老酒，就着下酒菜缓缓地喝，独酌慢品，时间达一个小时之久。嬷嬷等他喝酒开始，才淘米熬稀粥，酒喝好后，热腾腾粥马上端上桌。爹爹酒后大口喝热粥，这已成了习惯。后来爹爹患食道癌不治而逝，与他长期喝滚热的酒和滚烫的粥是有关系的。

嬷嬷总是给爹爹精心准备下酒菜，多是猪肉煮花生或黄豆、醉虾、咸带鱼、卤鸡肉鸭肉。这些荤菜在爹爹没有配完酒之前，嬷嬷不让小孩子们动筷子。她常说，爹爹是家庭顶梁柱，如果身体垮了，我们全家都得饿肚子。哥哥长官小时不懂事，经常闹着要吃好菜，没少挨嬷嬷的责骂。我懂事早，能克制自己，从来不吃好菜。嬷嬷看在眼里，有时会偷偷地夹一些好菜放在我碗里，我又把它夹回去，嬷嬷就骂我“猪头脑”。

哥哥读了几年私塾后，爹爹便让他跟在身边学牙医。哥哥 18 岁成亲，嫂嫂是家庭妇女，育有四男四女。他的牙医技术也好，特别是擅长制作各式假牙，在古田颇有名气。但爹爹嬷嬷与哥哥嫂嫂关系一直不如和我生活在一起融洽，也许他们最疼我这个最小的女儿吧。我就读史劳伯中学时，一心想毕业后找个护士职业，这样既可以自食其力，还可以赡养父母，因为我觉得爹爹嬷嬷晚年还是跟着我比较舒心。可是爹爹坚决反对我当护士，说我身体单薄，吃不得当护士的苦，还是找个好人家嫁了最重要。

1956 年公私合营时，爹爹作为牙科诊所的首牌牙医，可以带一名助手进卫生院。此时我已养育二男一女，大的儿子 9 岁，小的儿子也 3 岁，基本没有家庭拖累，我要求爹爹带我进诊所学牙医，爹爹起初不同意，说我如果家庭经济困难，他可以资助我，我应该主要精力照顾好 3 个孩子和丈夫。幸亏我的丈夫将当时公私合营的趋势以及我个人的学历、能力和进单位后的好处，逐一分析与爹爹听，爹爹很信赖他这个女婿，于是同意了带我进诊所。这一年，我 34 岁，为了参加工作将年龄改为 29 岁。所以，后来我的身份证写的是 1927 年出生。

到了1957年，爹爹的身体状况就出了问题，有半年时间只能半工作半休息。我参加诊所工作后，非常努力好学，勤杂事抢先做，很快得到患者和同事的认可。爹爹半休的那段时间，我不仅做好本职工作，还承担了爹爹的许多工作。爹爹是个实诚人，提出将他的每月工资，拿出一半补偿我。我丈夫听说后坚决给予制止，说女儿孝顺父亲乃天经地义。我的工作业绩也得到诊所同仁肯定，那一年我的工资也得到提升。

1957年春，父亲病逝，享年71岁。

爹爹生病后，大姐就来家中服侍爹爹。大姐夫因患肺痨病，先于爹爹2年去世。他们的唯一儿子在北京大学政治系读书，才华毕现之时成为“右派”，并被送到山西晋南一个煤矿监狱劳改（劳改期满后留在监狱当勤杂工，“四人帮”被打倒后，提任为监狱政委，此是后话），丢下大姐孤苦伶仃。爹爹去世后，大姐一直和我们生活在一起，照料嬷嬷和我们家。我与丈夫当年都忙于工作，幸亏有大姐帮衬。她尽心尽力，勤俭持家，我的3个儿女都是她照看大的，早已把她视为小家庭的一员。

嬷嬷在我们家生活了近10年，1965年无疾而终，享年83岁。中国有句古语“温良恭俭让”，这即嬷嬷的一生写照。她晚年时，我们家经济不宽裕，我时常买些糕点私下给她，她却舍不得吃，悄悄地塞给孩子们。我的儿女从小就称呼她“奶奶”而不是“外婆”。老迈之年，她常让孙儿搬一把藤椅放在大门口，晒着太阳，瞧着街对面县医院门口人来人往，一坐就是大半天。这幅画面已成了后辈心目中的老人经典形象。

我最感到欣慰的是1960年的一次决定。嬷嬷那时患上白内障，已完全失明。当时古田县医院不能做白内障手术，我丈夫力主送到福州动手术。她担心花钱太大，不愿意去。我也怕风险，犹豫不决。我丈夫苦口婆心劝我们俩，并用手捂住我的眼睛，让我体验失明的痛苦，说，即使有风险也值得冒，花多少钱都值得。多亏我丈夫的决心，我们送嬷嬷下福州动了手术。拆线那天，嬷嬷重见光明，惊喜万分。我和丈夫干脆雇一辆黄包车，陪着她逛了一趟福州城，游了回西湖。嬷嬷后来一直夸她的女婿好。

对于爹爹与嬷嬷的去世，我的丈夫有个说法，他说两位老人是有福之人，爹爹1957年去世，没有看到1958年古田老县城的淹没与搬迁，他带着千年古邑的美好家乡走的。嬷嬷1965年去世，没有目睹乱哄哄的“文化大革命”，她带着岁月静好的美好盛世走的。

2017年5月

我的外婆

我从记事起，就没有见过爷爷、奶奶和外公，他们在我出生之前已先后离世。我记忆里，童年时候最亲的老人，就是外婆。我最爱外婆，外婆也最爱我。

外婆家住在马岭村，我们家住在古田县城二保街。从二保街走到一保街，再走过紫桥头，便出城，不到一个小时，就可以走到外婆家。

一路行走，风景优美，古田旧县城最美的是绕城而过的剑溪，紫桥是出城唯一的一座大桥，桥头榕树绿荫如盖，溪畔卵石沙滩，水清石润沙白。最多的是白鹭鸟，栖息于树顶时白花花一片，让你以为榕树开出一朵朵白花；寻食于溪滩，三五只结伴，悠然高雅，小孩们见了便唱：

白鹭长长脚，讨个老婆也最佳（很漂亮），
三顿吃饭碗不洗，苍蝇结党碗开花。

这首儿歌唱了几代人。

进入外婆村庄时，要走过一条长长的田埂，两边是水田，春天绿油油，秋季黄澄澄，风景像年画一样。

记得六七岁时，我常到外婆家，那是我最喜欢去的地方。农村的风景和县城不一样，那里不仅有田野、小溪和牛羊，菜园里还种着花生、黄豆和许多蔬菜。

外婆带我走家串户，每户人家厅堂里都摆着水煮的花生和蒸煮的豆荚，用于招待客人。花生和豆子又香又甜又软，我非常爱吃，那是我少年时代的美食，美味一直让我回味到白发苍苍。

印象最深的还是看戏。村庄一演戏，外婆就让我去马岭住两日。演的是闽剧，书生小姐，皇帝大臣，天兵天将，唱腔武打都好看。祠堂里有戏台，也有板凳，我都是早早地去占位置。外婆每次都叮嘱我，戏剧快闭幕时就要先退场，不要等大家一轰隆散场，那样乱哄哄的不好，更不能等戏演完了，你还留在那里做“戏渣子”。我很听外婆的话，每次都提前退场，回到外婆家后，才听到散场的锣鼓声。

外婆家的房子很大，挺气派的，应该算殷实之家。但奇怪的是她家房子一进门就是大厅，没有前廊和天井。后天井很大，里面有个水井，井水又凉又甜。

外婆晚年很苦。我 10 岁那年外婆眼睛瞎了（现在回想，可能是白内障），她又是缠足老人，生活难以自理。舅舅、舅妈不孝顺，他们儿女也不孝顺奶奶。我记得一件事，有一次，舅妈让表妹月香去外婆房间偷猪油。外婆有所察觉，叫月香两只手都让她摸一摸。月香把舀了一汤匙的猪油轻轻放在桌上，让外婆检查完双手后悄悄端起汤匙溜走。这过程都让我看在眼里，但始终不敢告诉外婆。舅妈对外婆很凶，我可怜外婆，但在舅妈面前，我不敢吭声，连哭都不敢哭。

我 12 岁那年，外婆卧病在床，舅舅到我家，叫我母亲去马岭伺候外婆。嬷嬷（母亲）家务繁重，实在走不开，爹爹让我替嬷嬷尽孝，去马岭伺候外婆。爹爹心很细，一样一样教我如何伺候病人，比如：替病人盖被子要轻轻地拉，轻轻地盖，用力过大，被子会带出风，病人就受风了；熬药不能用猛火烧，要文火慢慢熬，才能熬出药效；病人想喝水，你烧开了倒碗里，等到不烫不冷时递给病人。总之，伺候病人必须时时刻刻守候在外婆房间，随时听从她使唤。

我在马岭10多天，按照爹爹的吩咐，细心伺候外婆。外婆的病渐渐好转，爹爹便捎话让我回去。我对外婆说，我明天要回去了。外婆一听，马上哭了起来。我也失声大哭。我们祖孙两人，先是相对而哭，继而抱头痛哭，哭个不停。这一场似乎无休无止淋漓尽致的痛哭，于我这一生留下深刻记忆，刻骨铭心。

我回到家中，对嬷嬷说，外婆太可怜了，你把外婆接到我们家住吧。嬷嬷说，我们家只靠你爹爹一个人做工，养这么多人，你舅舅家生活条件比我们家好，有大房子、有许多田地。我说，舅舅、舅妈对外婆不好。嬷嬷听了只是摇头，还嘱咐我对外不能说。

那天晚上，我们娘俩坐在房间很久，我一直强忍着没哭出来，嬷嬷一个晚上唉声叹气。

2017年5月

我的弟弟丁英杰

我的弟弟丁英杰12岁那年遇难于古田县剑溪。

我们一家4个姐妹，当时就这么一个亲生弟弟。噩耗传来，爹爹嬷嬷（母亲）悲痛欲绝，嬷嬷甚至三番五次想弃世而去，我那段日子只能紧紧跟随嬷嬷身旁，以防不测，终日惶恐不安。

那是一段令人撕心裂肺的日子。

弟弟名字叫卵卵，1929年出生，幼小聪慧过人，知书达理。有一件小事让我终生难忘：我长弟弟7岁，大姐长弟弟25岁。那时，我们两个姐妹与弟弟生活一起。有几次，弟弟喊一声：家姐。我姐妹俩同声应答。弟弟大笑，说，我要想个办法避免这样。不久，他一本正经地对我们说，我以后叫大姐，请大姐答应；叫嫩姐，请四姐答应，你们就不会同时应答了。当时的弟弟，才是5岁孩童，会有这等思维和对家人的体贴，让我们更加疼爱他。后来我的几位表弟妹也一直叫我嫩姐，就是学弟弟的称谓。

弟弟喜欢上学读书，学校课程对他来说十分轻松。他放学有时也贪玩。有一次，我出了几道题目考他，他作答得不如意，被我狠狠批评一顿，说他贪玩不用功，辜负父母培育之恩。弟弟挨批后突然放声大哭，惊动了嬷嬷，嬷嬷以为我欺负弟弟，把我责备一通。弟弟见状，赶忙一边擦眼泪，一边上前拉住嬷嬷手臂，连声说，嫩姐是为我好，是我错了，你错怪嫩姐了。我当时也流下眼泪，弟弟以为我被嬷嬷骂哭了，其实我是被懂事的弟弟感动哭了。

弟弟对自己的学习很有主见，他先是上古田一所没有名气的小学，读到三年级，他觉得自己学校教学水平不如精英学校。精英学校是一所基督教教会学校，教学水平在古田县名列前茅，还上英文课。他向我提出来新学期要去报考精英学校。我说，精英学校设在剑溪对岸，舟楫往来，既不方便也不安全。他告诉我，新学期精英学校在县城设分校，不必舟楫往返了。我又说，精英学校录取要求很高，你有把握考上吗？他回答，我认真准备，一定要考上。

弟弟果然考上精英学校。他非常高兴，全家人也为他高兴。上学之前，他将自己的名字改为“英杰”。爹爹和嬷嬷也同意他改名。我心里明白，弟弟不仅希望自己成为精英学校的人杰，还要成长为国家的英杰。他是我们全家的希望和骄傲。

但是上天对我们丁家太残忍了。

1940 年夏季精英学校开学的那天，却永远成了弟弟的忌日，也永远成了我们一家人痛断肝肠的日子。

《古田县志》将这一天事故列入民国 29 年（1940）的大事记之一，记载如下：

> 9 月 17 日将午，县城四保门因渡船超载，乘坐的 40 余人全部落水，死 21 人。县长黄澄渊奋身下水抢救多人。

在遇难者 21 人中，精英学校的学生仅 2 人。我的弟弟英杰参加完精英学校的开学式，兴致勃勃地赶着回家见他的父母和嫩姐。和他一起挤上船的一位同班同学，见渡船拥挤嘈杂，便劝他一起下船等下一趟。弟弟不肯，说，你怕挤就跳下船吧，我要先回去，全家人都等着我吃午饭呢。

那位同学跳下船，跳出了鬼门关。弟弟不忍心让全家人太久地等着他吃饭，却再也回不来了，让全家人永远地等着。

弟弟遇难时穿着一身精英学校的黑色校服。

2017 年 5 月

我的求学记

我到了上学年纪，看到别人家同龄孩子，男男女女，背着书包进学堂，十分羡慕，就对嬷嬷（母亲）说，我很想上学堂。嬷嬷劝我，你爹爹不同意女孩子上学堂，认为，女子无才便是德，要你在家里学针线、做家务，你就认命吧。我们一家爹爹是绝对权威，他开个牙医诊所，工作繁忙，对家人终日不苟言笑，脾气大，连嬷嬷在他面前讲话都小心翼翼。我更是极怕爹爹，哪敢在他面前提读书一事。

一晃几年过去，我已 13 虚岁。有一天，求电先生娘（先生之妻尊称“先生娘”）到我们家串门，她似乎是上帝派来的我的求学福星。

我们家原先住在三保街当溪，求电先生娘是邻居，后来我爹爹到二保街租店面开牙科诊所，便搬了家。求电先生是一位教师，爹爹十分尊重他，与他们一家相处甚好。俗话说“远亲不如近邻”，两家关系就如亲戚。求电先生娘是看着我长大的，很疼爱我。那天，她见到我，笑眯眯地摸着我的头，说，好久没见面，想不到你长这么大，变得这么漂亮。你怎么没去读书，想不想去读书？如果想，我帮你去与你爹爹说。我太高兴了，拼命点头，接连说：想去读书，想去读书！我不知道她是怎么说服爹爹的，果然，没过多久，求电先生娘就带着我上了养正小学。

我到养正小学上一年级，因为年龄大，个子也高，坐在最后一排。

和我一起读一年级的还有我的表妹李月香。同班同学年龄都比我小，让我感到不好意思，很自卑。但我顾不得那么多了，只有倍加珍惜来之不易的求学机会，勤奋努力地读书。第一学期结束，我考试成绩全班第二名，受到老师表扬，爹爹和嬷嬷也挺高兴。从此，我觉得自己头脑一下子开窍了，消除了自卑心理，精神面貌也焕然一新。

养正小学不是完整小学，只设一至四年级的课程，没有五六年级。我读了一年后，便与表妹，也是好朋友、好同学李月香商量，不如转学去更好的毓青小学就读。我们俩一拍即合。因为两人学习成绩都不错，便顺利转学到毓青小学。但没想到，就读一个学期又节外生枝，爹爹坚决不同意我上毓青小学。原来毓青小学是基督教会办的，爹爹是虔诚的天主教徒，他担心我就读毓青小学，日后会信仰基督教。

这回是爹爹指定我转学到天主教会主办的育山小学。育山小学的各方面条件比起毓青小学差多了，还不如养正小学，学生也少，一二年级共一个教室，三四年级共一个教室，而且天主教义内容占了很多课程。我自然拗不过爹爹，但只要能上学读书，不管什么学校，皆已心满意足，唯有努力攻读。

上学的时间过得飞快，四年级上完后，不知何因，育山小学停办，同学们纷纷转到其他学校。但这一次爹爹不让我转学，又让我回家学针线、做家务。这一年我 16 岁，爹爹做主，给我订了婚。我的未婚夫家庭是县城陈氏大家族，他家中有兄弟 5 人，他排行老四，当时在福州国光中学读书。这位陈家公子长得中等个子，我只是和爹爹在天主教堂做礼拜时见过他一面，也没相互说过话，对他的印象不好也不坏。但爹爹在我面前说了他不少好话，说陈家家族大、家风好，陈家四公子为人踏实，读书努力。我本不想这么早就定亲，但不敢违背爹爹，只能同意。但我和陈家四公子没有缘分，他在福州读书的第二年因染急性肠病而去世。我可怜他年纪轻轻就离开人世，但说实话，只感觉是一位普通的朋友离开人世一样，感情没有起波澜。

我被迫休学之后越来越痛苦，心中怨恨爹爹，在家中不学针线，不做家务，以示抗议。有一段时间甚至不思饮食，终日以泪洗面。我的大姐丁赛兰，见我终日哭哭啼啼，实在可怜，知我一门心思想读书，便三番五次找出许多理由，劝爹爹让我继续读书，爹爹均不为所动。但大姐后来一句话击中了爹爹的软肋，她说：爹爹你给月月（我名字赛月）定亲的男方现在是福州省城的中学生，他的书会越读越高，难保以后高中、大学毕业，到时候和他配得上的对象肯定是女学生。可你的女儿月月连小学都没毕业，男方会看不上的，那时你就等着被退亲吧。就是这句话，使爹爹答应让我复学。

大姐和大姐夫是我这次复学的福星。大姐夫当时开金店，刚好毓馨女子中学的校长到他店中选购金项链，大姐夫就向校长介绍他的一个细姨（小姨子）自小如何喜欢读书、平时如何刻苦用功，央求校长收我为一年级学生。校长担心我小学尚未毕业，文化程度达不到。大姐夫就夸我如何聪明和用功，一定没问题。如果万一文化程度跟不上同班学生，她也愿意留级。大姐夫软磨硬缠，使得校长终于答应。但校长提出一个条件，必须通过考试，只有成绩及格才可以成为寄读生。

第二天，我到校长办公室。校长亲自出了一道作文题和几道数学题，让我当场考试。我感觉考题并不太难，于是顺利通过了考试。但成了初中生以后，我第一次感到学习吃力，尤其是上英文课，完全是“鸭姆听雷公”（古田方言，寓意“对牛弹琴”）。原来毓馨女子中学特别重视英文课程，每逢上英文课，老师自始至终用英文授课，也要求学生用英文回答，不许讲国语。我在此之前英文是个空白，一下子不知所措。还好初二年级有个姓应的女生，是我的好朋友，我就恳求她帮助我，每天找她补习，从英文 26 个字母从头学起，每天利用课外时间补习，连下课 15 分钟都用来学英文。那一个学期，我瘦了一身肉，终于使英文课成绩达到及格。一个学期很快过去，我总算在初中一年级站稳了脚跟。

到了期末，表妹月香来找我，告知：史劳伯中学今年春季招生，这是一所同时招收男女生的基督教会学校，毕业了有正式文凭。而我现在读的毓馨女子中学和她读的精英学校，因为两人都是寄读生，即使毕业了也没有毕业文凭，何不一起去报考史劳伯中学？我听罢觉得有道理，两人既是亲戚，又是好朋友，如果成为同学，一起努力，相互照应，该有多好。我与月香又一次一拍即合，决定报考史劳伯中学。

民国 30 年（1941）春季，我与月香双双考上了史劳伯中学。不幸的是，月香读二年级时染上急病，不久便离开人世。她的年龄小我一岁。月香是我舅舅的女儿，也是我少年时的玩伴和同学，我除了认为她不够孝顺她的奶奶（我的外婆），对她有点看法外，和她算得上第一个闺蜜。对她的早逝我难过了很长时间。

我考入史劳伯中学后，受弟弟丁英杰改名的影响，也嫌自己丁赛月名字土气，改名为“碧珍”。

我顺利完成了 3 年学业，于民国 33 年（1944）春季毕业。

2017 年 5 月

我和我的丈夫

大龄女谈婚论嫁

我的丈夫唐瑞福，祖籍闽侯尧沙村，父辈搬至福州台江一带，从事船舶运输。瑞福1921年出生，比我年长一岁。他10岁时父母先后病逝，从小在天主教会学校读书，接着又考取了天主教神职学校。抗日战争爆发后，神职学校因经费不济停办，他曾到他哥哥为大股东的货轮负责管账和打杂一段时间。

1942年抗日战争时期，古田县政府向全省公开招考政府职员，瑞福考上古田县财政科科员一职，只身前往山区县古田工作。由于他曾在福州天主教神职学校读书，常去教堂做义工，福州教堂的神父对他关照有加，得知他去古田举目无亲，就介绍他寄宿在古田城关天主教堂。

我爹爹是个虔诚的天主教徒，每礼拜必去教堂做礼拜，于是看见教堂新来了一个年轻人。经过一段时间的接触，爹爹对瑞福留下较好印象，认为这个年轻人知书达理，谈吐得体，手脚勤快。接后，爹爹托人了解了瑞福的身世、家境和工作等情况。爹爹原来对福州人的印象欠佳，经常说：福州仔是衣袖管里装米缸（意为生活窘迫、小气），还处处装派头。但通过对瑞福较长时间的观察、了解，认定他为人忠厚踏实、人品好、文化高，除了身体单薄的不足外，应属一个青年才俊，是理想的女婿。

1944 年我 23 虚岁，刚从史劳伯中学毕业。按当时风俗，23 岁女孩尚未婚嫁，是地地道道的大龄姑娘，在古田县城可谓屈指可数。爹爹和嬷嬷为我婚事急得不行，多次逼我相亲，我有时根本不知情就被人相中。记得在史劳伯中学读三年级时，一天，来了五六位青年男女，到教室找我的一位女同学，攀谈了一段时间，等他们嘻嘻哈哈离开教室后，女同学告诉我，这一伙人来的真正目的是看我，是为其中一个年轻的保长来相亲的。我一听，恍然大悟，难怪有人不断和我搭讪，顿时又羞又恼，回去即向大姐诉说：爹爹老糊涂了！现在的保长抓壮丁、收税费、欺负百姓，是一个“犯众怒”的家伙，我绝不可能嫁给一个保长，赶紧让爹爹回绝他的提亲。

爹爹这次是完全相中了如意女婿——瑞福，岂不付诸行动，就托人与瑞福说媒。瑞福很快回话表示对我中意。爹爹便告诉瑞福，可以去挑选订婚日子了。直到此时，我这个当事人仍蒙在鼓里，对整个过程一无所知。还是瑞福心细，他对爹爹说，现在国家提倡“新生活”运动，个人终身大事，一定要男女双方当事人同意，万一您女儿不同意呢？我是断然不敢确定订婚吉日的，还是让我自己主动去结识您女儿吧。

我的两位同学闺蜜木兰和爱花，她们尚未毕业，都去县怀礼医院当上护士。我还目睹了一些亲戚和邻居的女子，从事护士职业之后，不仅自食其力，还可以赡养父母，培养弟妹。就一心想效法她们，做个自立自强的女性。甚至想，为此一生独身不婚嫁，也乐意。史劳伯中学毕业后，我就想去怀礼医院应聘护士职位，但爹爹坚决反对，认为护士职业一是太辛苦，我身体单薄吃不消；二是不吉利，经常抱“死人仔”（死婴）。说我毕业后只有一件重要的事情——嫁个好人家。

那个夏季我正郁闷在家，天主教堂的依姑（修女）邀我上教堂弹风琴，我便应邀前往，每天上午去弹上一个多小时。有一天中午，依姑留我吃饭，我答应了。但走进餐厅，只见瑞福也在场，还有瑞福的一位同事。依姑笑着说，今天丰盛的午餐是瑞福请客，他想结识你，你可要领情啊。我当时十分尴尬，又走不得，只好留下午餐。餐桌上，我基本不说话，大家都客客气气地吃了一餐饭。第二天，我照常去弹琴，依姑告诉我，风琴搬到瑞福房间了，因为他每天晚上弹风琴，这样方便些。他留下房间钥匙，欢迎你去弹琴。我听罢，心想，哪有这样的道理？我才不会去你房间弹琴。于是，转身回家。当然，后来我才知道，以上这些事，都是瑞福想接近我想出的小伎俩。

不久，我接到瑞福写来的求婚信。我不回，他又来第二封、第三封，连续寄来五封。我只好回了一封信，表明自己不想成立家庭，只想当个护士，自食其力，赡养父母的愿望。瑞福马上又回了一封信，先是劝我不能去做护士，因为我是一个身体单薄的弱女子，吃不了那个苦，而且现在国土不断沦陷于日寇手中，当护士随时得准备上战场，为祖国献身。这当然是光荣的，但你万一有个三长两短，你爹爹嬷嬷晚年靠谁？瑞福还在信中表示，他很早就爱慕我了，这一生，就爱我一个人，非我莫娶。我如果真的不愿意嫁他，他也死心了，准备辞职回福州，因为古田也有其他家闺女向他提亲，他很难应对，只能一走了之。

就是这封信打动了我，我答应了瑞福的求婚，也终于让爹爹嬷嬷称心如意了。

新婚幸福与孤独

我与瑞福 1944 年 10 月 10 日“双十节”结婚。婚礼是在古田城关天主教堂举行的。我出生的第三天，就被爹爹嬷嬷抱到教堂洗礼，孩童时代经常到教堂学唱诗和做礼拜。我和爹爹嬷嬷一样，是虔诚的天主教徒。瑞福也是出生天主教家庭，当年又报考了天主教神职学校，自然也是一名虔诚的天主教徒。只是中华人民共和国成立后，他迫于政治原因，履历表信仰一栏填写了“无神论者”，但我除了“文革”期间让这一栏空白外，均坚持填写“天主教徒”。

那场婚礼当年在古田县城很时尚。由著名的神父主持，新娘穿白色婚纱，新郎则西装革履，我的傧相是史劳伯中学同学、闺蜜木兰，瑞福的傧相是他财政科的一位同事。教堂婚礼完全是西洋做派：红地毯、鲜花、乐曲、花童、唱诗……我挽着瑞福的手一起踏在红地毯上，完全沉浸在幸福之中。

我们的婚礼拍了许多照片，就像现在年轻人结婚拍婚纱照一样。瑞福当年够排场的，大概花光了他所有的积蓄办婚礼。后来我将这组照片装入几个镜框，一直悬挂在居室。可惜“文革”“破四旧”之时，瑞福担心它们成了资产阶级腐朽生活典型，惹出是非，将之统统付于一炬，太可惜了。我偷偷地藏下一张，是一张没有披婚纱的合照。

瑞福当时经济收入还算不错，也很大方，婚后竟给我请了个小丫鬟。我很不习惯，一个月后，坚决把她辞退。第二年夏季，抗日战争胜利，举国上下欢呼庆祝，古田整座县城也沉浸在欢乐之中。瑞福对我说，我们应该回福州一趟了，办几桌酒会会亲，新娘子也要见见男方的亲戚朋友，并趁机去杭州旅游一趟。

这是我第一次下福州（古田县位于闽江上游，所以古田人都称“下福州”），记得我们是乘轿子从县城到水口镇，两个轿夫抬一辆轿，两辆轿同行，行走五六个小时。当年很多女子乘轿会“晕”轿，我却不晕。到水口搭乘闽江的轮船，三四个小时到达福州台江码头，也不晕船，一路看风景，逍遥得很。我这种本事，一直保持到晚年，儿女们陪我旅游了不少地方，我从不晕车晕船晕机。

在福州，我第一次见到瑞福的哥哥和姐姐。他哥哥是一艘木帆运输船的老板，颇有些资产，但却是个浪荡之徒，花钱如流水，没有置下什么家产，性格与瑞福迥异。嫂子在家，生育一个侄儿已五六岁，聪慧活泼。

他姐姐、姐夫都是厚道人，姐夫在轮船上打工，姐姐在家，结婚多年尚未养育，刚抱养了一个儿子。姐姐还送我一只金戒指为见面礼。

他们家住在台江鸭姆洲，是福州城一处热闹的地方。这次福州之行印象深刻，20 世纪 60 年代，有一部电影《地下航线》上映，瑞福和我非常喜欢看，影片中的客轮、货轮沿着闽江航行，闽江两岸风光如画，横跨闽江的万寿桥（解放大桥）雄伟壮观，令人赞叹。20 世纪 40 年代的台江中亭街景，福州人的世俗生活，都让我们倍感熟悉与亲切。

在福州会亲应酬三四天，瑞福就带我去杭州。我记得是一路乘汽车去的，行车好几天，瑞福感觉辛苦，我却兴致盎然。俗话说“上有天堂，下有苏杭”，瑞福毕竟见多识广，给我讲苏堤、白堤、岳飞庙和三潭印月的历史与典故，让我对西湖留下了美好的印象。2007 年秋季，我的小儿子、儿媳妇陪我游览杭州西湖。那天清晨，雇一只小船划向三潭印月，我突然回忆起 60 多年前，瑞福也是雇一只小船，船夫划着桨，驶向那 3 座湖心石塔……

风光依旧，只是恍若隔世。

新婚幸福的日子总是短暂的。抗战胜利不久，物价飞涨，瑞福作为国民政府的一名职员，工资还不够我们两口子小家庭的开销，更不用说孝敬父母。瑞福决定辞职另谋职业，他做了几年财政科工作，精通会计业务，此时福州柘兴海运公司向他抛出橄榄枝，以每月一包半大米（225 斤）工资，聘他为一艘大船会计。1945 年底，瑞福便辞去财政科科员职位，下福州应聘。他新的工作就绪后，就回古田接我去福州。

在福州一年多的生活，是我最为孤独的日子。瑞福忙于货轮跑运输，上海、台湾、广州等地的航线，行船一趟少则 10 多日，多则个把月。我寄居在他的嫂嫂家中，虽然不用我料理家务，但总有寄人篱下的感觉，而且每日无所事事、无所用心，犹如一只小鸟困在笼中。时间长了，想念爹爹嬷嬷，更渴望能自食其力，当一名职业女性。

当时我的闺蜜木兰已到南京陆军医院工作，我去信询问，以我这样的条件，请她帮忙，可否在南京医院谋个护士职业？木兰很快回信：“完全可以。请下决心，尽快前来。”接信后，我思索多日，最后下定决心，这回务必要实现自己多年的愿望。又思前虑后，觉得要把自己的真实想法瞒住瑞福和爹爹嬷嬷，否则难以成功。通盘计划想好后，我便对瑞福说，我要到南京好朋友木兰那里玩一个月，搭你公司的货轮去上海。瑞福满口答应。但奇怪的是，本来个把月总会跑一趟上海，那几个月偏偏因这因那原因不走上海航线。等到有一天，瑞福告诉我，几日内即可动身，我却发现自己怀孕了，不能成行。

似乎冥冥中上帝不同意我的决定，因为我当时已经下定决心，如果能顺利到南京当上护士，就不再回福州，和瑞福分手也在所不惜。这其实就是阴谋出走。出走失败后，我将真实想法守口如瓶，始终没有告诉瑞福。因为我既羞于道出真情，也担心瑞福伤心与生气。

前些年，我才将此事说与儿女们听。儿女们分析说，父亲是个睿智和细心的人，有可能猜出母亲的心思，有可能隐瞒了发往上海的航线，所以母亲完全不必内疚。儿女们还说笑，如果当年母亲出走成功，这世界就没有我们仨了。

怀孕3个月后，我生理反应大，只能回古田娘家待产。1947年11月，我们第一个儿子出生，瑞福匆匆回来见一面又下福州出海跑船，为儿子取名“幼尧”。那几年瑞福每月领到工资，即火速寄到古田，我即将金圆券兑换成米票，否则，货币不断贬值，一天一个价，幸好他的工资以大米核算，使得我们一家人生活还是有保障。

幼尧出生4个月后，瑞福又接我和儿子下福州。我们在台江江边租了间房屋，我专心在家养育儿子，瑞福仍劳作在轮船上，一个月难得回家两三天。不知不觉的儿子周岁了。古田有个风俗，孩子过周岁称“抓周”，娘家人上门送贺礼称“送周”。爹爹长久不见我们，很是想念，专门下福州为外孙“送周”。他老人家好不容易找到我的住处，一进门，见我身居12平方米的斗室，外孙坐在地板上嗷嗷大哭，我在小厨房烧饭，柴火熏得乌烟瘴气，顿时怨怒交加，骂道：“瑞福这么没本事，让你们娘儿俩如此落魄，不待也罢，跟我回古田。”当即抱起外孙，让我收拾几样简单行装，打道回娘家。

此番一别福州，从此我就居家古田，福州再也不是“家”了。瑞福后来告诉我，那天他从台湾行船归来，特地买了台湾水果和玩具，兴冲冲进了家门，却是人去楼空。听邻居讲爹爹带着你们母子回古田了，他呆坐房中，茶饭不思，心里空落落的。

20世纪七八十年代，我的儿女们到瑞福姐姐家做客，姐夫还指着房间的一套家具说，这些沙发、衣橱是你父亲回古田安家时送给我们的。儿女们告诉我，那是一套尚未过时的西式家具。

失业无业的困顿

新旧社会交替之际，兵荒马乱，担惊受怕，民生凋敝，生活困顿，是一条规律。

古田解放前夕，有一队国民党溃败之军突然进入县城，我当时带着2岁的儿子住在爹爹嬷嬷家中。那天，有10多个国民党兵强行驻扎进我们家，占领了厅堂和两厢的主卧室，杀了家中的几只老母鸡，打开爹爹自酿的一坛黄酒，大嚼大喝一通。我们全家战战兢兢。我突然想起厢房的抽屉里放着一枚金戒指，担心被乱军顺手牵羊，就告诉了嬷嬷。不料，我们母女对话被一个当官模样的听见，他说，你们放心，我们不会拿这些东西，当兵打仗，生死有命，钱财皆乃身外之物，我们就是吃肉、喝酒，睡个好觉，也没有钱付你们账，打扰了。两天后，乱军出城，我赶忙回主卧，打开抽屉一看，金戒指果然安然无恙。

瑞福在福州听到古田兵荒马乱的传闻，当即辞去柘兴海运公司的职位，赶回家中。他对我说，国民党败局已定，共产党势不可挡，新旧交替之际，战乱不可避免，在这紧要关头，我一定要和最亲的人在一起，生死与共。1949 年 6 月 14 日，中国人民解放军轻而易举进城，古田县宣布解放，并没有发生预想中的激烈战斗。

接后不久，8 月 17 日，福州宣布解放。瑞福对我说："现在福州安定，我可回去继续工作。"但他回福州，原来公司的职位已被人顶替，他哥哥的货轮也遭变故，想重操旧业已成泡影。瑞福只好重新寻找职业，但又谈何容易。接后近三年的日子里，他到处打短工，漂泊不定，经济捉襟见肘，无以养家，幸好爹爹嬷嬷罩着我们母子，但我心中惭愧。

1950 年 10 月，我们女儿出世，瑞福没有陪在身边，只写信告知，为之取名"幼舜"。半年之后，一位亲戚从古田下福州，告诉瑞福，他的女儿长得如何漂亮和可爱。瑞福又写信，让我拍一张女儿相片寄予他，以解思念之苦。我当时带着一双儿女，白吃白住在娘家，哪里还舍得掏钱为女儿拍照。此事终成一件憾事。

中华人民共和国成立之初，正是用人之际，我又有初中毕业文凭，这在当时算文化程度蛮高的，有许多机会找工作。女儿快周岁时，我应聘县政府派到街道的工作人员一职，很快得到录取，十分高兴，就把女儿抱到大姐家中请她照看，5 岁的儿子让嬷嬷照看。但上班没几日，爹爹又发威，不准大姐帮我带孩子，让我上不成班。爹爹的旧脑筋十分固执，就是认为女子在家相夫教子为正道。他还说，只要我有吃的，就饿不了你们母子。这件事之后，爹爹让我写信给瑞福，劝他不必漂泊在福州找工作、打短工，可回到古田摆摊，做个小商贩，还可兼职做一些公司和商铺的会计工作。一家人团聚一起，比什么都强。

瑞福听从了爹爹意见，回到古田，就在爹爹牙科诊所门口摆起日用百货摊位。因为他有财务专长，很快有两家公司聘用他为会计，一家付月工资 20 元，另一家 8 元，加上摆摊的收入，生活虽然清贫，但还可以维持生计，最重要的是团聚在古田，让我有了“家”的感觉。

瑞福认为，新中国体力劳动者最光荣，也最受社会尊重，他必须积极响应党的号召，把自己改造成光荣的体力劳动者。从事体力劳动，首先必须增强身体素质，那就先从挑水锻炼开始。

古田旧城有“三多”：水井多、宫庙多、白鹭多。大街小巷共计20多口水井，供给全城生活用水。此外，也有不少人到剑溪挑溪水饮用。在我印象中，位于三保街吉祥寺前的吉祥井水质最好，该井宋代建寺时所凿，井水清冽绵醇，用于发豆芽和制豆腐特别好吃。此外还有一保玄帝巷的八角井、一保打铁巷的圆井、二保佑圣宫边的佑圣井，等等。许多青石围砌的井口，都被吊水的棕绳摩擦成条条道道坑槽，有的坑槽深度达两三厘米。

每家每户都备有挑水用的大木桶和吊水用的小木桶。瑞福这次是下本钱了，专门到五金店订购了一个洋铁桶，用于吊水。我曾对他说，你那白花花的洋铁桶，挂在“竹甲”头（毛竹扁担），穿城而过，有点招摇。他告诉我实情，用小木桶往深井里吊水，像老把式一样，手一抖绳子，吊桶就一个倒栽葱，舀满一桶水，太难学了，非一日之功。小铁桶自身重，不必学吊水的手艺，科学能解决的问题，要尽量使用科学。他干劲十足，接连挑了几天的水，挑水的姿势也越来越好。正洋洋自得时，却累得吐了口血。我十分紧张，陪他上医院就诊，才知道他年轻时得过肺结核病。难怪我新婚期间下福州，他嫂嫂悄悄问我，瑞福现在还咳血吗？我答：从来没有。当时感到纳闷，怎么会问这样的话，现在恍然大悟，原来瑞福一直隐瞒病史，挑水劳累使旧病复发，他只得承认。肺结核病最经不起劳累，这次教训使他以后再也不敢尝试体力劳动了。

1953年农历三月，我们小儿子出生。我生大儿子和女儿时，瑞福均不在身边，这次我从怀孕到分娩，他一直和我在一起。瑞福为孩子取名“尧”“舜”，我曾问他，这乃古代皇帝名字，是不是太大了，承受不起？他说，前面加上“幼”字，即“小”的意思，不会太大。尧舜禹是一代明君，希望孩子们生活在明君时代。小儿子的名字，本应名“幼禹”，但这两个字在古田方言中的读音感觉很女性，瑞福犹豫之时，适逢我的外甥江年绥（大姐独子）从北京回来度假，他是北京大学政治系学生，学识渊博，口才极好，他说北京有个颐和园，“颐”字很好，有长寿、笑脸、颐神养性等意，何不取名“唐颐”？我们都觉甚好，就采纳了。

小儿子周岁时，瑞福的姐姐来信，说她近来卧病在床，恐不久于人世，很想念弟弟一家，希望能拍一张全家福寄给她，予以安慰。瑞福即刻带领我们全家到照相馆，拍下我们全家最早的一张“全家福”。时年瑞福 33 岁，我 32 岁，大儿子 7 岁，女儿 4 岁。我抱在手上、留着长头发的是小儿子。

相片寄到福州不久，瑞福姐姐便病逝，病榻上她曾捧着相片祈福弟弟一家平平安安。她的亲情举动为我们一家留下一张最早的、异常珍贵的全家福。

新社会劳力舒心

中华人民共和国成立之后，新鲜事物不断涌现。1956 年全国工商界公私合营运动如火如荼，古田也全面开展，县里成立了百货公司，瑞福作为日用品的小商贩，也就成了百货公司的一名职员，并根据他的特长，被委任以公司会计一职。

我发现进公司后，瑞福精神面貌焕然一新，虽然仅从收入来讲，会计一职的薪水并不比他摆摊和兼职时多，但他认为从此是有单位的人，政治和经济生活有了安全和固定的保障。他曾对我说，新中国要建立公有制体系，共产党是为最广大的人民群众谋利益的，是最公道的执政党。公私合营只是个过渡阶段，对资本家采取怀柔政策，让他们拿定息，以后要在劳动中让他们逐步改造为自食其力的劳动者。我们本来就是自食其力的劳动者，所以是最大的受益者。

从此，瑞福脱掉了象征旧社会的西装和长衫，经常穿着一身中山装，右上口袋插上一支或两支钢笔，骑着单位配发的自行车，白天穿梭于县城各家百货店铺中，核对账目，收缴钱钞；晚上加班做报表，忙得不亦乐乎。那时，中山装是国家人员的标准服装，钢笔是有知识、有文化人的标志，自行车更是公家人地位的象征，不亚于现在的小轿车。我儿女的记忆中，年少时都坐过父亲自行车的前杠或后座，穿行于县城大街上，引来同学们羡慕的眼光，风光无限。

于是闲暇时，瑞福喝上二两黄酒，吸着香烟，哼着闽剧小曲，乐哉优哉。瑞福好酒是在跑船时期染上的，吸烟习惯则是我认识他起便有，当时吸烟似乎很时尚，我们拍婚纱照，有一张相片，他西装革履，左手指还夹着一支香烟。这样的婚纱照按现代审美观，实在有些滑稽，但在当时却是一张时髦相片（可惜“破四旧”了）。

海上漂泊，经年累月，寂寞难耐，烟酒为伴可以理解，所以就愈演愈烈。进入安定的陆上生活后，瑞福多次表示戒烟少酒，也曾下很大决心戒烟，但都功亏一篑。瑞福一生喝的是低档酒，吸的是劣质烟，儿女们也曾给他买过稍好一些的烟，他竟拿去换成“经济牌”香烟（20世纪六七十年代价格最低的烟，一盒 9 分钱），还说是长期吸这种牌子的烟，口味习惯了，换个牌子，吸不来，其实是节俭使然。

瑞福作为福州人，自小喜欢闽剧。当年古田闽剧团编剧老林也是福州人，和瑞福是好朋友，他们经常一起切磋吟唱。所以，只要瑞福心情愉悦，一定哼唱闽剧曲调。公私合营之后到“文化大革命”之前，是我们工作生活较为舒心的一段岁月，也是瑞福哼唱小曲最多的时候。

工商界公私合营运动不久，卫生医疗界也开始，全县牙医成立联合诊所，归属城关保健院。爹爹是古田头牌牙医，按规定，可以带一名助手进入联合诊所，我便要求爹爹带我入诊所。起初爹爹不同意，还是瑞福一番话说动了他。瑞福说，第一，月月（我小名）从小在您牙科诊所长大，您工作繁忙时常让她打下手，她长期耳濡目染，担任助理完全合格；第二，我们儿女都长大了，她可以全身心投入工作，而且她有文化、肯吃苦，学习掌握牙医技术一定很快；第三，新社会提倡男女平等，她参加工作，就成了有单位的人，以后生活更有保障，我也可以分担一些家务，支持她工作。于是，爹爹终于同意带我进入牙科联合诊所。

我想不到自小的愿望——成为一名职业女性，自立自强，到了 34 岁（为了顺利参加工作，我将年龄改为 29 岁）这一年还能实现。我衷心感谢党的公私合营政策，感谢爹爹和瑞福。

从此，我全身心投入工作，就像当年废寝忘食补习英文一样有劲头，脏活累活抢着做，每天上班第一个进诊所，下班最后一个离开。平时认真跟着爹爹学艺实践，业余时间努力学习专业书籍，还报名参加了保健院的几次培训。一年后，我如期转为正式职工；两三年后，我成了牙科诊所的骨干医生，在治疗牙病上颇有专攻；之后的每次晋级加薪，我皆榜上有名。

回想中华人民共和国成立初期直至“文革”前的工作与生活，确实属于“激情燃烧的岁月”，心中有理想，胸中有激情，工作繁忙但没有怨言，生活清苦但没有牢骚，居家简陋但心情舒畅。

1958 年，国家重点工程古田溪水电站蓄水发电，作为千年古邑的古田县城被淹没水中，4 万多名父老乡亲移民新城，在“舍小家为国家”的口号下，搬迁到因陋就简的新居。我们整个家仅靠几辆板车拉到新城。我们一家连同嬷嬷、大姐共 7 口人，最初才安排一个房间，我只好把小儿子送到幼儿园作寄宿生。即使这样，瑞福和我的工作一天也没耽误。

那时候的人真是单纯。全民炼钢的年代达到了狂热程度，我们保健院（卫生院）也建了个土高炉，医护人员白天上班，晚上炼钢。没有煤，就上山砍树烧炭；没有砖头垒高炉，就去挖掘古墓青砖；没有铁矿石，就砸锅献铁，各家各户捐献家中铁物件，比如鼎锅、铁钳、菜刀、锄头等等，我也把家中的两口鼎锅捐献出一口。忙了几个月，总算炼出了几块“钢铁”，全院职工敲锣打鼓，用板车拉着向县委和人委（即人民委员会，相当于县政府）报喜。

那时，“运动”一个接一个，有一段时间，“全民动手除四害”。“四害”指老鼠、苍蝇、蚊子和麻雀。麻雀成了“四害”之一，据说是祸害庄稼，与人民抢口粮，把它消灭了，还可以给人民改善生活。“除四害”，什么手段都用上了，连小学生都积极参加，以老鼠尾巴统计战果，每个家庭甚至每个学生都有任务。我的大儿子学会了“掏窝”捕鼠，成绩优异，将老鼠尾巴串成一串交到学校，受到表扬。他回家告诉我们一件事，让全家人印象深刻，说是一个同学将一条大老鼠的尾巴剪成两条，尽管将一端剪得细细的，还是被揭发了。本来那个同学这一批要加入少先队，现在被取消资格了。

记得县城搬迁不久，我每个星期天都加班，还得起早摸黑，来回步行 20 多里路程，到古田溪水电站为工人们治疗牙病。我站着工作一天 10 个小时，腰酸背疼的，但工人们非常欢迎我，我虽劳累却舒心。水电站还用大红纸写了表扬信，送到我单位，让我感到莫大的荣誉。

那时候劳动最光荣，朴素是时尚。我曾和保健院的 3 位女同事一起照了一张身着工装裤的相片。相当长一段时间，列宁装和工装裤成为职业女性最流行的服装。列宁装的式样为西装大开领，双排扣，腰中束一根布带，这种“苏联式”衣服既形式新颖又代表思想进步，一时成为党和政府机关女干部典型服式。我们医护人员不是国家干部，不好意思穿列宁装，但穿工装也成为一种荣耀，因为工人阶级地位最高。

工装裤为背带式，胸前有一口袋，穿着感觉精气神十足。

那时候的医患关系十分融洽。有一次，我替一位农村妇女拔牙，由于她个人特质问题，出血不止，用了许多常规办法均无效，还好使用了草药单方止住了血。那位妇女千恩万谢，从此和我成了亲戚，时不时提着番薯、芋头到我家走亲戚。记得一个初秋深夜，她来敲门，说进城办事，要在我家留宿，我只好让瑞福起床，去大姐一个简陋的杂物间睡地板，腾出铺位给客人。次日清早，我赶着陪那位亲戚出门办事，顺手把房门锁上。没想到瑞福穿着内衣出门，外衣挂在房间，没带钥匙，进不得门，只好在杂物间找出一件冬季用的马褂，胡乱穿着去上班。中午，我到他单位食堂吃饭，见他如此装束，不禁失声而笑。瑞福本来满腔怨气，此时更是火冒三丈，数落了我一通。我自知理亏，赶紧扒了几口饭，放下筷子就溜走。不料晚上回到家中，瑞福主动向我承认错误，说今天单位许多同事知道事情原委，都批评他大男子主义，说我医德好、技术精，待患者如亲人，性格温柔，脾气又好，骂不还口，应该向我负荆请罪。

即使20世纪60年代初，面临三年经济困难时期，单位的同志们仍然勒紧裤腰带，努力工作。那几年，大家最大的追求和享受就是吃饱肚子，逢年过节能吃上几块猪肉，是最高兴的事，最难熬的是饿肚子。我印象深刻的有两件小事，一件是大儿子当时十三四岁，饭量大，在食堂吃饭时，瑞福经常给他买一份隔餐饭。为什么呢？因为3两或4两的定量大米，放入竹罐中蒸，隔餐的米饭蒸了两次，使竹罐中定量不变的米饭，视觉和食觉上都明显增多，也就耐饥了。还有一件事，小儿子寄宿在学校，有一天回家，缠着哥哥说肚子饿，要哥哥去拿几块番薯干给他吃，否则不去幼儿园。后来我听说了心里难受好久。

但总体上我们家庭口粮缺口不大，这首先要归功于嬷嬷和瑞福，因为他们两人一贯饭量小，每月24斤和28斤的粮食定量吃不完，就贡献到其他家庭成员中去。还有，在最困难时候，南洋三姐突然邮寄几罐麦片罐头回国。原来她在马来西亚听说中国发生大灾荒，饿死不少人，便千方百计打听到我们的住址。后来连续寄了几次食品，说是孝顺嬷嬷，但老人家几乎都让我们儿女享用了。

那时候社会风气比较好，大家都不敢占公家便宜。有一次，一个新的牙科诊所开业，就我和一名男医生被派到新诊所。上级指定男医生为负责人，他花公家钱买几条毛巾和几副挂锁，作为诊所公用，又让我带一条毛巾和一副挂锁回家，作为福利。我将此事告诉瑞福，瑞福严肃地批评我糊涂，说这性质就是侵吞公物，吓得我第二天赶忙送回单位。

新时代欣欣向荣

1976 年金秋时节，全国上下欢呼雀跃。瑞福多年的郁闷心情得以释放。那天，他旁观庆祝十月胜利的游行队伍从大街走过，按捺不住喜跃心情，向身旁的熟人借一辆脚踏车，说，我好多年没骑了，今天要骑一骑跟上游行队伍。岂料乐极生悲，竟从车上跌下，造成大腿骨折，在床上躺了 3 个多月，此事后来成了一家人的笑谈。

瑞福十分关心时事政治。如果说他一生最大的嗜好是什么，首先应该是关心时事政治，其次才是烟酒。他读书看报不仅成习惯，而且上瘾了，每天风雨无阻地上文化馆阅读各种报刊，自己还订阅《参考消息》和《红旗》等报刊，并形成收集资料的剪报爱好。

我们女儿厦大毕业后分配在省委一个部门工作，单位有内部资料《大参考》，瑞福知道后，大喜过望，为此专门下一趟福州，让女儿天天悄悄带回《大参考》阅读，读得不亦乐乎。他对我说，《大参考》是县级以上的领导才可以阅读，他能享受到这样的政治待遇（虽然是偷偷地），怎能不高兴？

瑞福喜欢与几位志趣相投的老朋友讨论研究时事政治，国际国内大事无所不感兴趣。我大姐有一位江家侄儿，中华人民共和国成立前在福州读高级中学时，参加地下党城工部，后受到党内错误打击，被解除公职，回乡拉板车为生计。他与瑞福很聊得来，经常一起研判国际国内大事。逢年过节，他们往往酒逢知己，话又投机，聊得忘了离开酒桌。他们对时事政治分析往往料事如神。后来，城工部问题得到平反，事先他们也预测准确。只是这位老江，与瑞福一样嗜酒，70 岁死于脑出血。平反恢复公职后，日子开心，过于贪杯。

小儿子和他父亲也很聊得来。他在工厂几年，经常加班加点，每年都积攒约一个月的“补休”时间，回到家中，白天帮忙做家务，晚上和父亲聊天。瑞福斜靠床头，他坐把藤椅靠床前，两人海阔天空聊个没完。有一次，我生小儿子的气，就问他，你为什么跟你爸有那么多话说，跟我就没话说？小儿子似乎被我问住了，无话可答。

1977 年邓小平复出，恢复了高考，小儿子又利用“补休”时间，回家复习功课，在政治科目上，瑞福还可以指导儿子。1978 年，小儿子考上福建师范大学。也是这一年，女儿结婚，调回了古田，和女婿一起都在县政府部门工作。接后，外孙女、外孙出世。大儿子 1981 年被安排到城关卫生院牙科诊所工作。我们家庭也像劫后的国家一样，恢复了生机。

1978 年 9 月的一天，瑞福像往常一样去文化馆读刊阅报，不料，在文化馆门前大街上，被一辆邮电工具车撞倒，造成双耳出血、脑震荡，不省人事，经抢救脱离危险。但住了一个多月的医院，从此，羸弱的身体更是元气大伤，衰老现象明显加快，饭量更小，心肺功能减弱，哮喘频发，但他仍戒不掉吸烟习惯。虽然身体一天不如一天，心情却是舒畅的。

1981 年下半年，瑞福又因心肺功能衰弱住进医院，他担心去日无多，写信给读大学的小儿子，让他实习结束后回家一趟，以慰思念（当时大儿子和女儿一家都在古田）。小儿子回来看望后，他病情有所减轻，就出院了。1982 年春节过后，他又一次感到去日无多，对即将离家上学的小儿子及其未婚妻说：这次分别，恐怕等不到唐颐夏天毕业了。不想一言成谶，1982 年 3 月 1 日，瑞福永远闭上了双眼，时年 63 岁。

我与瑞福婚后生活 38 年，到今年（2017 年），他先我而去已 35 年。这 35 年，我们家和国家一样，不断欣欣向荣，我常对儿女们说，可惜你们父亲走得太早了，没有过上儿孙们孝顺的享福日子。我回顾自己一生，做人家女儿时，没怎么享福；做人家老婆时，也没怎么享福；到了做人家母亲、婆婆、岳母、奶奶、外婆、大奶奶、大外婆之后，不断地享福。我真的心满意足了。

如果上帝让我活到 100 岁，那么，瑞福不在我身边的日子将超过我们婚后在一起的日子，不知瑞福是否等急了？

再耐心等等，瑞福。我不能辜负上帝和儿女、孙辈、曾孙辈让我活到 100 岁的愿望。

2017 年 5 月

我与家姐

我的家姐出生于清朝光绪年间的1903年，年长我18岁。我爹爹17岁、嬷嬷（母亲）18岁那年生育了她，是他们的第一个孩子。古田人称呼姐姐，习惯前面缀以“家”字，大概以示与堂姐区别吧，我就这么称呼她一辈子。

我从懂事起，家姐就已成家。值得庆幸的是，家姐有一双“解放脚”。按自古以来习俗，女儿家五六岁必须缠足，否则，连婆家都找不到。常言，女子十分人才九分脚，“三寸金莲”为最美，长相身材列其次。那一年，外婆让嬷嬷带着家姐回娘家，对家姐予以缠足。缠足确实是我们民族千年陋习，是对幼女生理心理的极大摧残。手段其实很简单，用一条长长白布带，将女童双脚除拇指外，其余4个脚趾连同脚背强制弯入脚底，死死捆绑住，使两足成锥形，终身畸形，于是形成站立、行走颤颤巍巍、婀娜多姿的病态美。五六岁的家姐如何受得了如此酷刑，回到家中，日夜啼哭不已。那时虽是清末，但康（有为）梁（启超）维新派思潮已播及小县城，再加上爹爹又是信仰天主教，天主教本不赞同女子缠足，爹爹被女儿啼哭得于心不忍，不顾嬷嬷、外婆阻拦，决意给家姐的缠足带松绑。幸好爹爹的一意孤行，使得家姐一双天足终得解放。

家姐婆家是古田有名的江氏大族。县城的江厝里，是我见过的古田最壮观与精致的八扇厝，江厝沿街而建，前店面后居家，大门居中。

店面曾开设过米铺、染布铺和金店，白天将一块块门板取下，店门宽敞，晚上将门板关上后，还留有木制的小柜台和小窗户。我曾听家姐讲述江氏祖辈故事，说是早年间平湖镇一个姓江的小伙子到县城打工，穷困潦倒，流落街头，夜间把一大户闭店后留出的窄窄柜台当卧榻。店主人见之可怜，便收留为小伙计。时间稍长，见小伙计聪明好学，勤快耐劳，便教他经商，而后收为乘龙快婿。再而后江姓小伙计逐渐发展成县城的江氏大户了。

江厝里与我爹爹嬷嬷的房屋仅隔一条街，我小时候喜欢上家姐家玩。家姐房屋大门门槛极高，小孩子跨过去得费很大的劲；两扇大门结实厚重，推起来哎哎呀呀作响。走进大门，两旁的天井开阔敞亮，就像两个小花园，有假山、鱼缸、盆景、石桌石凳。花卉中兰花最多，都种在花盆里，摆放在地上、花架上、假山上，兰花开放时，清香最是可人。我还喜欢趴在大鱼缸口，看金鱼在自己的面影上游来游去。

厅堂又高又大，8 根圆圆厝（木）柱分立两旁，厝柱下的石础又圆又亮，精雕细刻，比厝柱大出一圈。一群小孩子跑上了厅堂，都喜欢争抢石础沿座位。8 个小孩分坐两旁，背靠厝柱，排排坐，吃果果。现在回想起来，那场景就如一幅图画。

我喜欢上家姐家还有一个原因，家姐、姐夫经常留我吃饭。家姐说，我们今天午饭芥蓝菜炒粉干，让月月（我小名）吃了再回家。这句大约 90 年前说的话，我仍记忆犹新。

我第一次照相，就在家姐房间，她的梳妆台有一面半身镜，清晰明亮，可是件稀罕物。我那时读中学，手捧一卷书，俨然一名知识女性，背对镜子，照出了正面背面两面人像。后来，儿女们夸奖，这种摆拍，艺术水平相当高。我与家姐当年的心思是，照一次相不容易，能照出两面人像，外加珍贵的玻璃镜，十分上算。

家姐成家后家境优裕，姐夫又是一个厚道谦和之人，他经营一家金店，店面虽小，却也安康。但人生总是圆满少，缺憾多，家姐结婚多年，就是未能生育。时间一长，长辈们就劝他们去领养一个儿子。

那是20世纪30年代初的一天，家姐叫我去她家中，说有重要事让我做。我走上厅堂，见到家姐、姐夫等几个大人，评论着跟前两个小男孩。家姐小声告诉我，这两个小男孩从屏南县领来的，都3岁左右，你帮家姐看看，应该领养哪一个。我当年也就10岁左右，眼明口快，没观察多久便指着其中一位个头小的说："我挑这个，聪明灵气。"家姐、姐夫笑着点头，说我挑的和他们想的一致。于是，家姐领养了一个儿子，姐夫为之取名年绥。

我新来的小外甥果然很会读书，又懂事听话，嘴巴也甜，见我就叫"月月细姨"，我们全家上下都疼爱他。家姐、姐夫一心要把他培养成大读书人。我结婚后，跟随丈夫居家福州两年，江年绥刚好考上福州一所高级中学，我每个星期天都叫他到家中吃饭，他每一次来都兴高采烈地告诉我学校和社会上的新闻。我很喜欢听，我丈夫夸奖他口才极佳。

中华人民共和国成立之初，年绥不负众望，考取北京大学政治系，轰动古田县城，全家为之高兴。他也踌躇满志，对父母和我说，学成后一定建功立业，报答爹妈和细姨。

年绥在北大4年，学习成绩优异，社会活动积极，全国著名的哲学家艾思奇是他的导师，年绥曾自豪地拿出一个皮制钱夹子给我们看，说是艾思奇导师送给他这个得意门生的纪念品。年绥大学毕业时已被挑选赴莫斯科留学，据说还受到宋庆龄等大领导接见。人生正是春风得意之时，反"右"运动开始，他被划为"右派分子"，一夜之间，从彩云之端坠入"炼狱"。

从此，家姐家道中落，一蹶不振。在此之前发生一件大事堪称不幸又万幸，即姐夫于1955年因肺结核病去世，这本是不幸之事，但姐夫临终之时，双手紧握从北京赶回探视、将成国家栋梁之材并为江家争光的儿子，老人家深感欣慰，溘然长逝，又是万幸。

做梦也想不到年绥的“右派”罪行如此之重，竟被判处3年有期徒刑，押送山西晋南一个煤矿劳改。那一天，古田县城高音喇叭一遍遍播放着，“坚决镇压右派反革命分子”的刺耳之声，破窗而入。我爹爹已病入膏肓，躺在床上，汤药不进，老泪纵横。家姐服侍在旁，泣不成声。

家姐送走爹爹后，从此和我们家生活在一起，当时她才50岁出头。我与丈夫忙于工作，她包揽了全部家务，照顾嬷嬷和我们3个儿女。儿女们早把姨姨视为一家人，他们的印象中，小时候就怕姨姨一个人，因为外婆慈蔼，总是宠他们；父母亲忙工作，没时间“管”他们；只有姨姨“管”得严。比如吃饭配菜要节俭，菜必须定额；饭桌上有客人，要懂规矩，多吃饭，少夹菜；女儿要帮助刷碗、洗房间地板；男儿要帮助劈柴、做一些力所能及的体力活，等等。

年绥劳教期满后，自觉无颜见江东父老，就在劳教监狱的学校找个临时工作。那年回乡探亲，身无分文。我与丈夫商量，以我们居住家姐的一间房屋租金为名，每年48元计，交与家姐，家姐为儿子置办了单身在外的必要家当。

1964年，经好心人介绍，30多岁的年绥与古田农村一位姑娘订婚。姑娘19岁，初中毕业，勤劳贤惠，但女方家提出聘金500元。家姐因姐夫多年疾病，早就耗光了家底，我与丈夫拿出了自己的积蓄，促成了外甥的婚事，也了却了家姐的心结。

家姐前半生生活闲适，后半生却辛勤操劳，但她从不怨天尤人，总是尽自己力量去多做些事。她除了帮我们操持家务外，还帮人带孩子，每月可收入起初8元，之后10多元、20元。经她带的孩子有七八个，有的带一两年，有的两三年，孩子带久了，有了感情，长大了，不忘来看望她，也是一种欣慰。

我的外孙女 1979 年出生时，我尚未退休，不能帮助照看，家姐已是 76 岁老人，身体还好，带孩子又有经验，我女儿就请姨姨帮忙带了两年，直到外孙女上幼儿园。外孙女是家姐帮助带的最后一个孩子。当时家姐还帮人制作鞋垫，每天煮一大碗糨糊，一边糊鞋垫，一边照看孩子，孩子奶水不够，经常吃米糊，那一碗米糊与一碗糨糊的形状实在相差无异，于是后来大家都开玩笑说：平平（外孙女小名）不知道是她姨婆用米糊还是糨糊喂大的。

家姐家的天井种着一棵无花果树，每年结出的果子又红又大又甜，一到采摘季节，我的孙子、孙女、外孙、外孙女都会说：到姨婆家采无花果吃。他们至今回味起来，仍说是吃过的最好的无花果。

我家在"文革"期间，丈夫被迫退职回家，3 个儿女全部上山下乡插队落户，经济收入顿减，支出顿增，寅吃卯粮，陷入最为困难时期。家姐主动拿出多年带孩子的收入 300 元，又让儿媳妇拿出绣花厂工作攒下的工资 200 元，一并偿还我们当年为年绥娶亲花的聘金。令我感动的是，即使要偿还聘金，也不应该让她儿媳妇拿出私房钱，但我这位外甥媳妇说，姨妈这些年对我像亲媳妇一样，您现在有困难，我愿意出这个钱。

所幸的是，"四人帮"被粉碎，党和国家全面"拨乱反正"，年绥的"右派"问题得到纠正与平反，补发了一大笔工资。更有意思的是，他的政治人生出现了戏剧性的变化，当年作为煤矿劳改监狱的"阶下囚"，忽然有一天被任命为同一所监狱的政委。

年绥临近知天命之年，加官晋爵，那年回乡探亲，面貌焕然一新，一定要请我一起与他们一家照一张"全家福"。他说，细姨就是我母亲一样的亲人。

20 世纪 80 年代初，《牧马人》电影公映后，年绥与他的妻子成了当地“牧马人式”的人物，到处有人请他演讲、做报告，他的口才又得到极好的发挥，风光一时。

只是家姐如耗尽油的一盏小灯，油干灯熄，没能多享受几年儿子孝顺的生活，于1987年春季病逝，享年85岁。

2017年5月

我与旸谷二姐

旸谷二姐的身份是个传奇。

旸谷二姐比我的大姐小 3 岁，生于 1906 年。当爹爹看到第二个孩子出生，又是女儿，很是沮丧。清末年间，古田民间风俗，头胎生女一般留在家中，日后好带弟弟。这“带”字有两个含义，一是给娘亲带来下一胎弟弟，所以许多姐姐干脆名叫“带弟”；二是帮娘亲照看好弟弟。次女之后的女孩命运，可就惨了，不是送人，便是丢弃，甚至溺毙。

爹爹想起旸谷村有个郑姓的故交，前些日子生养了一个男婴，全家欢天喜地，还请他吃满月酒，何不将女儿送与他当童养媳，知根知底，也放心。

爹爹与故友一拍即合，开始互称“亲家”了。男方的亲家想得更周到，提议将小夫妻交换养育，这也是古田的民间风俗，认为孩子“更好带”（即能避免孩子生长中的病与灾）。于是，我的二姐去了旸谷村，二姐夫被抱到我们家。两家人都称心如意，精心哺育。

时间过得很快，二姐一岁多了，长相喜人，口齿伶俐，亲家、亲家母很是疼爱。但突然一天，二姐高烧不退，亲家母赶紧抱她到县城看医生。不幸的是，延请名医，四处寻药，还是保不住二姐小性命。亲家母又悲又急，悲的是如同痛失亲生骨肉，急的是小丫头是她丈夫的开心果、心头肉，眼下如何向他交代？急中生智，即请人买了个年纪相仿的女孩，来个“狸猫换太子”。亲家母知道我爹爹嬷嬷是瞒不住的，便哭哭啼啼上门，说明真相，求得原谅与理解。而后，抱着假冒的女孩回家。亲家公见到小儿媳，皱着眉头说了一句：“生了一场大病，怎么变得难看了！”终究不明真相。而我爹爹嬷嬷，既然与亲家母合谋欺骗，只能对待假女儿和亲闺女一样疼爱。假戏唱久了也就成真。

我懂事起，旸谷二姐已经成婚。二姐夫读过几年私塾，后来回乡务农，兼做些小生意，是个斯文胆小的人。他们头胎生了个儿子，自然高兴，取名“万和”，寓意不言而喻。第二胎生个女儿，按现在社会观念而言，有男有女，美满如意，但当年陋习就是容不得女孩，想来实在恐怖，亲家母竟命二姐夫将新生婴儿扔到河里去。二姐夫不敢违抗母命，便在一天夜间，用小棉被裹着新生儿，快步走到河边，狠心地往河里一扔。那小生命被冰凉河水一刺激，大声啼哭起来。二姐夫慌忙返身跳入河中，急匆匆抱起女儿跑回家，禀报母亲，坚决不能扔。但小生命禁不住折腾，几天后便夭折。

也许是报应，二姐夫河中归来，惊魂不定，夜夜发烧，说胡话，大喊：溺死鬼来索我命。全家人为此大惊失色，访名医、请道士，服药驱鬼，好长一段时间才慢慢痊愈。二姐夫曾对二姐说，我扔她时，那小丫头眼睛看着我，惊恐万状，好像看穿了为父心肠。我把她从河中抱起后，她闭着眼睛啼哭，再也不看我了，我如万箭穿心。后来，二姐、二姐夫再也没有生育。

我小时候对旸谷村熟悉和喜欢程度，甚至超过外婆的马岭村，虽然只去了两趟，但因为待的时间长，便留下深刻印象。

两次都是“逃反”去的（古田民间把逃避战乱称为“逃反”，大概自古以来有着逃避叛军反叛之意）。第一次是“十九仔造反”（即1933年至1934年国民党十九路军的“闽变”），古田县城突然涌入大批驻军，街头巷尾充满剑拔弩张的气氛，显然大战在即，爹爹急忙带着我们全家“逃反”至旸谷村。

当时我十二三岁，记得在旸谷村待了一两个月。二姐年长我16岁，此时她的儿子郑万和已经五六岁，能带着我走街串巷。二姐很喜欢我，一定要我和她一个床铺睡觉。二姐夫与爹爹嬷嬷感情很好，因为他从小生活在我们家，直到6岁才回到旸谷村。我听大姐说，当年亲家公看到儿子逐渐长大懂事，和自己反倒不够亲热，就提出接儿子回家，但二姐夫已经把爹爹嬷嬷认定为亲爹亲娘，不肯离开，只能被又哄又骗到旸谷村，起初一段时间还经常闹着要“回家”。也因此，两家走动比较勤。这次“逃反”，爹爹干脆把牙医器械搬到亲家的房屋厅堂上，开起诊所。

旸谷村是个大村，人口有2000人左右，还有一条街道，客栈、打铁店、草药店、老酒店、光饼店、豆腐店，店面一家挨一家，十分热闹。甚至有宁德人开的海货店。目鱼干、鳗鱼干是“食补”的食材，咸带鱼、咸黄瓜（花）鱼、咸蟹是高档当家菜，有时还有新鲜的海蛎和黄瓜鱼。记忆中，当年有专门的“甲哥”（古田人的扁担多用毛竹制作，称“竹甲”，“甲哥”即挑夫）到宁德挑海鲜，如逢黄瓜鱼季节，“甲哥”在驿道上吆喝一声：“担黄瓜”来了！路人都得避让，这是规矩，因为宁德到古田得挑担行走3天，几乎一路小跑，才能保证黄瓜鱼新鲜上市。

村里有戏台，设在佛殿里，村里还有自己的戏班，是闽剧班，逢年过节，一定演戏，还到外村巡演。我印象中，爹爹白天在诊所挺忙的，晚上吃饭时都一大桌人，酸菜和咸笋是最常吃的菜。爹爹照例温一壶老酒，独自一人慢慢地享用（那时亲家公已去世），下酒菜多是炒花生、煮黄豆，有时也有鸡鸭肉和海货。

第二次“逃反”到旸谷村是因为日本飞机轰炸，我只有十五六岁。

那一段时间，警报凄厉的声音一响，全城民众胆战心惊，赶紧往防空洞跑。四保街曾被炮弹炸死好几个人，尸体血肉模糊，甚至飞溅到大榕树上，十分吓人。爹爹决定再次“逃反”，再把牙科诊所搬到旸谷村。

旸谷村距离县城才10多里路程，村庄名山清水秀，村后层峦叠嶂、森林茂密、古树参天。村前，双溪如两条玉带环抱村庄，一条是剑溪，一条是白垅坑河，两溪在村尾相汇，形成一个深不可测的龙亭潭，俯瞰水面黛玉般颜色，潭中不仅可钓到大鲤鱼，还可摸到大河蚌。一座石拱桥横跨河面，桥墩长满古藤蔓草，桥头有一棵高大的老榕树，像一把巨伞覆盖桥面。夏天，许多人在这里乘凉。桥下有一排洗衣石，圆润如玉；一群洗衣女抡着小棒槌，敲打着衣服，欢声笑语，就像一幅风景图画。

拱桥下游不远处有一座水碓房，房外的大水车长满青苔，转起来水花飞溅，咿呀作响。房内有4个石臼，4根石槌起起落落，有如鸡啄米似的碓米。这是全村唯一的水碓房，每天忙得不可开交。我曾经和小万和一起，挑着两小袋的粗米，先到水碓房排队，等二姐挑来两大筐粗米，一并碓米。

房前屋后，成片成片的毛竹林。那天，二姐夫领着我们去挖笋，见到日本飞机轰隆隆从天空飞过，我很害怕。二姐夫说，不用怕，飞机看不见我们村庄，看见的只是大山树林，我们躲在树林下，很安全。

1958年，古田溪水电站大坝开始蓄水，旸谷村也沉入水底——这是一个我记忆中最美丽的村庄。

二姐夫算是半个读书人。抗战期间，他为谋生，独自一人下南洋，在新加坡惨遭日寇杀害，抛下了孤儿寡母。幸好外甥郑万和从小懂事，聪明伶俐，长大后颇有出息，他20世纪50年代加入古田溪水电站的民工队伍，吃苦耐劳，勤奋好学，逐步成长为一名成才的水电技术人员。古田溪水电站建成之后，被作为骨干派到广东新的水电工地去，担任小头目。万和后来成为工程师，有了美满的家庭，也很孝顺母亲。二姐一直跟着这个独苗儿子，终老在广东。

2017 年 5 月

我与南洋三姐

一

我60岁那年第一次与南洋三姐、三姐夫见面，那是1982年秋冬之交的季节，南洋三姐、三姐夫第一次回到中国。

三姐出生于1914年，年长我8岁，她出生3个月就被送到大桥镇岭南村一户程氏人家当童养媳，3岁那年与她的小丈夫一起下南洋。听嬷嬷说，是三姐的公公挑着番薯筐，一头坐着3岁的三姐，一头坐着6岁的三姐夫，于民国早年下南洋的。

去国离乡，一别就是65年。去时蹒跚学步、蓬头稚子，归来乡音无改、白发苍苍。我们三姐妹相拥而泣，三姐凝视着已故25年和17年的爹爹、嬷嬷遗像，老泪纵横地骂道："阿爹阿嬷，你们心肠怎么那么狠，我才出生3个月，就把我送人当童养媳……"

二

我第一次得到三姐的音信是1960年，那时国内经济遇上很大困难，有些地方出现了饿死人现象，南洋华侨心系家乡的父老乡亲，纷纷解囊相助国内亲朋。有一天，我突然接到马来西亚寄来的包裹，十分惊奇，打开一看，是一位自称姐姐的人，千里迢迢邮寄罐装麦片，孝敬母亲陈三妹。原来是40多年未曾谋面的女儿，千方百计打听到自己母亲的下落，来尽跪哺之恩。

直到此时，嬷嬷才告诉我三姐的来龙去脉。当年古田的风俗，女婴被送人当童养媳是一种好的选择（没有被溺亡）。爹爹了解到小东（现大桥镇）岭南村程昌代是个忠厚勤劳家庭，有个3岁的儿子程云南，聪明伶俐，便托人前去说媒，将3个月的女婴送与他当童养媳。程昌代是基督教徒，对爹爹有所了解，很是乐意领养了三姐。

程昌代于1901年加入闽清人黄乃裳率领的福州十邑乡亲1118人麾下，漂洋过海到达马来西亚，将原乃不毛之地的诗巫垦荒为“新福州”。程昌代是程家独苗，他在诗巫站稳脚跟后，回古田娶妻生子，1917年又将全家带回诗巫。程云南也是程家的独苗，20世纪30年代初与三姐大婚，当时与古田亲戚还有联系，中华人民共和国成立后便杳无音信。想不到国内经济最为困难时期，三姐找到了我们。

收到三姐雪中送炭的食品和暖意融融的家信，我们非常感动和高兴，我即回信，询问三姐全家及南洋情况，介绍国内和家庭生活。此时才知道，三姐一共生育了15个儿女，其中4个夭折，养育成人11个（7男4女），皆学业事业有成。与我回信的大都是大外甥程光利和二外甥程光意，他们是20世纪50年代伦敦大学和台北大学毕业的，汉文造诣颇深，封封家书充溢着浓浓亲情。每封信中都夹带有相片，如三姐、三姐夫寿诞时照的全家福，一大家子，人丁兴旺，其乐融融。中国的亲朋只要看到三姐的相片，都会说：你们三姐妹长得太像了，真是一个娘胎里爬出来的。还有外甥、外甥女大婚的合影，那些婚纱照，洋气靓丽，与我们当时国内艰苦朴素的结婚照，形成明显反差，让人看了爱不释手。只可惜，“文革”期间也难逃付之一炬的厄运。

中国三年经济困难时期，三姐不仅多次寄食品给嬷嬷，还寄回一块“奥米迦”小手表送与我。我十分稀罕，异常珍惜，有一段时间，因在牙科诊所上班，经常洗手，担心损坏了它，舍不得佩戴。20世纪70年代末，我女儿结婚，把小手表送给女儿当嫁妆。20世纪80年代初，我小儿子结婚，女儿又把它送给弟媳妇。这块小手表成了我家珍贵的纪念品。

遗憾的是，嬷嬷直到去世，始终没有与3岁离家的三女儿见上一面。她曾端详着三女儿的“全家福”赞叹：还好把月莲（三姐名字）送给了一户好人家，这都是上帝的旨意，她是你们姐妹中最快活的一个。

三

“文革”期间，与南洋联系被迫中断。直到1982年，突然从县侨联得到三姐、三姐夫回国探亲的消息，我们惊喜有加。

68岁的三姐和71岁的三姐夫第一次回国、回到故乡，就住在我们家连卫生间都没有的、简陋的筒子楼里，住了一个星期。我那年刚退休，有时间陪着他们逛街走巷，探亲访友；雇一艘小木船，泛游翠屏湖，指点水底的古县城；乘坐拖拉机，颠簸于弯弯曲曲的机耕路，到三姐夫的故里岭南村寻古。3岁离家的三姐对故乡全无印象，而比她大3岁的三姐夫依稀记得村庄的模样，记得坐在番薯筐里摇摇晃晃在山间小道的情景。

20世纪80年代初，国内经济发展刚刚起步，物质相当匮乏，三姐、三姐夫带回两大箱旧衣服和新布料，我大姐、我一家和我兄长一家，人手一套旧衣服和一块新布料，大家都感到亲情的温暖，还一起照了一张“全家福”。

当时，南洋华侨回国探亲，旅行社都会给他们推荐一条全国著名景点旅游线路，包括北京、上海、广州、杭州、苏州、桂林等地，行程10多天，三姐、三姐夫一定要带我走一趟。我第一次参加这么奢华的旅行团，很是新鲜和兴奋。旅游途中，三姐夫不止一次对我说：“中国地盘真大，风景优美，物产丰富，价格低廉，家乡又有这么多亲戚，亲情浓厚，我们一定还会再回来的。”

但5年后，三姐夫病逝于诗巫，终不能如愿以偿。

旅游在20世纪80年代初还是奢侈品，我除了新婚时跟随瑞福去了趟杭州，近40年几乎就在古田一个地方，这趟旅游算开了眼界。后来，我常常翻阅那一组相片：八达岭长城脚下，我和三姐骑在骆驼背上的合影；杭州灵隐寺旁的飞来峰下，我与三姐、三姐夫合影；还有桂林七星岩溶洞、苏州拙政园、广州越秀山，都留下我们姐妹的合影。

四

20世纪90年代初，有一天上午，我的南洋外甥老五光杰和老六光贤突然出现在我家门口，他们在没有地址（我跟随大儿子新搬了家）情况下，多方问询找到的。按照他们的说法：看见姨妈第一眼，就知道找对人了，因为如同见到自己母亲，姨妈与母亲长得太相像了。而在我眼中，光杰长相最像我三姐，我与他们初次相见，就有与生俱来的亲情感，所以血浓于水的道理是根植于基因之中的。

1993年春节期间，老五与老六订购了中国去马来西亚的往返机票，邀请我飞往诗巫过年，还请我女儿专程陪同。那一年，我与三姐再次团聚，姐妹俩同居一室20天，每天晚上，都有聊不完的话题。

我这一生，第一次走出国门，但到了国外，做客在诗巫的每一天，仿佛没有离开过福州地区，更谈不上身处异国他乡的感觉，因为整座城市通用的语言是福州方言，日常生活习俗与福州相差无异，难怪人们称诗巫为“新福州”。

三姐夫和他的父亲都属一脉单传。到了1980年，三姐夫70岁华诞，一家子在大外甥光利别墅前拍“全家福”，我数了数，总共49口之众。到了去年（2016年），老六光贤告诉我，他们兄弟姐妹11个家庭共计

170余人，他们一辈的第四代人口还在不断增长。我三姐夫和三姐一家的兴旺发达，其实也是福州十邑乡亲在诗巫发展壮大的一个缩影。

我的外甥、外甥女家庭皆事业有成、幸福美满。老大光利，伦敦大学毕业，回诗巫从事律师职业，曾任诗巫古田公会主席一届。老二光意，台北大学毕业后回诗巫办公司，曾任诗巫古田公会秘书长多届。老三光灿，守在乡下山芭老屋，仍以农耕为乐。老四光德，在砂拉越首府古晋开一家饮食店。老五光杰和老六一起办公司，三姐夫去世后，三姐就住到老五家中。老六光贤，应该是生意做得最好、经济实力最强、孩子也生得最多的一位外甥，育有四女二男，皆已成家立业，生育了10个孙儿和外孙，全都移居澳大利亚。老七光豪，在诗巫开一家饮食店，兼做一些生意，是诗巫古田公会副秘书长。外甥女4个，老大移居澳大利亚，老二、老四在诗巫，老三在新加坡。

外甥们轮番请我们吃饭，在家中、在饭店，有时得摆好几桌，儿孙辈济济一堂，我听到最多也是最高兴听到的一句话：阿妈（阿奶）和姨姨（姨婆）长得太像了。

五

老五和老六还陪我们到吉隆坡玩了两天。马来西亚首都的繁华和各等肤色人种擦肩而过之时，我才感觉到了国外。

有一处景点叫“黑风洞”，给我留下深刻印象。它位处吉隆坡市郊，一座山中的溶洞群，掩映在半山腰的原始森林之中，从山下到溶洞必须爬两三百个台阶，我当年71岁，不怎么感觉吃力就爬到洞口。溶洞群以黑洞和光洞最为有名，洞穴非常大。黑洞阴森恐怖，据说洞内有很多蝙蝠与蟒蛇，我们不敢进去。走了光洞，洞高五六十米，宽阔如操场，阳光从洞顶孔穴射入，可产生色彩纷呈的光影。

我们游览那天，遇上很多印度人，导游介绍，这里是印度教的圣地。

虔诚的印度教徒用钢针穿透面颊，用小叉刺穿舌头，背负神像，唱着圣歌，鱼贯而入溶洞参拜，那场面让人看得惊心触目。

我们还在云顶酒店住了一晚。南洋四季如夏，春节期间，仍然炎热得如盛夏，但云顶是吉隆坡旁边的一座高山，山顶云雾缭绕，气温凉爽。云顶是避暑胜地，更是赌场圣地，是马来西亚唯一的合法赌场。老五和老六说是带我们去见识见识，换了一大堆铜板，让我和女儿一起玩老虎机，他们却玩大的去了。我在老虎机上乱打一通，赢了100元马币即收手，但不放心两个外甥，就让女儿去找他们，嘱咐略有赢利，必须返回。两个外甥倒也听话，不久便回来，说是赢了两张飞往英国的机票（他们当时做镜框生意，出口英国）。

老二光意还陪我们去古晋市游玩。马来西亚分东马和西马两座大岛，东马有砂拉越州，古晋是州府，管辖诗巫。老二告诉我们，古晋的马来语意思是“猫”，这是座爱猫、以猫为荣的城市，有世界上第一个猫博物馆。我们观看了城市的标志，一只雕塑的白猫，温良敦厚。古晋穿城而过的砂拉越河流与玛格丽特古城堡都给我们留下美好印象。

六

“山芭”是南洋亲戚们经常挂在嘴边一个名词，三姐决意带我们走一趟。到了周末，五六辆小车，20多个儿孙，组成一支浩浩荡荡的“返乡团”队伍。

何谓“山芭”，即百年前福州十邑乡亲在诗巫拉让江畔的垦殖创业基地。拉让江为砂拉越最长河流，其流域湿度高，树林茂盛，是世界著名雨林地带之一。1900年至1902年，黄乃裳率领福州十邑乡亲1118人分3批来到诗巫，安营扎寨于拉让江畔，被后人誉为“垦殖先锋队”。

古田人的山芭分配在一个名叫“王士来”的地方，距诗巫城15千米。先锋队员吃苦耐劳，驻扎伊始，搭建茅屋，砍伐雨林，炼山开垦，及时种植蔬菜与番薯，才短短几个月，垦场便具雏形，当年就取得好收成。但垦荒劳作之辛苦、环境之险恶，非常人经受得了，不久，一场恐怖的痢疾病毒悄悄袭来，患者渐多，相继死去10多人。三姐回忆她的公公讲述那段往事，每每心有余悸。

三姐告诉我们，从她懂事起，便劳作在橡胶园。那时橡胶树被誉为“摇钱树”，家家户户都致力于发展橡胶园，不少垦荒者从苦力干到“头家”，靠的就是勤劳致富。在“落仔难”（古田方言，喻儿女尚小，成群结队，忙于照看又忙于工作）日子里，她既要忙橡胶园，又要忙家务，顾及孩子最重要的一件事，即熄灯睡觉时，逐个摸一摸孩子的脑袋，数数有没有少一个。几个外甥听了哈哈大笑，调侃母亲，说母亲经常数漏儿女，认错儿女。他们记忆最为深刻的是，上小学时天没亮就被父母喊起床，睡眼惺忪，头戴油灯去割橡胶汁，割到天亮回家，匆忙吃了早饭上学读书，手指粘上胶汁最难洗干净，老感觉睡眠不够，盼望着下雨，雨天不能割胶，能睡个好觉。

三姐山芭的主角是一幢吊脚楼，那是三姐夫和三姐于1950年，一根木柱、一根木柱，一块木板、一块木板，有如燕子垒窝般筑成的。当年在他们那群儿女眼中，无疑是一座宫殿、一个乐园。确实，即使以我们现在的眼光打量，也是一幢乡间木屋别墅。吊脚楼底层只有楼柱，四面通风，摆放农具与杂物。二层是主楼，厨房、厅堂，一条过道和四个房间依次并列。三层是通风的阁楼，可贮藏粮食。经过近半个世纪的风雨侵蚀，老屋外表浅蓝色的油漆已是斑驳陆离，但木柱廊板依然周正结实。

吊脚楼背后有几株高高的椰子树，屋前是一口大池塘，周遭几十株红毛丹树将枝丫伸向池塘，红彤彤的果实倒映在水面上。春节前后，正是红毛丹成熟季节，大家坐在老屋的厅堂里，品尝新摘下的红毛丹，七嘴八舌话当年。老三光灿与他媳妇，现在是山芭唯一的主人，他们守着老屋和山地，种菜养鸡钓鱼，不亦乐乎。

山芭之行，让我们看到了三姐一家几代人的拓荒创业史，筚路蓝缕，历尽艰辛，顽强拼搏，齐心协力，终得正果。

我将启程回国的那天晚上，三姐对我说，我已 82 岁，腿脚越来越没力气，回不去中国了，你有机会，再来看我吧。

8 年后，三姐无疾而终于家中，享年 90 岁，归葬于三姐夫及其公公婆婆墓园，即诗巫华人公墓。

六

30 多年来，三姐的儿孙们常来中国探亲观光，他们只要到福建，都会来看望我，给我带诗巫特产，送一个红包奉上祝福。我的儿孙也大都到过诗巫探亲旅游，他们还带回南洋亲戚对我的问候，看到后辈们能频繁走动，看重亲情，我很是欣慰。

三姐夫、三姐的儿女有的已当上太公、太婆了，真是家族兴旺。我发现，他们家风很好，个个皆是心地善良、待人诚恳、努力学习、勤奋工作、事业有成却是低调谦恭之辈，特别重视教育，让小字辈们懂规矩，待人接物彬彬有礼，有如绅士淑女。从中看到既有中国儒家传统文化的影响，又有英国绅士风貌修养的渗透，让我感到信仰的力量。诗巫的华人，几乎都是基督教徒，因为 100 多年前，有着英国美以美教会传道士身份的黄乃裳，在十邑乡亲中招募垦殖队员时，主要招募基督教徒。

我喜欢南洋的晚辈常来看望我，最高兴听到那句话：我们见到姨姨（姨婆）就像见到了阿妈（阿奶）。

2017 年 5 月

我的兄长丁长官

我出世之时，据说嬷嬷已连续生育了6胎女儿，没有一胎男儿。这“据说”源自我长大后，一位亲戚长辈悄悄告诉我的，因为我从小只知道的自己有3个而不是5个姐姐。那位长辈说其中两个姐姐一出生就“养不活”了，说话时神秘兮兮的。此事嬷嬷从未提及，我也不敢询问，但心中隐隐约约狐疑，那两个姐姐究竟是“养不活”还是“不养活”呢？后来每想至此，便有一种恐惧感和庆幸感油然而生，因为我是这个家中第6个也是最小的一个女儿啊，是否曾经“死里逃生”呢？亲朋们都说，爹爹和嬷嬷其实最疼爱我。我始终认为，这一定是上帝的旨意！

我与大姐相差18岁。这18年来，在重男轻女的社会，爹爹与嬷嬷不知要承受多大的思想压力，特别是嬷嬷，她始终认为自己的肚子不争气。古训“不孝有三，无后为大”，即没有后裔继承香火，是3种不孝行为中最为严重的一种。而这后裔特指男儿，女儿再多也上不了族谱。摆在爹爹与嬷嬷面前的只有一条路：必须去认养一个男孩，以继承丁家香火。

在我1岁多时候，家中来了个小兄长，比我大1岁多。不知为何，爹爹给他起个名字“长官”，似乎是对这个能继承丁家香火的儿子寄寓了祖辈读书致仕的愿望。但世间许多事偏偏事与愿违，长官兄从小长得相貌堂堂、聪明伶俐，就是不爱读书，对爹爹的牙科医术技艺却兴趣浓厚，不仅一学即会，而且触类旁通。爹爹后来说，一个人吃什么饭是天注定的，长官这一辈子就是吃技艺的饭，不是读书的料。于是，长官兄没读完小学，爹爹就让他跟在身边学艺。

古田民间有个说法，抱养个儿子，这儿子会让养父母生个儿子，比给女儿起名“招弟”“带弟”更管用。果不其然，长官兄到我们家一年多，嬷嬷就生了个弟弟。说来真是应了爹爹的话，这个弟弟从小就爱读书，对爹爹的牙科技艺毫无兴趣。爹爹曾感叹，长官是上帝派来给他子承父业的。

传统牙科分为治疗与造牙两大门类。当年对牙医的定位似乎不太明确，就称呼来说，有人称爹爹“先生”，有人则称之“师傅”。民间本来对这两者有严格区分的，比如，请医生、教师、风水师等吃饭，应该让他们坐“横桌”（按八仙桌的桌面木纹横竖摆放）主宾座；请金匠、木匠、铁匠等吃饭，则应该请他们坐“直桌”主宾座。可能是牙科的治疗以医生职业为主，造牙更让人感觉是工匠技艺为主。20 世纪五六十年代的造牙，先是用橡胶泥在沸水中泡软后咬模，接着用石膏粉调成糊状浇模，等石膏模晾干后，便在齿模上制作假牙。那时没有种牙技术，如果为一个缺牙造一个假牙，需要旁边的一个甚至两个牙齿，或戴个壳，或挂个钩，起到承载作用。材料有不锈钢、烤瓷、合成金，甚至纯色黄金。长官兄心灵手巧，对造牙技艺尤为兴趣，又能刻苦钻研，3 年出师，便独当一面，不到几年，在古田已颇有名气。

长官兄因为立业早，年纪轻轻便招来媒婆盈门。爹爹做主，让他 18 岁那年就大婚，可谓是早早立业成家。我嫂子也是个天主教徒，城关人，虽没上过学，但也贤惠勤劳。兄嫂共养育了四男四女八个儿女。头两胎均是女儿，第三胎生个男儿，兄嫂与爹爹嬷嬷十分高兴，千般宠爱，万般呵护，婴儿时期，每天给他喂食鸽子蛋。民间说法，鸽子蛋属大补品，想必是有根据的。我这个大侄儿，怕是给补过头了，长大后智力就是有缺陷，幸好身体素质还好，长官兄只能把他带在身边学牙科技艺。他也只能干些粗活，一生未成家，现在近70岁了，幸好有他的姐妹弟弟们帮衬着。

1956年国家提倡公私合营，古田县牙科成立联合诊所，归属城关保健院（卫生院）管辖，爹爹成了联合诊所的头牌牙医，长官兄名列第二。1957年爹爹病逝后，他就成了古田县头牌牙医，直至1973年病逝。长官兄的工资级别始终位居城关卫生院医生之首。20世纪50年代末，月工资就达100元，与县医院外科专家兼院长的老马工资不相上下。

长官兄制造的假牙备受称道，实用与好看，两者有时各司其职，有时相得益彰，这是他技艺炉火纯青的标志。一个人的牙齿缺失了，补个假牙，首先自然要求能起到替代作用，视如己出，胜任咀嚼食物，坚固实用为第一要务。但也有以好看为唯一标准的，各个时代的审美观念不同，比如20世纪五六十年代，福州地区（估计远远不止）的女子盛行给自己的一个犬齿镶嵌金牙，微笑之时白牙之间有个金光灿灿，富贵时尚。这就需要把一个好端端牙齿磨掉一圈。长官兄都能根据实际，量身定制，如制作个磨牙，则用不锈钢材料，坚固耐用；镶嵌门牙，一定用烤瓷，而且色泽要与旁边牙齿一致，让人看不出是假牙；至于镶嵌金牙，必须将金皮打得越薄越好，尽量使牙齿受损少些。长官兄制作假牙水平之高，不仅在古田县声名远扬，甚至邻近县如屏南、闽清都有人慕名而来，请他制作。

但长官兄生活习惯不好，喜烟好酒，烟要抽“大前门”的好烟，喝酒也像爹爹一样，要喝烫黄酒。和爹爹不一样的是，爹爹有几样小菜配酒即可，他要大鱼大肉，而且三天一小宴、五天一大宴，酒肉朋友一大堆。我的嫂子也不会当家，有了钱随便花，没钱了再说。所以长官兄尽管工资高，却像现在年轻人形容的“白月光”。一遇上大事、急事，必须花钱时，他却束手无策。最要命的是，由于长期烟酒无度，导致他 53 岁就患上绝症，撒手人间。

长官兄的儿女中，我与他二女儿丁琴最为亲近，因为丁琴初中毕业就到牙科当学徒，跟着我学医疗技术，跟着她父亲学制牙技术，朝夕相处，有如己出。长官兄过世后，丁琴成了她家里的顶梁柱，孝敬母亲，照顾大姐和弟妹，几十年如一日，十分难得。丁琴退休之后，常到我家中，陪我逛街、聊天和走亲访友，一口一个“姑姑”叫我，让我备感浓浓的亲情。

2017 年 5 月

我的三个闺蜜

1941年春季，我考入了古田县史劳伯中学，和同学们经过一段时间的相处,我们3个女生越走越近,逐渐成为志向一致、无话不谈的闺蜜。她们是黄木兰、魏爱花与我。不久，我又通过她们结识了县怀礼医院护士薛怀斌,闺蜜增加至4人。我们的志向可概括为3句话:“独身主义、当名护士、自立自强。”

几年后，第一句皆成食言，第二三句，她们3人均实现，我10多年后终于实现了最后一句。

最有主见的“花木兰”

4个闺蜜中，我年龄最大，1922年出生；黄木兰年龄最小，1925年出生，但最有主见的是这位小妹，堪称文武双全。因“黄”与“花”读音相近，我们干脆叫她“花木兰”。木兰出生在古田大东里卓洋乡的一个大户人家，父亲是一个全县闻名的工商企业家，母亲是位大家闺秀。木兰是长女，父母视为掌中宝，母亲曾许诺，要培养她上大学。

俗话说“人有旦夕祸福”，木兰就读史劳伯中学二年级时，母亲在分娩她的弟弟时，大出血身亡，留下刚刚降临人世的弟弟。木兰曾经告诉我，母亲去世的前一晚，她梦见婶婶逼她披麻戴孝，惊醒后冷汗淋漓，第二天上午心绪不宁，下午就接到噩耗。她深信母女之间是有心灵感应的。

木兰为失去母亲悲恸难以自己，但没想到，接后还有悲伤的事，她的人生从此发生改变。母亲去世半年，父亲迎娶了新人，新人进门，成了木兰的新妈，也成了一家之主，木兰再也不是从前亲妈宠爱的千金小姐。原来在校园里出手绰阔的她渐渐变得手头拮据，直到有一天父亲让她休学，说替她寻了一个好婆家，还说19岁的闺女再不嫁人就成老姑娘。木兰坚决抗婚，一气之下，跑到县怀礼医院，应聘为护士。

木兰告诉我们几位闺蜜，她要坚定地做一个自立自强的独身主义者。她已与家庭翻脸，父亲太让她失望。她一定努力工作，当个好护士，以后还要努力培养亲弟弟。

果然，木兰在怀礼医院工作出色，两年后，被派往南京一家大医院学习。之后，就留在了南京一家陆军医院工作，成为一名优秀的护士。她24岁那年仍独身，而我与爱花已嫁作他人妇。

1946年秋，我已结婚两年，跟随丈夫来到福州。我丈夫在福州一家私营船运公司工作，长年累月跟随货轮漂泊于江海。我寄居于亲戚家中，虽然生活无忧，但犹如一只小鸟困于金丝笼里，说不出的孤独与迷茫。我给木兰写信，诉说心中郁闷，怀念当年志向，并询问她，像我这种情况，如果想去南京当护士，可否？木兰很快回信，说南京陆军医院正缺护士，我有初中毕业文凭，一定会录用。请速来。信中还说，我们是知心朋友，今后如果能一起工作，互相关照，一定是上帝的旨意。我接信后，偷偷下定决心，重新追求当年立下的志向。我对丈夫隐瞒真相，谎称去南京木兰那里玩一个月左右，让他帮我联系开往上海的货轮。但冥冥中似乎有天意，那几个月偏偏没有。当有一天，我丈夫告诉我很快可以搭乘开往上海的货轮时，我发现自己怀孕了，无比沮丧。我的出走阴谋破产后，木兰写信安慰我，说，这是上帝的旨意。

国民党败走台湾后，突然有一天，我收到木兰从台北寄给我的信，原来她已经结婚，丈夫是湖南人，一位国民党高级军官。信中说她嫁鸡随鸡、嫁狗随狗去了台湾。中华人民共和国成立前夕，我丈夫有机会跟随船运公司货轮到台湾，我嘱咐他代表我去看望木兰。

我丈夫从台湾回来后绘声绘色告诉我：木兰生了个儿子，去看望她那天，新生儿尚未满月，木兰迟迟未露面，原来花时间在楼上梳妆打扮。她描了口红，穿着旗袍，扶着楼梯，款款而下。木兰的丈夫先在楼下客厅陪客，他架了个眼镜，西装革履，谈吐得体，分明是一位儒雅之士，岂像一介武夫。

我丈夫与我悄悄分析，木兰在坐月子期间，又是动乱年代，尚能如此讲究，小日子一定过得蛮滋润。

之后众所周知的原因，我与木兰联系中断。直到 1987 年，木兰夫妻回国探亲，我才知道，他们已定居美国 10 多年。木兰夫妻在我家住了一晚，她依然那么充满热情，说，如果我的儿女与亲戚想去美国留学，她愿意提供担保。

命运曲折的魏爱花

魏爱花是古田罗峰村人，比我小 2 岁，出生于地主家庭。但当年即使像爱花这样地主家的千金，也逃脱不了从小被送人当童养媳的命运。爱花温顺文静，身材娇小，留着长辫子，典型的一个淑女。

在校期间，我们经常看见她的“丈夫”送米和零花钱到学校，爱花总是避而不见。据说爱花的婆家，原本是送这对小夫妻一起上学的，只是男孩子生性贪玩，就是不愿读书。到后来，女子读了书，见识渐长，眼界开阔，与山野习性的“丈夫”越来越没有共同语言。爱花的“婆婆”又十分中意这个“媳妇”，三番五次到学校对爱花恩威并施，但终究挽回不了“媳妇”飞走的心。

爱花和木兰一样，初中二年级便去怀礼医院当上了护士。据说爱花的父亲最后还是默许了女儿的选择。两年后，木兰去了南京一家医院，爱花则去福州塔亭医院。我婚后不久跟随丈夫到福州，住家距离塔亭医院不远，时常去找爱花玩，只是她工作繁忙，大都抽不出时间陪我。

我怀孕第一个孩子不久，乳房胀痛不已，起初没有引起重视，进而发展成严重炎症脓肿，幸而爱花带我到塔亭医院，请来著名医生，为我动了手术。当时我丈夫跟随货轮出海，不能陪护，全靠爱花照顾。我住院期间，爱花为我送饭端茶，陪我说话解闷，无微不至。我也知道了爱花的秘密，她与福州军校的一位青年才俊相爱，他也是古田人氏。

爱花自己选择的婚姻是幸福的，但幸福的日子总是太短。几年后，爱花的丈夫成了新社会的异己分子，古田雨伞手工业社的一个被管制改造对象。那一段时间，爱花在古田县医院当护士，她家庭成分高，再加上丈夫的原因，在单位备受压抑。爱花终于受不了被歧视的生活，只身远走他乡，到杭州一家医院工作。“文革”时期，爱花丈夫更是受到揪斗、批判等百般凌辱。幸好爱花远走他乡，免遭劫难，她靠着微薄薪金支撑着苦难家庭。每次回乡看望丈夫，都是悄悄地来，悄悄地走。

好人还是有好报的。到了20世纪80年代初，爱花的丈夫得到平反，爱花回乡终于能扬眉吐气地与丈夫一起走亲访友。之后，她领着丈夫离开了令他们伤心之地的家乡，定居杭州。

逃婚成功的薛华斌

薛华斌是屏南县人，与爱花同龄。她从懂事起就被送到古田一户林氏人家做童养媳。应该说林氏人家是开明的，特别是她的“姑姑”（“丈夫”的大姐，古田风俗，按儿女辈称呼），一位怀礼医院的护士，一直热心地培养“弟媳妇”，让华斌读完小学，之后成为一名怀礼医院的护士。

但华斌就是和她的“丈夫”（一个读完初小，在家务农的农家子弟）对不上眼，可又对她的“姑姑”心存感激，矛盾之极，经常对我们说，她出家当尼姑罢了。

我结婚后，跟随丈夫居家福州，突然有一天，爱花领着华斌找到我家，神秘兮兮地告诉我，华斌终于下定决心：逃婚！她已和木兰约定好，悄悄逃到南京当护士。现在只能由我帮忙，联系一艘开往上海的货轮。因为华斌出逃之前，她的“姑姑”已有所察觉，看住了她的所有家当，所以，华斌现在除了身上穿的一身衣服，一无所有。

我立即告知我丈夫，请他务必尽快联系上开往上海的货轮，帮助华斌逃婚成功。我丈夫也很尽力，一个月后，终于让华斌搭乘上开往上海的货轮。临行时，我们还资助她从上海到南京的盘缠。

华斌顺利到达南京，她写信与我：木兰已经帮助她当上陆军医院的护士，非常感激我们鼎力相助，容当厚报。很是怀念一个月里和我朝夕相处、无话不谈、亲如姐妹的生活。当时我丈夫跑船在外，我每夜与华斌同床共话，她与我谈及，曾经无数次逼迫自己，还是顺从了“姑姑”，与她弟弟成家吧，但只要一看见她的弟弟，心想，要和这男人同床共枕，马上浑身起鸡皮疙瘩。没办法，她只能“忘恩负义”，一逃了之。

内战时期，大家音信全无。直到我丈夫到台湾见到木兰，才知道华斌后来在南京结婚，也找了个湖南籍的国民党高级军官，也一起败退到台湾。

直到 1990 年的一天，华斌和她的丈夫突然出现在我的家门口，虽然40多年未见，我们却一下子认出对方。他们夫妇在我家住了一个星期，我与华斌仍然和当年一样，同床共话，有聊不完的往事。

华斌还专门备厚礼去看望了她的“姑姑”，答谢曾经的培育之恩。

2012 年秋季，我在大儿子、女儿和小儿媳陪同下，初次踏上台湾宝岛，这一年，我 91 岁。许多年前，我曾与美国的木兰、台湾的华斌通过电话，木兰耳朵基本听不见声音，华斌患上海默尔病。于是，我们逐渐失去联系。访台前，我与杭州爱花通电话，她告诉我，木兰与华斌已驾鹤归西了。

那天，我在台北一家酒店，望着街道熙熙攘攘的人群，眼前突然出现幻觉，看见木兰和华斌就在人流中。

我今年（2017年）已96岁，当年的4位闺蜜只剩下我在世，每当回想70多年前的那段光阴，丝毫没有遥远的感觉，还是那么清晰和亲近。

2017年5月

第二辑

南洋亲情

南洋亲情

“南洋”“马来西亚”“沙捞越”“诗巫”，这几个词汇已相伴我们家半个世纪，是温暖如春的亲情记忆。最早印象来于1960年中国经济困难时期，南洋姨姨寄来的洋铁罐头里的麦片。那原本是女儿千里迢迢寄给年迈母亲的“聊补无米之炊”，在我们三兄弟姐妹眼中却是奢豪食品，尝过后便成了难以忘怀的美滋味。当时我的外婆已70岁，她可能没想到，自己将不足3岁的女儿送到一个偏僻的山村当童养媳，继而漂洋过海，40多年未曾谋面，却仍尽跪哺之恩。

外婆生有3个女儿、1个儿子，我的母亲是最小的，比南洋姨姨小8岁，60岁之前从未与她的三姐谋过面；而我的大姨比我母亲大18岁，她是记得三妹容貌的。

1982年夏，68岁的南洋姨姨第一次，也是最后一次回到中国故乡，三姐妹相拥而泣。南洋姨姨凝视着已故17年的外婆遗像，老泪纵横地骂道：“阿妈，你心怎么那么狠，我才3岁，你就把我送人当童养媳……”

我小时候听外婆说，南洋姨姨下南洋时，是她的公公用番薯筐挑着上路，一头装着姨夫，一头装着南洋姨姨。姨夫生于1910年，南洋姨姨生于1913年，就此算来，坐在筐里的小夫妻下南洋于1916年，一个6岁，一个3岁。

三年困难时期，有南洋亲戚，便是令街坊邻居同事同学羡慕的事。

母亲那时有只小小的镀金手表，十分稀罕，异常珍惜，那是南洋姨姨寄给她的礼物。有一段时间母亲甚至舍不得佩戴，说是在卫生院工作经常洗手，怕不小心洗坏了。20世纪70年代末，姐姐结婚，小金表作为嫁妆给了姐姐。20世纪80年代初，我结婚，小金表又戴到我的新娘手上，成了婆婆给媳妇的礼物。那只小金表是名牌“奥米迦”，成了我们家的珍贵纪念物。

印象深的还有南洋寄来的信件和相片。信件大都是大表兄光利和二表兄光意执笔，他们是20世纪50年代伦敦大学和台北大学的毕业生，汉文造诣颇深，封封家书都充溢着浓浓亲情。相片皆是家庭喜事大事的记录，如姨姨、姨夫寿诞的“全家福”，各位表兄弟、表姐妹大婚的合影，特别是当年被国内视为“资产阶级腐朽生活方式”的婚纱照，让我们看得又喜又惊。“文革”期间，母亲悄悄将之藏匿，躲过“破四旧”被付之一炬的厄运。

1982年的中国，经济发展刚刚起步，物质相当匮乏，南洋姨姨和姨夫回国探亲，带回两大箱新布料和旧衣服。我们家与舅舅家的兄弟姐妹各有一份。给我的一块咖啡色呢料，送到裁缝店制了一件中山装，便成了出席各种重要场合的服装。似乎穿了近十年，几次淘汰旧衣服，都舍不得丢弃，一直压在箱底。那一年，姨姨和姨夫还带着我母亲参加旅行团，游览了北京、杭州、桂林、广州等地。我送他们到福州，下榻华侨宾馆，我首次见识高档次的酒店，很享受在白瓷浴缸泡温泉的感觉。记得姨夫不止一次对我们说，中国有这么多亲戚，亲情浓厚，祖国地盘又这么大，物产丰富，价格低廉，我一定还会再回来的。但5年之后，79岁的姨夫病逝于诗巫，终不能如愿以偿。

姨姨姨夫回国探亲之后，大约过了10年，一天，我异国的两位表兄程光杰和程光贤突然造访古田县，两兄弟在没有地址（母亲跟我哥哥搬了新家）情况下，找到我母亲。按照他们的说法，见到姨姨第一眼，就知道找对人了，因为如同见到自己母亲，她们姐妹俩长得太相像了。而在我们眼中，光杰长相最像他母亲，也就像我的母亲，我与他们初次相见，就有与生俱来的亲情感。所以血浓于水是根植于基因之中的。

1993年春节，光贤表兄订购了中国去马来西亚的往返机票，邀请我姐陪母亲飞往诗巫过年。那一年，我母亲与南洋姨姨再次团聚，两姐妹同居一室20天。8年后，南洋姨姨病逝，享年90岁。

南洋姨姨和姨夫一共生育15个儿女，4个夭折，养育成人的11个（七男四女），皆事业有成、儿女成群、家庭幸福。老大光利，2016年82岁，伦敦大学毕业，回诗巫从事律师职业到退休，曾任诗巫古田公会主席一届。老二光意，2016年75岁，台北大学毕业，回诗巫办公司，曾任诗巫古田公会秘书长多届。老三光灿，守在乡下山芭老屋，仍以农耕为乐。老四光德，现居古晋开饮食店。老五光杰，与老六一起办公司。老六光贤，应该是生意做得最好、孩子生得最多的，育有四女二男，皆成家立业，还有10个孙儿和外孙，全都移居澳洲。老七光豪，现在诗巫开饮食店。大姐在澳洲，二姐在诗巫，三姐在新加坡，四妹在诗巫。此番我来探亲，为姨姨一家人口掐指一算，已达200余众。姨夫的父亲程公昌代，作为垦殖诗巫的1118名先锋队员之一，跟随闽清人氏、后被誉为“诗巫港主”的黄乃裳漂洋过海，至今106年。姨夫与他父亲都属一脉单传，如今发展得如此兴旺，可喜可贺。这其实也是福州十邑同乡在诗巫发展壮大的一个缩影。

20多年来，我们与诗巫表兄弟来往频繁，他们常回故乡走走，光贤与光杰来中国最勤，还带着我的哥哥到上海、深圳等地旅游，我姐的女儿与我的女儿婚礼，几位表兄姐妹均前来祝贺。我在闽东几个县市工作过，他们专程来看望我，令我感动。许多年来，我也很想去南洋和诗巫看看，了却少年时的夙愿，无奈总没有机会。直到退休之后，2016年元月，我与妻子应光贤夫妇之邀，为参加他们二儿子婚礼，终成此行。

莅临诗巫的第三天，阿杰表兄陪我与妻上墓园吊唁姨姨与姨夫。也许是天公有意，那天早晨淅淅沥沥降下小雨，一改多日阳光灿烂、炎热难当的天气。

诗巫华人墓园形制与福州地区墓地相似，一座座墓紧挨一起，每座占地一二十平方米，呈“风”字形，皆用石头水泥瓷砖垒砌。墓前用铁栏杆围就，墓与墓之间道路狭小，杂草纵横，行走得小心翼翼。姨姨、姨夫与姨夫的父母亲合葬一起，两块黑石墓碑（光意表兄说特地从台湾运回），左边墓碑刻“福建古田小东岭头乡先考昌代程公、先妣周民孺人，孝男云南敬立，公元一九八〇年三月三十一日”，右边墓碑刻“福建省古田县大桥镇岭头村先考程公讳云南、先妣丁月莲太夫人之墓，男光利、光意、光灿、光德、光杰、光贤、光豪”。

我们夫妻肃立墓前，敬献鲜花，三鞠躬。我对老人喃喃而言：1982年，我们夫妻第一次见到南洋姨姨和姨夫，想不到也是最后一次见面，一晃33年过去，今天终于能够来到“新福州”老人家们墓前，告慰你们在天之灵，也圆了我半个世纪的南洋情结。老人家们辛勤一生，最大的安慰是，程家从两代独苗，漂洋过海，百年传承，如今培育出儿孙后代达200余口，已是家业发达、事业兴盛、平安幸福、香火永续。

老人家，安息吧。

2016年元月

拉让江畔“新福州”

飞机进入诗巫（泗务）上空，俯瞰大地，一条浑黄的大江蜿蜒于辽阔的原野上，醒目得很。再仔细瞭望，大江之畔是黛绿的森林和错落有致的建筑。坐在一旁的五表兄光杰指着窗外说：这就是拉让江畔的“新福州”。拉让江有如闽江，它们分别是“新福州”与“老福州”的母亲河。

诗巫又名“新福州”。我与妻从福州长乐机场飞行四个半小时到达东马（马来西亚国主要由东岛和西岛组成，俗称“东马”和“西马”）吉隆坡，又从吉隆坡飞行一个半小时降落西马诗巫，进入这座砂拉越州的第二大城市。奇妙的是，这里通用语言不是马来语或英语，也不是华语普通话，而是纯正的福州方言。我与妻待诗巫一周时间，仿佛没有离开过福州地域，更谈不上有什么身处异国他乡的感觉。

一

100多年前，诗巫是块蛮荒之地，后来之所以横空出世一个“新福州”，皆缘于一位奇人黄乃裳。黄公何许人也？且看1989年版的《辞海》介绍：

黄乃裳（1849—1924），福建闽清人。字绂臣，号慕华。参加康梁变法，失败后南逃新加坡。1900年往砂拉越，召集家乡子弟千人在泗务地区垦殖。1904年离泗后投身民主革命。他率先响应武昌起义，领导光复福建。曾向南洋华侨募款支援革命政府。1920年受孙中山之聘到广州任元帅府高等顾问。今泗务有黄乃裳路、黄乃裳中学，家乡有黄乃裳纪念馆。

2014年底，我参加福建省炎黄文化研究会和福建省作家协会组织的“走进闽清”采风活动，有机会参观黄乃裳故居登庐，拜谒他的陵园，并读到由闽清县结集出版的《典藏黄乃裳卷》。该书收集了当时福州市委书记的题词“侨史留芳”和他在开垦“新福州”90周年纪念会上的讲话。领导回顾总结了黄乃裳异乎寻常的一生，肯定他“是全体华侨的骄傲，也是整个中华民族的骄傲”，最后号召要学习和发扬黄乃裳爱国主义、艰苦创业和不懈探索、追求进步的“三种精神”。

20世纪90年代初，领导曾莅临诗巫参加福州十邑同乡会的活动。我的二表兄程光意时任古田县同乡会秘书长，参与了接待全过程。

诗巫黄乃裳纪念园建在拉让江畔，此地是1901年黄乃裳垦荒诗巫的上岸处。纪念园小巧玲珑，占地不上2亩，但创意新颖：一弯弧形建筑，以褐色花岗石与黑色玄武岩组成，褐色石壁左上方镌刻4个金色大字“乃裳公园”，壁前安放黄公半身黑色石雕像，雕像基座撰写《港主传略》：

公讳乃裳字玖美号绂丞，福建闽清六都湖峰人，岁甲午举于乡，戊戌难作于海外，庚子得诗巫新福州垦场于拉让江流域，与越主拉者二世立拓荒之约，先后招榕属同乡千余人来巫，旋以体弱北归，然乡人南进之基以立公之勋不可没也，兹逢垦场百周年纪念，乡人德公为雕像以诏来者。公生于公元一八四九年七月廿五日，卒于一九二四年九月廿二日，享寿七十有六岁。

弧形建筑前设6级台阶，白色花岗岩垒砌的台阶，阶面乃青青草坪，旁立一碑，黑色玄武岩，金色大字“诗巫十邑，同沾恩泽”，题跋：“黄公乃裳港主开辟诗巫福州垦场一百周年纪念，黄顺舸书，二〇〇〇年十一月吉日。”

品读黄乃裳与砂拉越王签订的《垦约》17条，有：待我农人与英人一例；垦之地享有九百九十九年的权利；王家若需要吾农已开垦之地，须照实价估买；吾农有往来自由、信仰自由、言论自由、出版自由、设立公司商业自由、购买枪械自由、船业自由之权利；无纳丁税、无服公役、无当义务兵……

难怪孙中山称该《垦约》是中国近代以来与外国签订的第一个平等条约。

二

当“新福州”迎来百年诞辰，诗巫政府主导，古田县籍的市民集资，开建一个古田纪念公园。2004年公园落成，位于市区南兰律的木杰立麻，与黄乃裳中学毗邻，湖光山色，美轮美奂，处处可领略古田的乡韵乡愁。

我们来访之日，天蓝云白。公园大门为一座两层四柱的青石牌坊，横额上6个描金大字“古田纪念公园”，在阳光照射下璀璨生辉。4根石柱上镌刻着两副对联“古塔吉祥鹅渚声，田家如意福州荣”“公赏丽天南国秀，园基福地五山清”。两联嵌头字读为“古田公园”。

进入牌坊，迎面矗立一座碑亭，绿色琉璃瓦，翘檐画梁，朱红亭柱，一块玄武岩碑横卧其间，镌刻着4个大字“忠孝廉节”。左面碑刻古田县概述，右面碑刻古田县境图，下方依左至右刻有“国泰民安”“饮水思源”“风调雨顺”3个词组。背面刻着古田纪念公园筹建委员会名单：公会主席程光利，筹备会主席钱本统，还有副主席、秘书、财政、总务等。我的大表兄程光利70岁时被推选为古田公会主席，任职期间主持筹建了古田纪念公园，是一件很有意义的事，完全可以写入诗巫与古田两地大事记中，名垂史册。

公园的创意颇为成功，有近百亩的天然湖泊，水面莲荷飘香，喻之古田翠屏湖，湖畔石雕散落，肖形肖像，皆是古田特产，如香菇、银耳、竹荪、竹笋、水蜜桃、鸡鸭成群，等等，煞是可爱。然而，还是被誉为古田地标、北宋吉祥塔的仿制塔最为精致，高17.5米，据说创下实心塔高度全国之最，获得马来西亚“纪念大全”证书。

塔座上铭刻着古田人1901年至1941年后来诗巫拓荒先贤名字，共计500多人。我在密密麻麻的名字中找到了姨姨丁月莲、姨夫程云南和姨夫父亲程昌代的名字。

三

到达诗巫的第二天，六表兄光贤就带领我们上山芭访古。何谓“山芭”，即百年前先辈们的垦殖创业之地。

1900至1902年，黄乃裳率领福州十邑乡亲1118人分3批来到诗巫，安营扎寨于拉让江畔。第一批拓荒者92人，其中69人是古田人，他们于1900年12月23日，在永泰人27岁的力昌与古田人18岁的陈观斗带领下，从福州乘船出发，经新加坡、古晋，翌年1月20日抵垦场。1901年2月7日，黄乃裳亲率第二批乡亲535人，从福州启程，3月16日抵达垦场。其中古田人200多名，我姨夫的父亲程昌代名列其中。第三批乡亲511人，也由黄乃裳率领，1902年5月24日从福州出发，6月7日抵达垦场，其中古田人100余人。由此可见，在福州十邑乡亲的拓荒先锋队伍中，古田人所占比例最大。

拉让江全长560千米，为砂拉越最长的河流，其流域常年湿度高，树木茂盛，是世界著名雨林地带之一。黄乃裳参加康梁变法失败后，决定组织移民，到南洋建设一个理想王国，实际上是将康有为提出移民海外，“为恢复中原之地，以保吾黄种之族也”的战略思想付诸实践的，也是效法昔日孔子“道不行，乘桴浮于海”的志向。从此，拉让江畔的蛮荒雨林承接了黄乃裳和十邑乡亲“新福州”的筑梦之地。

古田人的新家园分配在距诗巫城15千米的拉让江畔，一个名叫“王士来”的地方。以勤劳著称的古田垦荒者搭建茅屋，砍伐雨林，炼山开垦，及时种植蔬菜与番薯，才短短几个月，垦场便具雏形。1901年4月12日，古田垦场得到砂拉越最高统治者拉者王巡视，王者对垦荒者赞勉有加，古田人为十邑乡亲赢得莫大荣誉。

但垦荒劳作之辛苦、环境之险恶，非常人经受得了，不久，一场恐怖的痢疾病毒悄悄袭来，患者渐多，相继死去10多人。古田人年轻的领导者陈光斗不顾自身安危，坚持为每一位死者主持葬礼，也染上疾病，卧床70余天，九死一生。陈光斗病愈后回国，1903年考中秀才，28岁被举孝廉方正，进京应试考中进士，成为清代最后科举出身的一批人。后来，马来西亚乡亲誉他为古田人“移民先锋”“领航人”“精神港主”。

如今，山芭在我们眼中无异于一个世外桃源。听说我们今天来访，山芭老屋唯一的主人三表兄光灿，清早就架个高高的三角梯，上树采摘红毛丹。10多株老红毛丹树围绕着一口鱼塘周边，红彤彤的果实掩映在绿叶中，一串串伸向水面。光灿表兄笑着说，现在的红毛丹不值钱了，由它挂在枝头，熟了烂了也没人摘，但我们几个兄弟姐妹每年还是喜欢尝尝自家山芭的果子。我想，这不仅是品尝一种习以为常的水果，其实是品尝小时候的滋味。

池塘周边用木板搭建的蜂屋零零落落地摆放着，小蜜蜂进进出出，时而飞到树上，时而飞进蜂屋。光贤表兄打开一个蜂屋，拿着几根吸管插入蜂巢，让我们品尝蜂蜜。并说，必须先吃红毛丹，再吃蜂蜜，才感觉到甜是逐级提升的。

吊脚楼老屋经过66年风雨侵蚀，外表浅蓝色的油漆已是斑驳陆离，但木柱廊板仍然周正结实。五表兄光杰是在房屋落成的那一年出生的，所以老屋比他还年长几个月。吊脚楼全是木结构，是姨夫、姨姨一根木柱、一根木柱，一块木板、一块木板，有如燕子垒窝般筑成的。当年在他们一群孩子眼中，无疑是一座宫殿、一个乐园。确实，即使以我现在的眼光打量，也是一幢乡间木屋别墅。吊脚楼底层只有楼柱、四面通风，摆放着农具和一堆堆椰子。二层是主楼，厨房、厅堂、一条走道和四个房间依次并列。三层是通透的阁楼，可贮藏粮食。两位表兄说，小时候他们嫌几个兄弟同居一室太挤，经常抱着草席上阁楼打地铺。他们记忆最为深刻的是，上小学时天没亮被父母喊起床，睡眼惺忪，头戴油灯去割橡胶汁，割到天亮回家早餐后上学读书。老感觉睡眠不够，最盼望下雨，雨天不割胶，可以睡个好觉。

1904年，诗巫试种橡胶成功。几年后，被誉为“摇钱树”，促使拉让江流域发动了一场经济革命，发展橡胶园，从苦力到“头家”，成了垦民致富的奋斗目标。而后二三十年，也吸引了更多福州十邑乡亲移民南洋。20世纪六七十年代之前，橡胶的经济效益时好时差，但总体还是诗巫的支柱产业。之后，橡胶的黄金时代已告结束，橡胶林逐渐荒芜。

三表兄光灿今年68岁，4个儿女皆事业有成，分别在马来西亚几座城市工作，很想接父母一起居住，尽尽孝心，但光灿与老伴却喜欢两人守在山芭，种菜养鸡钓鱼，不亦乐乎。六表兄光贤说他三哥身体好得很，骑着一辆电动车，天天往诗巫城跑，早出晚归，搓麻将泡饭局，一周跑城里8趟。我问一周7天为何8趟？答：他记性差，搓完麻将回到山芭，忽然记起晚上还有个饭局，又舍不得漏了，还得赶去。

那天，3位六七十岁的表兄，陪着我们围坐在老屋大厅里，聊起当年门前的拉让江如何清澈美丽，老屋不远处的培英小学如何书声琅琅，割胶的双手粘着胶汁如何难以清洗……而如今，院子里亲手种的椰子树果子越结越小，成片成片的橡胶园已经荒草蔓延……

一种怅然若失的神情写到了兄弟们脸上。

2016年元月

诗巫的教堂婚礼

我与妻子诗巫之行是专程参加六表兄程光贤小儿子明孝的婚礼。

光贤表兄1952年生人，养育有二男四女。明孝完婚后，6个儿女均已成家，并有10个孙儿和外孙。他的儿女全送到澳大利亚上大学，学成后皆定居澳大利亚。这些年，光贤表兄夫妻每年一半时间在澳大利亚，一半时间在诗巫。他们决定等老了走不动了，就定居澳大利亚。

但儿子的婚礼一定要在诗巫举办，与之前的5个儿女一样，因为这里毕竟是故乡。我的11位表兄弟姐妹皆是虔诚的基督教徒，所以儿女婚礼毫无例外地在教堂举办。

20多万人口的诗巫市，福州十邑的乡亲占80%多，他们大都是虔诚的基督教徒。这里信奉基督教氛围浓厚，传统别致和堂皇气派的大小教堂散落在城市之中，成为最醒目的建筑。

为何诗巫有如此之多的基督教徒呢？原因还在于黄乃裳。黄乃裳出生于闽清一个偏僻小山村的穷苦人家，自幼生活困顿，是基督教会学校让他有饭吃、有衣穿、有书读，后来他成了英国美以美教会的传道士，为福州美以美教会工作了28年。因此他组织的远赴南洋的拓荒先锋，2/3来自基督教徒，就不足为奇了。据地方史料记载，1900年以前，美以美教会在古田设立教堂23个（分布县城2个和21个村），如我姨夫故乡岭南村的福音堂，创建于1879年，几乎全村人都信教。黄乃裳到古田招募对象，即通过古田陈长惠牧师发动基督教信徒的。基督信徒们愿意离乡背井，远渡重洋，还有一个政治原因，即1900年的义和团运动，明确与基督教为敌，更加深了基督教徒的不安与恐惧。所以，诗巫百年的基督教徒，源于中国福州地区。

近30年来，我们与诗巫的表兄弟姐妹常来常往，发现他们的共性是心地善良、待人诚恳、努力学习、勤奋工作、事业有成却低调谦恭。对家庭责任感强、亲情浓厚，特别是一个个儿女皆教育得彬彬有礼，有如绅士淑女。从中看到既有中国儒家之传统文化的影响，又有英国绅士之风貌修养的渗透。我以为，这种家风的养成，基督教信仰功不可没。这也是一种有趣现象，大概英国美以美基督教会到中国传教之初，根本没有想到，它最虔诚的一批信徒，是百年前福州地区最贫穷的农人，拓荒到南洋，信仰历几代而不衰。

我们九点半到达明卫理基督教堂，新郎新娘已盛装候于教堂前厅。他们的双方父母亲西装革履和一身旗袍，陪同新人迎候客人。主宾寒暄、合影，热闹喜庆。

教堂内，男方亲朋坐于台前左边方阵，女方亲朋坐于右边方阵。新人父母亲坐第一排，一二排还有新人的兄弟姐妹，而后是朋友、同事、同学，约300人。我与妻子落座第三排，与大表兄、大表嫂一起。

婚礼10点开始，由一位牧师位于台上左方主持。新郎与伴郎立于左台下。随着音乐声起，新娘挽着她父亲的手，从礼堂后面的中间过道款款走来，走在最前方的是伴娘，接着三男三女六个花童。大表嫂告诉我们，花童皆是新人的侄儿、外甥。过道两旁的亲朋起立鼓掌，新娘父亲将女儿的手交给了新郎，而后入座。

一对新人手挽手步入台上，踏进右方一道彩门之中，相对而立。另一位牧师手持一本《圣经》，为新人证婚，他问：“程名孝，你愿意娶邱湄婷为妻吗？无论健康病弱、富有贫穷……”新郎深沉而坚定地回答："我愿意。"一样的问话也问了新娘，新娘也一样语气回答。接着互相佩戴戒指。而后新人步入右方一个烛台前。此时，主持人请双方父母上台，先让双方父母点燃一支蜡烛，将两支蜡烛交于新人，新人一起再点燃台上4根蜡烛。此种仪式，正是中国成语的"薪火相传"。

牧师站在右方讲台上，开始对新人谆谆教导一番，虽然冗长，却也不乏新词与幽默。而后，新娘的弟弟站在左方讲台上致辞，他说：我们家5个兄弟姐妹，我的二姐等到31岁，终于最后一个结婚了（坦率和幽默）。接着历数二姐对自己如何之好（寻常细节见真情），最后说今天看到二姐从来没有这么高兴的笑容，应该感谢姐夫给了她幸福，也拜托姐夫今后关心爱护二姐。弟弟言辞不长，诚恳与亲情溢于之中。

而后全场起立，合唱一首歌曲《恩典之路》，这是一首诗巫基督教徒耳熟能详的歌曲，除我们中国来宾之外，所有宾客都神情专注放声歌唱。我身旁84岁的大表兄，唱着唱着，似乎眼睛湿润了。

最后节目合照，主持人宣布照相顺序，新人与双方父母、新人与男方亲人、与男方亲戚朋友、与教会朋友、与女方亲人、与女方亲戚朋友，如此排序，一口气念了10多项，其中专门一项：新人与中国亲朋。

参加教堂婚礼的亲朋中午到一家酒店自助餐。自助餐八九道菜，均是干货，比较简单，桌面上摆有饮料，也可点咖啡。餐费每位20元马币。剩了不少菜，主人招呼宾客尽量打包带回。

正式婚宴晚上摆在木晶酒店6楼大厅，宴请男女双方宾客约100桌。我与妻子远道而来，被邀请上主桌。主桌共有20人，由新人主持，有双方父母和长辈、至亲。大表兄的二儿子明仁主持宴会。这位子承父业的律师，口才挺好。晚宴开始前，新人双方父母先在大厅外迎宾。七点半，主持人宣布晚宴开始，新人双方父母从中间通道步入主桌，宾客们起立鼓掌。接着，新人上台打开香槟酒，请双方父母上台，一起向宾客们敬酒，晚宴便开始。

宴席是地道的福州风味，10道菜左右，大表嫂告诉我，菜金每桌

700 马币，这在诗巫算是比较排场的。婚礼的晚宴和午宴，让我见识了福州十邑乡亲节俭的好传统，这与我们国内不少婚礼的奢侈之风形成鲜明对照。我们国内婚礼大都只注重宴席上的吃喝，经常见到主人自信且深情地招呼宾客：“吃好！喝好！”潜台词即放开肚皮，酒菜充足。说到底，还是没有摆脱当年追求温饱年代的阴影。你看诗巫今晚的宴会，吃喝是形式，热闹是主题，更像是一场晚会。

晚会安排了五六个节目，都表现出浓郁的爱情亲情友情。比如让新郎对新娘表白爱情，新郎的一段深情诉说，让新娘子热泪盈眶，赢得满堂喝彩。又如新娘曾留学于乌克兰的一所医学院，同窗 4 年的 10 位同学，一起登台邀请新娘子演唱乌克兰民歌，还让新郎作陪，那场面让人感觉同学情怀，真诚温馨。

“年深外境犹吾境，日久他乡即故乡。”百年诗巫，福州十邑乡亲的故乡，我的姨妈姨夫五代人的故乡。尽管诗巫的教堂婚礼是西式的、婚宴是现代的，但依然有着浓厚的中国传统文化和福州十邑的民俗文化，连在教堂里齐声合唱的那首《恩典之路》也是中西合璧的歌词：

你是我的主，引我走窄路，
高山或低谷，都是你在保护。
万人之中唯独你爱我认识我，
永远不变的是这一生都是祝福。

一步又一步，这是恩典之路，
你爱，你手将我紧紧抓住。
一步又一步，这是盼望之路，
你爱，你手牵引我走这人生路。
……

2016 年元月

亚庇的乡音乡情

沙巴州是马来西亚第二大的州，位于东马，在婆罗洲的北部。首府亚庇，面临南中国海，地理位置处于赤道附近，属热带雨林海洋性气候，一年之中没有明显的四季之分。2016 年 1 月下旬，我与妻在南洋五表兄阿杰陪同下，从诗巫飞往亚庇。近几日，福建地区正面临罕见的天寒地冻，宁德几个山区县最低气温破历史纪录：寿宁零下 14 摄氏度，周宁零下 12 摄氏度，柘荣零下 11 摄氏度。而我们在亚庇穿着短袖衬衫。

亚庇海边的黄昏，有着令人惊艳的夕阳美景，被誉为“世界三大观赏落日地”之一。这里的海岛星罗棋布，沙滩、落日、晚霞、棕榈树，置身其中，南洋味特浓；还有浅蓝、深蓝的海水，和千姿百态的珊瑚，被称作“浮潜胜地”。这里有东南亚最高峰 ——神山，它是马来西亚首个世界遗产地，以其海拔 4095 米高度称雄，并以原始生态多元化而著称，吸引世界各地游客到此攀登。攀登者不仅仅是欣赏风景，更是挑战自我。这里还有濒危动物、可爱的长鼻猴，有漆黑的夜晚闪闪发亮的萤火虫，可与满天的星星相媲美。但亚庇最让我们亲近和温暖的是，华语可以畅通无阻，乡音乡情无所不在。

二

为我们接站的是三表兄阿灿的女婿阿平。阿平 40 岁出头，祖籍为福建闽清，系马来西亚第4代的新福州人。他23岁到亚庇创业，主营建材市场瓷砖，历经20年不懈努力，打造出一片新天地。他曾多次到广东佛山，福建晋江、漳州、闽清等地商谈业务，进口瓷砖。他的建材市场规模颇大，占地4甲（1甲地相当于0.404686公顷），仅土地价格从10多年前100多万马币购置，于今升值为700多万马币。阿平的公司2015年营业额达3000多万马币，可谓事业有成。

20世纪90年代，阿灿表兄到亚庇开了一家礼饼店，女儿阿凤跟随前来读书。几年后，礼饼店经营不佳，阿灿表兄决定返回诗巫。可阿凤舍不得离开熟悉的亚庇中学，便独自留下修完学业，中学毕业又考上了当地师范学校，师范学校毕业，被亚庇一所小学聘为教师，便成了“独在异乡为异客”的一个美女。

阿平宣称，他与阿凤的夫妻缘分是上帝和神山赐予的。因为他们都出生于基督教家庭，信奉基督教，又同是黄乃裳麾下垦殖诗巫的福州十邑同乡后裔，所以每周必到亚庇同一所教堂做礼拜，是上帝让他们在教堂相识到相知。但真正见证他们从相知到相爱的重要地点是神山，因为两人都是户外运动爱好者。在亚庇，登山爱好者经常结伴登神山，一般需要两天一夜，第一天行走一大半路程，在一个营地驻扎；第二天凌晨2点动身，登极顶观海上日出。阿平至今登顶2次，阿凤则3次。有一年他们相伴而行，他虽年轻力壮，却没有经验，只穿短衫短裤攀登，不料山顶寒意袭人，小腿受寒抽筋，她只好“美女救英雄”，一路细心陪护，他好生感动，便趁机表达爱慕之心。从此，他们敬上帝与神山为月老。

我们在亚庇游玩四日三晚，阿平一家人每晚都邀请我们共进晚餐。阿平大儿子是澳大利亚堪培拉大学预科生，刚放假来，说离开家乡半年，最想念的是吃妈妈烧的菜。他热心地为我们上网订购机票，寻找飞往文莱的最低价票。二儿子14岁，读初中，彬彬有礼，像个小大人，每次见面，都要和我们逐一握手表示欢迎，告辞时又逐一握手，一本正经的表情，让我忍俊不禁。小女儿10岁，餐桌上已懂得为客人夹菜了。看着阿平夫妻的家教如此之好，一家人其乐融融、温馨无比，我们油然而生高兴与羡慕之情。

三

亚庇让我们见识了南中国海的丰饶与富有，堪称海鲜饕餮客的天堂。清晨，阿杰表兄陪同我们去逛码头海鲜市场。琳琅满目的海产品令人目不暇接：有一种“炸弹鱼”，乌青浑圆的身体，头部尖尖，尾成两翼，每条一二十公斤重，恰似一枚枚炸弹。每公斤售价3元马币（下同）。阿杰表兄说，炸弹鱼肉质坚硬，没有刺，口感差，常制成鱼罐头。海虾的种类枚不胜数，形态颜色大同小异，争奇斗艳，以大虾为主，有的一只达半公斤。一公斤售价10多元。小墨斗鱼堆得像小山，一公斤3元。各种螃蟹乌黑如墨，皆不用草绳捆绑，任其张牙舞爪，价格低得让人咋舌，一公斤才10元、15元。老虎斑鱼、冬青斑鱼，各种海螺、贝类，价格也低廉。亚庇的海产品，皆来自大海的馈赠，目前尚无“养殖”一说。妻说，下次相邀几位朋友，来亚庇租一套海景房，自己上市场采购，下厨房烹饪，尝遍亚庇所有海产品，名曰“亚庇海鲜吃货游”。光杰表兄马上附和，他胜任采购和厨师工作，一定来参与。

我们此番“四日游”，已尽享舌尖上的美味。那天早上，阿平特地带领我们驱车10多千米，到郊区一家福州人开的早餐店，品尝一道享誉华人圈的名菜——鱼头米粉。阿平说头天晚上告知店老板，留了一个七星斑鱼头，那条鱼有20公斤重，可见鱼头之大。这道菜即将整只鱼头爆炒、加水，文火熬成乳白色汤汁，而后将烫熟的米粉投入汤汁即可，捞出的鱼头与鱼肚、鱼膘、鱼丸清煮一碗、红烧一盘，佐餐米粉。品一口汤，吃一口米粉，再尝尝鱼肉鱼杂，鲜美无比。这顿早餐，让我们吃得酣畅淋漓，铭记于心。

四

阿平夫妻告诉我们，3 年前，他们自驾车陪同老父亲（阿灿表兄）去神山旅游，经过山中一个村庄，邂逅一个 20 多岁的小伙子，是古田县人。老父亲跟他聊起家乡方言，越聊越有兴致，在小伙子的带领下，还去参观了他的食用菌工棚。当时工棚里的香菇、银耳、黑木耳等菌类已经栽培成功了。

古田小伙子起初是来亚庇探亲，看到神山一带森林资源丰富，自己又有栽培食用菌技术，不妨在这里搞个试验。试验取得成功，他就留了下来。古田小伙子与阿平一家结识后，便经常来往，一口一声“阿平哥”，新栽培出的菌菇先送阿平一家尝尝，向阿平请教食用菌销售问题，等等。和阿平成了好朋友。

古田小伙子靠着勤劳与聪明，栽培出的食用菌很受亚庇市场欢迎，新鲜香菇一公斤可售价 28 元马币，比中国国内售价高一两倍。产业越做越大，现在发家致富了，买了小车，与当地华人女儿、一个小学女教师喜结良缘。

我们那天租车上神山，因时间仓促，没有拐入村庄看看那个古田小伙子，擦肩而过，留下遗憾。

五

那天阿杰表兄拟陪我俩上神山，见酒店门口停了几辆出租车，便问询一位司机，包一辆车往返神山的价格，开价 250 元马币。我们没有马上同意搭乘，而是回到酒店商议，因为感觉得那位司机年龄太大（我们认为至少 70 岁，他自报 62 岁），担心他跑长途吃不消。之后又去问询另外一位司机，得到的答复是：“你们起先已经问那位老司机了，我不好抢他的生意。”这里的行规让人出乎意料，颇有意思。

亚庇出租车司机大都是福建人，老司机是闽南人，开一辆老旧的轿车，上坡喘着粗气，还跳挡，老司机却一脸坦然，慢条斯理，让我一路担心却不好表露出来。与老司机聊天，他谈性不浓，对家庭隐私闭口不言。在半山停车休息，我们邀请他吃一碗面条，他以胃口不好推辞。返程途中，我曾顺便问一句，出租车从酒店到机场的时间与价格，答复是 15 分钟与 30 元马币。我们未曾预约他的车，但次日早晨出发时，却见老司机站在酒店门口，显然等候多时。

我们心照不宣地坐上老司机的车。这是一位生活不易但有故事的老人家。

2016 年元月

文莱掠影

一

2016年1月21日（周四），晴朗。

我与妻在阿杰表兄陪同下，搭乘马航从亚庇飞往文莱。亚庇机场出关简便，航班8：50准点起飞，200人位置的飞机，只有50多名乘客。23分钟的空中飞行，让你饱览中国南海的秀丽颜色：浅蓝、蔚蓝、深蓝。

飞机降落文莱首都斯里巴加湾市，入关持马来西亚护照和其他国家护照分走不同通道，文莱海关人员不懂华语，还好有阿杰表兄用马来语沟通。入关手续费每人20元新币，之前的签证费每人800元人民币，进入文莱收费挺高。

文莱，全名为文莱达鲁萨兰国，意为和平之邦，古称渤泥。国土面积5765平方公里，北濒中国南海，被马来西亚的沙捞越州隔为陆地不相连的东西两块地域。所以亚庇华人乡亲告诉我们，如果从亚庇去文莱首都，最好不要乘汽车，因为中间隔着马来西亚国土，出入关共4次，耗时麻烦。

文莱14世纪伊斯兰教传入，建立苏丹王国，近代成为英国保护国，1984年1月1日宣布独立，9月成为联合国第159个会员国，实行伊斯兰君主立宪制，苏丹为一国之首。全国分4个县，东部的马来奕县、都东县、摩拉县和西部的溃武廊县。人口 42 万，马来人占 65%，华人占 10%，多为闽粤两省人。文莱位于赤道，高温多雨无台风，是世界上极为富有的国家，2015 年人均 GDP2.6 万美元，位居世界第 26 位，原油、天然气为支柱产业，在东亚仅次于印尼的第二个产油国。

二

阿杰表兄事先联系到他诗巫好友的哥哥柳先生接站。老柳祖籍闽东屏南县，1949 年生人，1970 年跟随父亲从诗巫到文莱，当基建包工头，一待就是 46 年，现在虽然年纪大了，但手头几个工程没完成，只能继续工作，老婆孩子均在诗巫，育有 4 女 1 男。他聊起家事，最为得意的是，4 个女儿给他生了 13 个外孙，不称心的是，儿子尚未成婚。老柳住在马来奕县，距首都 90 多公里，开了辆奔驰轿车，司机是一位 30 岁出头的印尼小伙子。老柳与我们讲古田方言，说 2004 年第一次回屏南，后来就没再回了，屏南给他留下蛮好的印象，老家人朴实勤劳。

老柳带我们下榻的酒店，10 多分钟车程到达。酒店相当于国内 3 星级标准，位居闹市，标间挂牌 88 文莱币（与人民币兑率 1 ∶ 5），老柳说酒店老板是广东人，他很熟悉，说好了打 6 折入住。

老柳带着我们逛市区，并介绍文莱的风俗民情。这是一个没有酒的国家，你找不到一家酒吧，也没有卖酒的地方。这个国家推行伊斯兰刑事法，穆斯林若涉及通奸、偷窃、饮酒、堕胎、同性恋等行为，将会受到石刑、砍手、鞭刑等严惩，这些刑罚虽然不会对非穆斯林使用，但国民都要尊重伊斯兰刑事法。文莱禁止随地吐痰与抽烟，违者罚款 50 至 500 文莱币。在公共场合，边走边吃东西被认为不礼貌。在指人或物时，不能用食指，应把 4 指并拢轻握成拳，大拇指紧贴在食指上，用于指示。不要与异性握手，不能用手去摸他人的头，哪怕是小孩也不能摸头，当地人认为会给人带来灾祸。

三

斯里巴加湾市依江而建，两江相汇处有一个著名景点——号称世界最大的水上村落。早在1521年，这些迷宫般矗立在江面上的村落，就给初次到达文莱的麦哲伦探险队留下深刻印象。

我们伫立江滨眺望，只见宽阔的江面，吊脚楼密密麻麻，构成一幅独特景观，老柳介绍，水村是由3000多栋房屋组成的40个水村群，计3万多居民，几乎占文莱全国人口的十分之一。水村房屋是由各种石柱支撑，木板盖成的，水村里有商场、学校、诊所、警察局及教堂等，一应俱全。

江面不时掠过一种5米长、1米宽的小汽艇。老柳笑道："当地人称它为'奔驰的棺材'，是水村主要的交通工具，我们不妨花80元文莱币体验一下。"他招呼一艘小汽艇靠岸，我们乘艇而行，深入到水村大街小巷，发现吊脚楼的根根柱子，有石柱、有水泥柱，纵横交错，竖斜交叉，十分坚固，房屋外壁涂抹得花花绿绿，通过敞开的门与窗，可看到屋内装修甚好，设施俱全，生活状况皆在小康以上。水村最早是马来人贫民聚居地，比现在大得多，几次火灾，水村面积逐步缩小，他们祖祖辈辈住习惯了，即使有钱了，也不搬到岸上，政府只好无偿投入资金，改造提升，比如建水村学校、诊所、码头和水电设施，现在条件比从前好多了，岸边有几个停车场，停泊许多小车，都是水村居民的。我问老柳，那生活污水怎么解决啊？回答：排入江中吧，几里路后流向大海了。

四

东南亚最漂亮的清真寺在斯里巴加湾市——奥玛尔－阿里－赛福鼎清真寺。它建于1958年，是以这位苏丹王名字命名的，纪念他建国

17年的功绩。寺院建在江边，建筑中间圆顶24 K镀金，闪闪发亮，周围尖塔高耸云天，雪白的墙体庄重圣洁，倒影在水中，如梦如幻。

我们参观好清真寺又去看皇宫，苏丹皇宫一年才开放两次，新年和苏丹王生日那天，其他时间只能在大门口往里张望一番，里面有两个士兵身着华的制服，立正笔直。皇宫面积很大，侯门深似海，绿茵茵得草坪宽阔得如高尔夫球场，只望到宫殿金色屋顶。我想，一个40万人口的国家，要供养这么庞大的皇室，成本摊到每一位国民身上，该有多大的负担，如果供养皇室的钱多分些国民，每一位国民收入可能会翻一番。

苏丹国王弟弟就是一掷千金的做派，他曾买了几百辆豪车，玩腻了，全部低价拍卖。10多年前，又斥巨资打造一个游乐场，免费开放，一时游人如织。阿杰表兄回忆游乐园开业不久，诗巫许多人结伴而来游玩，留下深刻印象。老柳带我们乘车巡游一圈，游乐场已是破败不堪，杂草萋萋。

老柳看看时间尚早，说："我干脆带你们去看看油田，再去我的老巢马来奕县，拜访福州十邑同乡会，顺便送阿杰去明里。"从斯里巴加湾市往东南，一条高速公路经都东县与马来奕县，到达马来西亚的明理省，计130多公里，从海边到内陆边境，可谓穿越文莱半个国家。

斯里亚炼油厂号称世界第二大，我们驱车穿越厂区，远眺近观，硕大的贮油罐、密布的管道、遍布的采油叩头机、上千幢员工排房宿舍、错落有致的高档别墅、气派的办公大楼，等等，就是一座石油城。

老柳介绍，文莱采油历史达上百年，从陆地采到海上，成本越来越高，最近油价大跌，一桶原油才28元美金，据说采一桶油得亏本40元美金。

轿车驶入马来奕县城区，街心一幢两层楼房，"福州公会"4个大字特别显眼，那字体厚重遒劲，令人眼睛一亮，走近一看，不得了，乃国民党元老、书画大师于右任所题，时间为民国三十三年。中午时分，公会关门大吉，老柳便带我去现任福州公会会长家中拜访。现任会长祖籍闽清县，60 多岁了，送我一本纪念马来奕福州公会成立 60 周年（2015 年）的纪念画册。

我们在文马边境与阿杰表兄挥手告别。阿杰表兄乘大巴一个多小时可到马来西亚的明理，明天再乘大巴 4 个小时回到诗巫。

五

1 月 22 日（周五），晴。

6：50，前台小伙子开了辆丰田面包车，送我与妻到机场。7 点时分的文莱首都机场，冷冷清清，托运、边捡、安检均不用排队，7：25 全部手续完毕，走进候机大厅，空空荡荡，只有 2 名清洁工在打扫大厅。想用早餐，发现二楼有肯德基和咖啡馆的标志，却未开张，四下寻找饮用水设施，竟找不到。心中纳闷，这个富豪国家的首都国际机场，却是黎明静悄悄，这与中国国内机场繁华热闹场面相比，真是有点不适应，生怕走错了候机厅，一遍又一遍读登机卡，确认无误啊。

到了 8：00，出现了希望曙光，大厅中的一个售货亭开张，可以买到矿泉水，橱窗内陈列有纪念品、面包、巧克力之类。买了个小镜框内镶嵌的水上村落的木质画，又挑了一张水村明信片，写好邮寄地址，请售货员代寄。

肯德基店门仍紧闭着，咖啡馆开门了，出售咖啡和面包、蛋糕，品种单一。我们点了两杯热咖啡和 2 块夹馅面包。用餐的人都彬彬有礼，安静排队，小声说话，用完餐将剩物倒入垃圾箱，托盘叠在旁边。

直到 8：40，才听到机场播音，告知首飞航班开始登机。9：15，我们前往新加坡的航班准点起飞。

2016 年 1 月

表兄表嫂的骄傲

老别墅功不可没

六表兄属龙，大我一岁。他和表嫂近些年寓居澳大利亚布里斯班市，每年大约居住半年时间。其余半年时间，清明时节飞回马来西亚诗巫市，为父母和祖父母扫墓，待上一段时间，和兄弟姐妹以及亲戚好友叙叙旧。春秋季节常回中国，和亲朋相聚，并到大江南北逛逛。

2024 年 7 月，我与妻受六表兄嫂之邀，来澳大利亚旅游，第一站飞到布里斯班，下榻在他们别墅里，住了半个月。我们发现，表兄嫂对布市的寓公生活不仅习惯而且惬意，表兄在院子里种上了芥菜、生姜、番薯、辣椒等，早餐时表嫂采摘芥菜叶与鱼干熬汤，配以干拌福州线面，浓浓的家乡味道，让我们真正地宾至如归。我们还发现，这幢别墅功不可没，是表兄嫂的骄傲。

别墅位于市区，按照表兄嫂的小儿子比喻：爸妈的别墅属于北京四环，他自己的别墅属于北京二环。四环别墅占地约一亩，二层楼，一层是客厅、餐厅、厨房、车库等，二层有四个房间一个客厅。2000 年，国籍属于马来西亚的表兄嫂，花 28 万澳元买下它，专门为了孩子们来布市读书使用。而今，这幢别墅价值约 150 万澳元。那天晚上，表兄嫂设家宴为我俩接风洗尘，席间聊及这幢房子培养了两男四女六个儿女，算是老功臣。吾妻夸奖：表兄嫂真有眼光，既培养了孩子，又让房子增值。我戏言：是因为6个孩子的读书，才下决心买这幢房子，所以房子增值部分是孩子们创造的，表兄嫂要给孩子们分红。孩子们听罢一致赞赏：表叔的提议太英明了，我们才是房子增价创造者。其中小儿子的声音最响亮，他补充道：谁读书的时间最长，分红应该最多。大家都笑了，因为6个孩子中，他读书时间最长，在昆士兰大学读完本科接着读硕士直至博士毕业。

看着这一大家子无拘无束、谈笑风生、其乐融融，真让人羡慕。

功莫于早婚早育

1900年，我的姨夫6岁，被他父亲放在一个番薯筐里，挑着下南洋的；另一个番薯筐里，放着我3岁的姨姨，其身份是姨夫的童养媳。他们跟随侨领黄乃裳率领的福州十邑乡亲队伍来到马来西亚诗巫。后来，作为程家三代独苗的姨夫，和姨姨共养育七男四女，家庭兴旺。大儿子与二儿子分别毕业于英国剑桥大学和台湾大学，有趣的是，其他儿女就没有再读过大学。据六表兄所称：自己不是读书的料，一进学堂头就疼，置身山野便快乐。他读完初中坚决不再上学，自作主张学机械当学徒工去，父母也只好随他愿，何况学一门手艺也不错。六表兄虽然学历不高，但在社会大学堂里勤奋好学，有种爱拼敢赢的精神。20世纪70年代始，他瞄准欧洲木材工艺品市场，加工出口镜框画框等产品，屡获成功。后来又涉及筑燕屋养殖燕窝等领域，皆有斩获。

我曾赞誉六表兄，说他文凭不高能力强，能力最强莫过于早婚早育，而且重视培养儿女，6个儿女皆成才；更庆幸儿女们有传承之美，现有孙儿一打12个，可谓济济一堂、家庭兴旺、事业有成。

六表兄给我透露过当年怎么追求阿秀表嫂的。说：阿秀从小长得漂亮，在她15岁时他就决定追求她。阿秀父亲是个理发师，为了见她一面，他只好常常去理发。我疑问：你头发没长长，怎么好去理发？答：是啊。去的次数多了，我的企图就被发现了。好在她父亲对我挺满意。我又调侃道：阿秀才15岁，纯真无知，你是怎么把她骗上手的？答：她可厉害了，很难骗的。我骑着摩托车找她约会，她竟然带着一个七八岁的妹妹，让妹妹也坐上摩托车，坐在我与她之间，让妹妹搂着我的腰，我想让她搂着我的腰的待遇都享受不到。阿秀出生于一个大家庭，共有兄弟姐妹12人。她的父母重男轻女思想严重，重视两个儿子的教育，对10个女儿只让读到小学毕业。阿秀从小喜欢读书，辍学后于心不甘，我对她说：只要你答应做我女朋友，我用打工的钱供你读书。这是关键一招，就把她骗到手了。

六表兄结婚时21岁，阿秀17岁。第二年，他们的大女儿出世。又一年，大儿子诞生。而后，又生育3个女儿和小儿子。大女儿与小儿子相差9岁。阿秀遗憾自己书读得太少，与六表兄结婚时就约定，以后生养的孩子不论男女，都要让他们读书，最好都培养到大学毕业。六表兄在打工和创业过程中，也感觉到自己书读太少的局限，于是对太太的想法自然不谋而合。

等到孩子出生后，六表兄嫂做了分工，男主外，创业赚钱；女主内，相夫教子。表嫂为了管好子女读书，逼着自己和子女一起学习成长了。此番，我与妻在布市旅行，大都是表嫂既当司机（表兄因刚做过白内障手术，不宜开车）又当导游，她的英语口语明显好于表兄。我们调侃表兄不如表嫂，表兄笑言：她管过6个孩子读书，当然也偷学了不少。中国有句成语：近朱者赤，近墨者黑。她是近墨者黑。

为何将儿女都送到澳大利亚读大学呢？榜样的力量最具说服力。20世纪70年代，六表兄的大姐因大儿子到布里斯班读大学，举家迁居而来。之后，大姐靠一辆缝纫机谋生，将儿女们都培养成才。六表兄看到澳大利亚的发展明显优于马来西亚，深受启发，等到大女儿高中毕业，便把她送到布里斯班读大学预科班，寄宿在大姐家中。

我与妻此番去看望大表姐，87 岁的大表姐已患上海默尔症，她握着我的手，不断地重复一句话：你是中国姨姨的儿子？！

有情人终成眷属

六表兄的大女儿住在她大姑家里读大学，那年 17 岁。虽然远离家乡，但有大姑的尽心呵护，又无家务琐事之烦心，完全可以“两耳不闻窗外事，一心只读圣贤书”，所以学业进展顺利。不知不觉 4 个年头过去，大女儿迎来了丰收的毕业季，也收获了甜蜜的爱情。

大女儿打小就是美人胚子，聪明伶俐，口才又好，人见人爱。她不远万里，求学来到布里斯班，住在大姑家中，大姑一家人自然都高兴，都喜欢她。但最高兴和喜欢的是大姑的小儿子、大女儿的小表哥阿协。阿协年长大女儿 5 岁，大女儿踏入大学校园之时，他刚从医科大学毕业，在一家医院当实习医生。这情节，就像中国一部经典戏剧所演绎的：有一天，他回到家，突然，“天上掉下一个林妹妹”，从此，甜蜜的味道种到了心里。

大女儿读大学 4 年间，两家人都看出，阿协最关心他的表妹，不仅嘘寒问暖，生活上照顾得无微不至，学业上也指导得头头是道。小表妹似乎也离不开小表哥，有事情第一个要找的是小表哥，没事情也习惯和小表哥待在一起。两家大人对他俩的要好都习以为常，大姑还多次夸奖自己的小儿子懂得关心妹妹，像个当哥哥的样子。直到大女儿领到大学毕业证书，两人公开了恋情，才石破天惊，让两家所有人先是哑口无言，而后高度一致地发出反对声。

大女儿原想留在布里斯班就业的计划也泡汤了，她被父亲押回了诗巫，安排在自家的木材公司做财会工作，还专门给她配了一辆轿车予以安抚。大女儿答应了父母的要求，中止和阿协的恋爱关系，但对工作毫无兴趣，敷衍了事。六表兄给我讲过一个事例：有一次让大女儿做了一份总结文件，他看了不满意，让其他同事给予修改补充。过了一段时间，他又让大女儿再做一份总结文件，竟遭到拒绝，她反驳道：您让那个同事去做吧，反正我做得不好，不必浪费两个人资源。

值得赞叹的是，阿协对自己的爱情始终不渝，一次又一次从布里斯班飞到诗巫。那可是一趟十几个小时，还需转机的飞行，确实辛苦。但为了追求心上人，没有什么苦经受不了的。风尘仆仆、苦口婆心、死缠硬磨，直至无功而返，这都不算什么，最让他最伤心的是，见不到心上人。阿协最后只能以命相搏，大庭广众宣誓：此生非这个表妹不娶！并在家中宣布：绝食！

这下子，反对派的统一战线迅速瓦解。首先是当母亲的妥协，她挂电话给六弟，说：阿协头发不理，胡须不刮，不吃不喝，又瘦又脏，已不成人样了，我们再不同意，会闹出人命的。何况他自己是医生，说，与表妹结婚后如果怀孕了，可以用先进的医学仪器检测胎儿是否健康，及时决定要不要孩子。这话说得有道理，我们两方家长还是同意吧。

有趣得很，第二个表示支持的，是阿协的外婆、大女儿的奶奶。老人家只说了一句话：表兄妹结婚，自古就有，没什么大惊小怪的。

我与妻来澳之时，大女儿与阿协的儿子已是大一学生。我们受邀到他们别墅做客，见到这个儒雅的大学生，高挑的身材，腼腆的笑容，青春活力四射。他们的女儿是9年级学生，亭亭玉立，又是一个美人胚子，活泼可爱。那天六表兄陪我们逛商场，与她不期而遇，她摇晃着外公的臂膀又说又笑，那黏糊样子让人羡慕。

但大女儿的弟弟妹妹们至今还是认定姐夫当年使用的是“苦肉计”，甚至有人揭发：那段时间姐夫的床铺底下好像藏有干粮。

两赴澳洲有建树

六表兄的大儿子仅小大女儿一岁，迟姐姐一年也来到布里斯班读大学。大儿子性格稳重踏实，学习勤奋，有大哥风范。他报考兴趣的建筑专业，如愿以偿，大学课程读得顺利，如期毕业。

大儿子毕业后选择回诗巫就业，父母劝他慎重考虑，建议留在布里斯班工作为好，但他认为自己不习惯与“红毛子”（白人）共事，还是回到从小熟悉的环境里工作，应该更快适应和顺心。父母尊重了他的决定。大儿子在诗巫选择了公路工程职业，负责工程监理工作，经常栉风沐雨奔波在工地，收获与积累了许多专业技术知识和经验。

一晃 4 年多时间过去，大儿子在诗巫找到了心仪的对象，是一个福州十邑乡亲中的漂亮女子，新婚宴尔，完全沉浸在自己惬意的小日子中。父母看在眼里，急在心中，因为大儿子如果再不返回澳大利亚，那么他的澳大利亚居住证将会失效。父母认为，以他的文凭与专业水准，在布里斯班的发展，只要努力，一定不会逊色于诗巫，劝他下决心重返澳大利亚，携妻而行。大儿子得到妻的支持，终于遂了父母心愿。

知子莫如父母。事实证明，大儿子在布里斯班发展得比诗巫好。他先是在一家邮电公司任工程师，因工作业绩突出和建筑专业的履历，被加拿大驻澳大利亚的电信网络公司看中挖走，委以中层管理人员要职，负责网络机站建设。而今，重返澳大利亚 17 年的大儿子，事业有成，家庭幸福，妻在一家培训机构工作，儿女双全，男儿准备明年考大学，女儿在读十年级，皆聪明好学。

那天，大儿子驾车，陪我们游玩黄金海岸，返程时顺路参观一处样板房。我俩是第一次见识澳大利亚的别墅样板房，感觉与国内别墅风格迥异。这里别墅大都占地一亩左右，建筑面积四五百平方米，或二层，或一层，没有三层的。后院都有一个小游泳池（二三十平方米）。

房子设计的理念是以居住方便为原则，房门装饰简约，和大车库并排，车库可泊车两三辆。我以为，每当泊完车，一般从车库直接进入房子，所以从房门进出的频率极少，房门装饰好不好看无所谓。客厅与餐厅及厨房连在一起，显得宽敞气派。有趣的是，主卧的卫浴间很大，也有的与衣帽间相连，衣帽间分设男女衣橱。这可以理解，夫妻用品避免混淆，但洗浴间也分设两个沐浴花洒，让我有点纳闷，难道夫妻之间不能共用一个花洒吗？

大儿子夫妇现在住的别墅占地约一亩，一层楼，离他父母家很近，步行 10 分钟即可到达。他们要换新房子了，已经在附近买了一块 600 多平方米的地皮，房子由自己设计，两层模式的别墅，请专业公司建造，总造价约 160 万澳元，估计一年后乔迁新居。

巾帼定不让须眉

表兄嫂的二女儿、三女儿、四女儿陆续被送到布里斯班读书，先上预科半年或一年，而后皆考入昆士兰科技大学。

二女儿学设计专业，毕业后嫁给了同学、一个台湾籍的华人，生养一个儿子，今年 16 岁。儿子长得帅气，气质出众，有文艺特长，被韩国一家文艺机构选拔为练习生。这件事让许多人羡慕，但夫妻俩慎重考虑后，认为孩子还是考上大学为要，劝他放弃了选拔，专心读书。

二女儿与丈夫吃苦耐劳，一起开了一家咖啡厅。这家咖啡厅开在布里斯班著名的大商场里面，场地月租金就达 1 万澳元，可见每天需要多少客流量来支撑。我俩曾慕名去品尝咖啡，果见商场熙熙攘攘、游客如织，咖啡厅也不时客来客往，夫妻俩连员工共 4 人，一起忙里忙外，利索有序，笑脸待客时还不忘手上劳作。我们品咖啡，尝糕点，体验客人的闲情逸致，心里为这对夫妻的辛劳点赞。

三女儿学的是财会专业，毕业后嫁给了一个香港籍的华人，生养一男一女，男儿14岁，女儿小一岁。有趣的是，妹妹长得比哥哥高，好像是姐姐。三女儿丈夫出生于香港的大厨世家，衣钵有传承，现为香港一家美食连锁店的监管师。

三女儿供职于一家邮电公司，大儿子曾与她同一个单位，后来哥哥跳槽了，妹妹继续坚守，终成一名“白骨精”。三女儿在诗巫读书时，与弟弟选读中文班，有很好的中文基础。布里斯班的邮电公司与中国有经贸往来，三女儿就成了公司负责人到中国经贸洽谈的称职的翻译官，多次去中国参加商务活动。但工作任务一完成马上返程，没有机会旅游。三女儿是旅游爱好者，深感遗憾。

我俩此番与表兄嫂到新西兰南岛做6日游，多亏三女儿陪同，我们就像带了个翻译官兼勤务兵，一路上有人鞍前马后服务，好不惬意。三女儿熟练的中英文口语和旅游知识，连带队的华人司导都喜欢与她交流，拜她为师。

四女儿学的也是财会专业，丈夫是诗巫福州十邑乡亲。他们养育了3个儿女（一女二男），是兄弟姐妹中的模范。大概因为养育孩子最多，工作也最努力。

四女儿一家目前与父母住在一起（小夫妻也购有房子）。夫妻俩每天早早便去上班，晚上才回家，乐呵呵的，从不喊累。弟弟经营的医药公司颇具规模，前几年，把他四姐夫妻从三姐的咖啡厅给“挖”了过来，请四姐为布里斯班的医药公司当财会，请她丈夫负责管理医药仓库。那天，我与妻去他们新开的咖啡店品尝咖啡，更见识了四女儿夫妻的勤劳。医药仓库坐落于一个物流小区，有一定的人气，小夫妻就利用医药仓库的门面，开了一个小咖啡店。四女儿有一手做蛋糕的本事，做些小糕点，兼营咖啡店。那天，弟弟为妻子40岁生日宴请，他四姐做的大蛋糕受到大家好评。四女儿的丈夫每逢周末，还去三女儿的咖啡厅帮忙两天。

四女儿夫妻的勤劳务实和他们兄弟姐妹间的团结友爱、互相帮扶，让我们看到了一种值得称道的和谐家风。

和谐家风还体现在大家庭之间的无拘无束，俏皮话不断。在一次聚餐中，我请小儿子用一两句话归纳一下哥哥与姐姐们性格特点。他不假思索便说：大姐永远认为自己正确，有责任指点弟弟妹妹不足，比如我今天拿出一种葡萄酒请大家品尝，她一定会说，这种葡萄酒不如另一种葡萄酒。大哥太厚道，总是后知后觉，经常说，我那件事又被小弟坑了。三姐是我的好秘书，非常称职，最喜欢旅游，只要你请她旅游，她会千方百计搞到请假条，包括病假……听到如此形象的评点，我们笑弯了腰，请他继续。他笑道：不能再说了，等下他们5个人会联合起来打我。

小儿子已成大器

小儿子自小聪明调皮，心思放在玩上面，不认真读书，书却读得好，学业上一路轻轻松松，直接从诗巫中学考入昆士兰大学医学专业，直至博士毕业。他是个高才生，读大学时少不了有女孩喜欢，但谈了几次恋爱皆无疾而终，博士毕业了还是个钻石王老五，让父母急得很。

小儿子的婚姻蛮有意思。他与妻的姻缘红线是双方母亲在美发店牵上的。双方母亲同是福州十邑乡亲，在诗巫的烫头发时相遇，因为彼此都曾耳闻对方，颇有好感，话就投机。两人聊着聊着发出同样一声叹息：我的儿子（女儿）都31岁了，书读傻了，至今找不到对象，没人要了。哦！这么相似，两人笑了，接着聊得更具体，原来男孩和女孩在诗巫读的小学和中学同属一所学校，有可能还同一个班级；男孩考上昆士兰大学读医学，女孩考上乌克兰大学也读医学，怎么这么有缘分！于是双方母亲急忙把自己孩子的电话号码给了对方，并表示，一定要催促两个孩子联系。

据说男孩被母亲逼得先挂了电话，女孩马上记起了曾和男孩同个班级，男孩却怎么也记不起来还是同班，被母亲骂得只好向女孩主动提出约会。后来就没有悬念了，一切水到渠成。

2016年初，我与妻去诗巫参加小儿子婚礼，印象深刻的有新娘弟弟的致辞，他说：我们家终于把我的小姐姐嫁出去了。看着姐姐幸福的模样，我们非常感谢姐夫对她的爱，希望姐夫永远这么爱她……

小儿子夫妻育有两个女儿，活泼可爱，特别是小女儿，十分调皮，才3岁多，是大家的开心果，与爷爷最亲。6岁的大女儿喜欢上高尔夫球运动，打起来有模有样，小儿子特地为她请来教练，说要为我华人培养一个体育人才。

小儿子夫妻的二环别墅是在兄弟姐妹中最为新颖气派的。此外，还另置有房产。这对小夫妻结婚8年，事业有成，家庭幸福，可贺可钦。

"爱拼才会赢"是闽籍子弟创业精神。小儿子新婚不久，便依托妻子家族的人脉资源，同赴巴布亚新几内亚，丈夫开拓医药市场，妻子行医，一起治病救人和寻找商机。巴新是个经济落后、政局不稳的国家，充满机遇也充满风险。试举一例，我与妻此番本拟飞往巴新，想看看著名的火山岛，岂料竟发生该国飞机因缺乏燃料停飞事件。以此窥斑见豹，可以判断巴新是一个什么样的国家。小儿子夫妻经过几年努力，事业已见成效。去年，为了两个女儿得到更好的教育，举家回到布里斯班，并决定让妻子陪同两个女儿，安营扎寨在此，丈夫主外，妻子主内，继续开拓巴新产业和教育培养孩子。

小儿子颇有大将之风，他与我聊天时曾说：太爷爷与爷爷奶奶一代，为生儿育女、吃饱饭、穿好衣、住上房，劳作了一生；父母一代，为培养儿女成才，努力奋斗，眼界比上一代开阔；我们这一代，不仅要培养好下一代，更要在事业上有所建树，争取留个亮点。一代要比一代强嘛。

这山总比那山高

六表兄嫂已申请澳大利亚的长期居住证，儿女在哪里，哪里就是终老之地，哪里就是家乡。

我想起中国一句古语：树挪死，人挪活。120多年前，福建闽清人黄乃裳，因参加康梁变法失败，不满腐败的清王朝统治，召集福州十邑乡亲千余人为先锋队，前往砂拉越诗巫地区垦殖。我的姨夫、姨姨跟随其父在这支队伍之中，漂洋过海，来到诗巫。他经过不懈努力，移民生活得到很大改善，并把这块蛮荒之地建成了“新福州”，成为马来西亚东岛的一个楷模。可以总结一句话：诗巫十邑乡亲总体和人均的生活水平，在中国改革开放之前，皆远远高于福州地区民众。

六表兄嫂为什么要举家移民澳大利亚呢？其中还有一条对他们触动很大的原因，就是中国改革开放之后日新月异的变化。他们1991年首次回国探亲，之后经常回国，感觉每一次回国都看到新变化。对比他们的马来西亚和诗巫，一边是朝气蓬勃争相发展，一边是暮气沉沉停滞不前。况且马来西亚这样的国度，法律公然维护马来人种种利益，处处局限华人公开民主竞争，时间长了，就让你有一种压抑感，感觉自己是二等公民。澳大利亚社会虽然以欧洲白人为主，但五大洲的人都有，公开民主自由的氛围比马来西亚好，经济发展和生活水平也比马来西亚好。

以此看来，“树挪死，人挪活”的古语已深植到福州十邑乡亲基因里，这种基因延续到后代机体里，似乎更加强大。

中国还有一句古语：这山望着那山高。意思是奉劝人们要珍惜眼前，安分守己，不要总是向往别人的生活境遇，见异思迁。这句古语虽然有它的道理，但不适用于六表兄嫂他们，因为他们几辈人的实践证明：这山总比那山高。

2024年8月初

第三辑

知青记忆

犁田像翻书

犁田其实就像翻书一样。试想，把几十本、几百本的书翻到新的一页，齐整整地摆在一间教室里，教室就像一丘田，而刚犁出的一片片灰白的新泥土卧在水面上，就如刚翻开的新书躺在桌面上一样，令人赏心悦目。

这是我当年学犁田时突然冒出的感受。

已是插队第三年头，工分也从第一年的3.5分升至9分，但离全劳力还差1分，因为不会犁田。那时，衡量全劳力的标准是必须“犁、耙、播”都行。“播”，指播田，即插秧，学起来并不难，特别是女知青，心灵手巧，有些全劳力也比不上她们。“耙”，指耙田，即将已经犁好的田在插秧前把它耙匀耙平，所以必须学会犁田了，才能学耙田。

在我再三要求下，生产队长终于答应了，让老单教我。老单，全称“单丁哥”，自然不是他的原姓名，但没人叫他原姓名，因为40多岁了，还光棍一条，由于成分太高，娶不上老婆。那年头，这东西“高”可真要命。最“高”的是资本家、地主，我们插队的小山村当年太穷，无论如何没评上，于是只好矮里挑高，唯一评上富农的就是单丁哥，据说是评他父亲的，但不幸的是单丁哥那年已年满18岁，按政策被评上第一代富农。

富农属于管教对象，所以很多事情轮不到他，比如政治学习、传达中央重要精神。那次传达林彪叛党叛国，仓皇出逃，摔死在蒙古温都尔汗的重大事件，层层传达到革命群众，他也不能参加。有一段时间，在我们知青倡导下，每天出工到田头，要求全体社员手端红宝书，排列整齐，对着毛主席的像，背一段毛主席语录再干农活，他也不能参加，只能远远站着。但很多事情都轮到他，比如扛毛主席像到田头，替“五保户”家挑水，每天敲锣喊出工等等。

不可否认，老单是个干农活的好把式，“犁、耙、播”样样在行，他还是这个山村40岁以上社员中唯一的初中生，对我把犁田比作翻书表示赞同。生产队长严肃地对他说，认真教好知青犁田，这是你将功赎罪的机会。

老单的教学深入浅出，我又是个好学的青年，不到半天工夫，我便可以独立扶犁了。后来我曾想过，老单要是多读几年书，到大学当教授，一定很受学生欢迎，因为他的一套教程，我至今记忆犹新。可轻松概括如下：犁的设计是很科学的，上面一根弯弯的长木伸向牛那儿，和牛拱起的背一模一样，这就是仿生学（我第一次听说这么前卫的术语）的原理。与长木成45度夹角的是短木，短木上套着犁头和犁叶，犁头负责插入泥土，犁叶靠倾斜度负责把泥土像翻书一样一页页翻起来，这就是力学的原理。长木与短木连接的手柄叫“犁把”，犁把在犁田人手中掌着，不仅要让牛使出劲来，还要让牛的劲使在犁头上（这要用心去领会）。犁头插入田里要不高不低，恰好把那层肥土翻成一页页。指挥牛，就靠手中那根牛鼻绳，牛鼻子被牵着，你要牛左，它就不敢右。每丘田都应该从最低洼处下犁，让高处的土犁往低处。犁完后，让每丘田的泥页都平整整在一个水面上。牛是很聪明的，特别是老牛，有句成语叫“老马识途”，其实老牛也识途。如果它突然在田中站住了，可能是犁头卡在石头上，你千万不能再鞭赶它。

瞧瞧，这就是老单的教学水平，理论与实践结合得天衣无缝，去大学还屈才了，应该去党校当老师。

学了一天，我觉得已经出师，第二天，老单仍陪着我。那天，春寒料峭，春雨淅沥，我们戴着斗笠，穿着蓑衣劳作，那段山田陡峭，但我却操作自如。又犁了一上午，老单看了也满意，夸我："毕竟是有知识的青年。"而后悄悄告诉我，他去附近番薯地看看。当年农田是集体的，但允许开荒些自留地种番薯，我自然乐得说好。

实践证明，骄傲总是使人失败，而且败得很惨。当牛犁完上丘田走向下丘田时，在田埂上突然站住了，我吆喝了一句，仍不见动静，心想，老牛还偷懒，扬起鞭子猛一抽。这一抽，坏了，只见老牛跪将下去，跌入下丘田。而后，又挣扎地爬起来，拖着犁满山遍野跑去，丢下我手抓着一条血迹斑斑的牛鼻绳。天哪！怎么回事？原来牛踏上田埂时，踩住了我放得太松的牛鼻绳，又被我硬抽得踉跄跌倒，拴在牛鼻眼中间的牛鼻核被硬生生地扯出来，难怪牛痛得疯跑。

我脱了蓑衣去追牛，老单听我叫喊声也赶紧跑来，终于在密林中找到受惊的老牛。犁头断了，犁叶也裂了，老牛浑身分不清雨水、汗水和血水，我浑身也分不清雨水、汗水和泪水。我们就这么败走麦城。途中，老单恳求我，千万不要说他去自留地干活。

那天晚上生产队的会议成了老单的批斗会，队长有些怀疑他擅离职守，我赶忙说他当时站在田的另一头，已经大声喊莫打牛！队长说，站在田的另一头也是没有尽到责任，犁头犁叶老单赔偿，老牛休息几天，老单割草伺候着，还要在生产队大会上做深刻认罪，就不以破坏春耕罪上报了。我长长喘了一口气。

老单赔偿花了2元钱（犁头犁叶焊接即可），我悄悄给他1元钱，他不敢要。那几天，我也帮着割草。老牛幸好三四天伤口便痊愈。后来我向老单买了一件粗布衫，花了4.5元，被队长发现了，问我花了多少钱。我说，3.5元。他说："差不多。但你们要注意，他做的粗布衫虽然质量还可以，但卖得太贵。”自从买了粗布衫后，我似乎没有那么不安了。

又过了一年，我离开了小山村，上调当工人。几年后，听说老单收留一个四川“乞丐婆”，结束了单身哥生活，但大家还是习惯叫他“老单”。20 世纪 80 年代初，看风靡一时的《牧马人》电影，竟会联想到他，自然也翻开了跟他学犁田的那一页。

2012 年春

包工做田埂

“做田埂”这个词是我在生产队当记工员时发明的，农民兄弟称之“锄田”，我认为不准确，明明工作量都在制作一条新田埂上，就应该突出主题。农民兄弟也不与我计较，不就是记个工分吗？要紧的是工分不能记错，做田埂就做田埂吧。若干年后，对自己自作聪明深感惭愧，认识到传统称呼太有道理了。因为新年伊始，草木复苏，水田的劳作，当然以锄字当头，锄去旧田埂上的草，制作新田埂，还要在每丘田的四周挖出水沟，好让之后犁田时，第一叶的新土往水沟里翻，犁出平整整的一丘田。应该恢复原名。

山区梯田四季风景各异。春季，刚锄好田，崭新的田埂一条条都如银色的大小飞龙，蜿蜒于翠林绿水间的山坡与山谷。每一丘田都蓄上了半池新水，在春日下银光闪闪，春风里涟漪阵阵。盛夏，禾苗茁壮，田埂绿草茵茵，纵目远眺，真有芳草碧连天的感觉。秋分荡漾时节，那就是“喜看稻菽千重浪”了。更何况，层层金黄之尽头，还有枝头的红柿子，红得令人垂涎欲滴。到了小寒大寒之日，蓝天无纤尘，冬日不耀眼，田埂枯草上和田里稻秆头都结上如雾凇一样霜花，水田结了冰，冰面还覆盖一层薄霜。远望，莽莽苍苍；近观，晶莹剔透。

前些年，一位朋友特地去广西看龙脊梯田，回来后十分兴奋，对我吹嘘那里春季秧田之秀美之壮观之绝版之世遗。我嘲笑他何必舍近求远，闽东梯田不亚于龙脊，并描绘了一番上述的四季梯田美景。看来朋友挺服气，夸我对梯田颇有研究。我告诉他，40 多年前我就参与这项自然遗产和文化遗产的保护和建设工作了。

但说实话，当年全无此等闲情逸致或“小资”情怀。锄田是极艰苦的农活。艰苦首先在春寒时节，唐诗“二月春风似剪刀”，在我们当年读来很形象。因为刀刀剪在皮肤上，二月春风其实不亚于凛冽寒风，刺骨得让我们踩入水田中的赤脚打战（当年不可能有雨靴，裤腿必须挽到膝盖之上 3 厘米），那双腿皮肤被寒风龟裂得白花花地透血丝。当时一收工就经常到供销社买 3 分钱一盒的蚌油（用海滩花蛤、蚶壳之类下脚料包装，多么生态，如今市场都见不到了），有时一次要抹一盒（农民兄弟还说我们太浪费，他们抹更经济的凡士林膏，大多人还不用抹），肯定不能买一盒一角二分钱的百雀灵面油，那是女知青抹脸用的。

言归正传，锄田开始，必须按程序严格操作。首先把田里水排干。其次，削去老田埂的旧草皮，应按 30 度至 50 度往田间倾斜着削。这一步很重要，关系到下一步掘出的软泥是否依附得着实。第三，挥舞田锄选准有稻秆头的软泥盘上旧田埂，因为稻秆头根须盘错，盘得住软泥，所以，掘稻秆头泥要大块，盘在旧田埂上要摆得有些间距，而没有稻秆头的软泥可盘在新田埂上方和间隙处。第四，则要把软泥塑成有棱有角的新田埂，既要防渗水，又要美观，稻秆头切不可露在外面。最后，挖好田四周排水沟，在新田埂开个适中的排水闸口。所以锄田既是力气活，又是技术活。当地夸奖老把式如是说：掘三锄头泥就可盘好一锄头柄长的新田埂。

我插队第二年，21 岁的新队长上任，他和老队长不一样，喜欢搞包工，得到年轻社员包括全体知青高度拥护。所以每天一到田间，先花相当充足时间，按当天出工劳力，分好每人的工作量，而后开始抓阄。社员们爱讲的一句话：皇帝圣旨，百姓阄旨。非常公开、公平、公正。

有时，这些筹备工作在吵吵嚷嚷中要花费许多时间，但大家都觉得很有必要，因为体现了上述的“三公”落到实处。比如，我这年评上7.5个工分，安排我干10个工分的活就不公道。那就安排我和女知青叶子合抓一个10个工分全劳力的阄即可。叶子这年4.5个工分。照顾一点知青也是应该的。

我和叶子成了亲密战友，称为“姐弟对”。叶子比我大两岁，在女知青中是能干的。我们男知青第一年的工分统统评3.5分，女知青统统评2.5分。第二年，能干的几个男知青评上7.5分，但女知青却一刀切，统统评4.5分。我们知青大都认为评低了，第一年评得低也就算了，因为我们还有国家每月8元的补贴，第二年起我们要自食其力，如再高一二分或许心理会平衡些。从包工的实践证明也是如此，那几天，我们“姐弟队”不止一次获得第一名，尽管有老农民说我们活干得太粗。那时，我们生产队还是经营有方的，年底分红，10个工分达1.2元（有的生产队才8角5分），还可购3斤稻谷的劳动粮。在本村4个生产队中最高。所以，肯吃苦，还是可以勉强养活自己。就是太艰苦，尤其是女知青。

我和叶子对锄田的分工十分科学并且默契，我负责前面的力气活，她负责田埂造型的精细活和挖边沟，何况“男女搭配，干活不累”。那天，我们完工后并不急得收工。因为这片水田泥鳅黄鳝田螺不少，我们准备搞点创收。

农民兄弟这个季节下田，腰间大都绑着一个竹篓，在劳作中将发现的这些高级蛋白质顺手收进篓中，当年生态好，化肥农药用得不多，有时遇上好田段，收获颇丰，晚餐就多了一道美味佳肴。我和叶子专心寻找。而包工在我们隔壁段的民兵连长还剩下一大段活没干完，他一开始就抱怨运气不好，抓了个衰阄。后来又请求我们发扬雷锋精神，我们才不管他呢，那是个讨厌的家伙，动不动就想领导知青。

我们没有背竹篓，缴到战利品就往口袋装。民兵连长几番悻悻地看着我们，忽然在远处喊道：女孩子抓到那些东西不能放到裤袋里，被它钻进去就完蛋了！顿时，满山遍野笑开锅。叶子迅速捞起个稻秆头砸向连长，“嘭”的一声，连长脑门中弹。

2012 年春

秋收是个技术活

1970年是我们插队的第二年，又迎来了十分艰辛的秋收季节。但知青一般都喜欢这个季节的劳动，原因有两条：一是纯朴的农民兄弟开始挨家挨户轮流办伙食，像竞赛似的把饭菜筹办得丰盛可口，知青们可放开肚皮享受口福，又解脱了煮饭之劳役，何乐不为。二是记工分按肩膀论英雄，割一天稻谷，大家够挑一担即收工，挑回170斤记10个工分，超过部分20斤加1个工分，非常公开、公平、公正。插队的前两年，知青工分被评低了，此时感觉“三公”得到伸张，心情比较愉悦。

天不亮东家就开始喊吃饭，一个也不能漏喊，知青大厝必须先喊（农民认为学生仔起床动作慢），喊完男生房间（本应该先喊女生，女生动作更慢，但男生房间靠门口近），再喊女生房间。所以李子的回忆录《泉水叮咚》，绘声绘色描述房东喊吃饭，耳闻女生房间争先恐后泉水叮咚的事，即发生在此时。

在煤油灯下或者松脂火的照明下，狼吞虎咽地吃早餐，之后仍然迷迷糊糊走山路，直到稻田才见“东方露出了鱼肚白”，于是明白了课本上的陈词滥调，往往十分贴切。

割水稻算技术活，一般两个人合作，每人割好一束，用稻秆须绕紧秆部，并互相将两束秆须头压住，这样不容易散开，而后平放在田埂或割过的稻秆头上，四束交叉成一片，可上叠五六片，这就方便于给专门扛稻片的工种操作。

扛稻片的人用稻秆接成长长绳子，将稻片一层层往稻绳上叠，力气大的一次可扛走几十片。但光用蛮力可不行，特别是弯腰将一大捆稻谷扛上肩膀那瞬间姿势，用的便是巧力，技术含量极高。老把式扛着一座小山高的稻谷，只见稻谷在田埂上飞快移动，见不到人在哪儿，顶多看到两只大脚丫在田埂上“啪啪”闪现。

打稻谷是公认的累活，所以打谷手每天多记2个工分。打谷场选一个位于稻田中心的干地块，地上铺着竹席，以便堆放稻谷。大木桶放在竹席上，桶中放入毛竹制作的横阀，并用一张竹席把桶高高围住，留个缺口打谷。打谷手每次挥舞两束稻谷往竹阀上摔打，稻谷打落桶中，竹席防止四溅。老把式摔打两束稻谷不超过四下，便颗粒归桶，像吾辈知青，摔打六七下，尚不能将谷粒脱净。打谷手一天挥舞的双臂，晚饭时双手累得抬不起来。后来公社推广脚踩脱谷机，说是十分先进，但社员们一试，说无非把劳手之苦嫁祸于劳脚之累，一天踩下来，挑稻谷时脚劲用不上。而挑稻谷记工分主要靠脚力，不划算。况且踩谷机又笨重，上田间须两人抬，便一致认为还是老祖宗办法好。

挑稻谷用麻布袋，绑袋口颇有技术，要绑得不高不低并且结实。知青学会绑袋口，非得老把式手把手教10多遍才行。

秋收最重的活是挑稻谷，而技术量最高的是如何运用拄杖。这拄杖功能简直可以出神入化，农民兄弟说它是挑担客第三只手、第三只腿、第二根脊梁骨，用的全是神化的语言。还说拄杖能弹奏出铿锵、脆亮、悠长的山野之音，更是诗意盎然。

拄杖的设计确实很符合力学原理，扁担（竹甲）头系一根绳子，拄杖下半部有个木鼻眼，歇担时将绳子套入木鼻眼，拄杖头顶在扁担中间，此时绳子便绷紧，扁担、拄杖、绳子组成稳固三角形，便可将重担稳稳靠在树干上或岩壁旁，好抽身歇息。即使一时没有条件靠旁，也可手扶着稳当的重担，抽出肩膀透口气。挑担行进中，可将拄杖头从空肩膀伸到扁担底，那设计得与扁担相吻合的拄杖头将重担微微托起，单肩的重负变为双肩承担。当翻山越岭、蹚水过溪时，一步一戳手中拄杖，挑担人便稳当多了。所以拄杖使用的熟练程度如何，便是衡量挑担客是否老把式的标志。

当年生产队挑粮队伍场面颇为壮观。喊歇肩，几十根拄杖掷地铿锵；喊起肩，鱼贯而行，一路飒爽雄风。此时，如遇迎面而来行人，行人必停步避于路侧，等挑粮队伍悉数过境，方可起步。这叫规矩。而且这些规矩还一套一套的。比如避路的行人，必须避在挑担人手持拄杖的另一边，这样不会妨碍挑担者行走。同是挑担人相遇，下坡者应该礼让上坡者。等等。这说明在传统劳作中总结出的规矩，是何等的合理与文明，灿烂辉煌的传统农耕文化从中便可“窥一斑见全豹”。

有一段时间我们十分钦佩挑重担之壮汉，视为英雄。知青所住家的房东之一，名飞，忠厚寡言，虎背熊腰，养了 3 个如花似玉的女儿，和 1 个宝贝小儿子，自己 40 多岁，是有名的农活老把式，公认的全村挑担冠军，挑稻谷最高纪录 330 斤，挑 20 里路。我们曾观察论证，得出结论：凡能挑重担者，腰板必硬朗粗壮，小腿肚子必圆鼓遒劲，全不像体操运动员上半身呈三角形状，那样身材到农村估计中看不中用。我们劳动人民的审美观当然以实用实战为要，以体现创造劳动价值为美。

那年秋收季节约 20 天，我挑稻谷从 150 斤开始，每天都有所提升，每天都在与另一位知青大李暗中较劲。说是暗中较劲，实际上大家都看得出来，终于有一天，在大家的起哄中我们公开竞赛。大概 10 里山路，我们走在收工队伍后面，生产队长断后护驾，一路让我们增加歇肩次数，给我们喂竹筒里的山泉水，我几次都觉得快顶不住了，靠着毅力，更靠着年轻人面子，坚持了下来。比赛结果：我的谷担 191 斤，大李的

197斤。按四舍五入惯例，我记11个工分，大刘记11.5工分。那次比赛，使我们俩名气渐长。那段时间，大李经常喜形于色又表现十分谦虚，我自然耿耿于怀又只好故作平静。但农民兄弟却厚道，遇到我大都说，你们两个知青差不多，都很有本事。

大李后来被招工到远洋轮当水手，经常漂洋过海。我们退休后相遇，他对我说，出海遇上台风的滋味可不好受，幸好我脚力好，这都是当年挑重担锻炼出来的。我对他说，我现在腰椎有毛病，估计是当年和你比赛挑出来的，都是你害的。

2012年春

深山看野猪

“看野猪”不是去动物园观看，而是去深山老林看住野猪，不让它糟蹋快收成的番薯，属一种农活。20世纪70年代初，我干过这种农活。

“民以食为天”的成语在知青年代于我感受很深，即使像我们插队务农的闽东北山区，人均耕田达2亩的泮洋郑厝里，农民兄弟还是基本吃不饱饭，基本为吃饱饭而努力奋斗。那时候没有袁隆祥的杂交水稻，虽然积极推广“珍珠矮”品种和“温室育秧”等科技手段，但亩产无非300多斤稻谷。一年劳动下来，生产队分给每个社员的口粮也就300多斤。大米不足番薯米补，这个山村的旱地很适合种番薯，番薯米就成了主粮之一。农民兄弟认为虽然大米比番薯米好吃，但番薯米比大米耐吃，于是产生的交换标准是，一斤大米换两斤番薯米。

越是饥饿胃口越大，那时男知青一餐都可以吃1斤大米蒸的干饭，女知青也可以吃8两。秋收季节，为了起早割稻子，农民兄弟挨家挨户轮流做东办伙食，负责早餐、午餐和下午的点心，俗称“两顿半”。生产队按每个食客拨付3斤干稻谷，东家们还说：哪里有赚头，不亏空就算不错了。

那时各家各户自留地限制得很严格，只能种些蔬菜，也有胆子大的在偏僻山地种点番薯，公社工作组还时不时走村进户“割资本主义尾巴”。这一年，我们生产队新队长上任了，“新官上任三把火”，决定集体开荒种番薯，用集体的力量“聊补无米之炊”（这句话当年毛主席给知青家长李庆霖寄300元时，就这么说的）。

新队长姓郑，那年21岁，我们都叫他“十一指”（因为他左手拇指上多长了一个小手指）。此君为人公道正派，聪明能干，贫农出身（这些都是当领导干部的重要标准）。人又长得高大清俊，吃苦耐劳，农活样样拿得出手（这些都是被物色为理想女婿的重要标准）。所以20岁就结婚了，新娘子是邻村姑娘，不漂亮也不难看。这一点男知青尤为满意，因为他没有屁颠屁颠围着女知青转，让男知青感到严重威胁。

开荒在一片深山老林。把四周一圈的大树小树都给砍了，砍后往内倒，砍出10来米宽的防火道，然后把内圈砍倒的林木点一把火烧了。烧山的场面可谓气势磅礴，狠烟四起之后火光冲天。那一刻，让我想起自己是电影《青山恋》中的垦荒队员角色，豪气干云，浪漫之极。当时印象，树木大都是十分坚硬的楮木。几十年后听人说，那座深山有红豆杉，还有鸡翅木。但当年即使有这些珍稀树木，砍了也就砍了，烧了也就烧了，珍稀树木能填饱肚子吗？哪有番薯金贵？

大概开垦了10多亩地，我们生产队的劳力也才20多名，大家空前团结在新队长麾下，忙碌了10多天，终于插下番薯秧苗。番薯就喜欢草木灰为肥料，马上茁壮成长，很快，丰收在望。正在大家估算着亩产能达多少，各家各户能分多少担胜利果实时，祸害来了，野猪捷嘴先登，被拱掉了好几畦地。新队长下令，每天晚上派2人值守，“看野猪”。

第一个晚上，队长“十一指”带头，点将我和他一起。那天，正好在番薯地附近田间干活，我们就不回家了。“十一指”让人捎话，叫他新媳妇送条被子与晚饭来，还特地交代：白米饭和番薯米饭分开装，一定要舀一调羹猪油来。

那天野地晚餐只有我们两人对饮，没错，是对饮，我有点喜出望外，新媳妇竟然带来一壶米酒。她放下饭菜，也不言语，独自逛番薯园去了。“十一指”将米酒倒入碗中，说：“先喝酒，后吃饭，酒才有劲。”当年喝酒是很奢侈的事，只有逢年过节和生产队聚餐才能喝到酒，即自家糯米酿的老酒。那晚的下酒菜有：红糟酸菜煎泥鳅、红糟焖田螺、酒醉小河虾、粘黄豆（半发酵黄豆即现在著名的日本辣豆）等。酒喝完，“十一指”让我吃白米饭，他吃番薯米饭，他知道我怕吃番薯米。我确实极怕吃番薯米，吃番薯还勉强接受，但那几年也吃太多了，可能吃“伤”了，所以现在每当参加饭局，看到同桌食客见番薯作喜欢状，我统统让他们吃。应该是在泮洋几年，大约把一生的番薯份额都提前吃了。

如今几十年过去了，仍可回味那晚的酒香和可口饭菜。确实，怎能忘记蹉跎岁月的纯朴情谊，怎能忘记饥饿年代聊补蛋白质的“盛宴”。

新媳妇离开后，我很不地道地问“十一指”，我们几个女知青多好，你怎么不去追一个？他说，我有自知之明，你们女知青怎么可能看上我？但我也不稀罕，城里的姑娘中看不中用，她会给你煮饭煮菜，给你送饭送菜吗？会给你养猪养鸡养鸭吗？会一辈子留在乡下吗？我更不地道地挑拨：我们女知青比你老婆漂亮。他说：漂亮有什么用？火吹了（当年没电灯，点煤油灯或松脂火）都一样。我万分惊奇：漂亮不漂亮怎么会一样？他说：我是过来人，说一样就一样，你没领教过，怎么知道不一样？说得我虽不服气，却满脸通红，无言以对。

天黑了，我们拿着两根木头乱敲一通，“梆梆梆”清脆高亢，意在警告野猪，今晚有人看住你们啦！而后就躲进草寮烤火，隔三岔五地再敲上一通，让野猪退避三舍。到了半夜，我们便去挖两个番薯煮汤当夜宵，为集体值守吃集体番薯是合理的，“十一指”特地让新媳妇带猪油来便是如此用途。煮番薯汤这活我得心应手，因为那时知青烹饪番薯水平都极高，烤、焖、炒、蒸、煮，所有招式，无所不用其极。煮番薯汤，猪油一定要起锅时才放，这样油星浮在汤面上，又香又显得油水多。还有一种制作比较奢侈，大杨自称是他的发明专利，即把番薯煮熟去皮，捣烂加糖精（更奢侈的则加白糖或红糖）作馅，外包面粉或番薯粉擀成的皮，在铁锅里干煎成饼，外香里软，简直可与当地出嫁闺女时分发亲友的礼饼媲美。

吃完番薯汤已深夜，我俩倒头便睡，突然感觉一阵热浪袭来，懵然中只听见“十一指”大声呼我，快起来，草寮着火了！我一跃而起，抓起锅就往外跑，直奔泉水窟舀水。返回时，只见“十一指”挥舞着锄头把草寮推倒，说不能让它烧得一干二净。我的一锅水似乎没派上什么用场。还好“十一指”及时把棉被抢了出来，灭火之后，我们只好找个背风的岩石，点燃一堆篝火，两人披着一条棉被，数满天的繁星，后悔睡前没用水浇熄炭火，庆幸跑得快、救火迅速。于是商量着明天怎么修建草寮。

天一亮，“十一指”便回家拿木匠工具，让我等着。太阳出来时，他和新媳妇一起来，还带了早饭，有一粒白煮鸡蛋，一定让我吃了，说是讨吉利去晦气。“十一指”说他老婆会编草帘。幸好草寮骨架尚好，支架起来后，主要工作量就是割茅草，编草帘绑作四壁，剥杉树皮盖屋顶。我们仨用半天时间修建了一个比原来还好的草寮。

劳作中的新媳妇面若桃花，身似杨柳，干练利索，讲话温柔。我突然发现，“十一指”说的没错，她既中用，也挺中看的，有点后悔昨晚对她老公说的那些不地道的话。

晚上记工时，我们两人看野猪那个晚上各记 5 个工分，修草寮不记工分。我至今还记得那片番薯地名曰“远丫”。不知道又长出红豆杉和鸡翅木没有？

2012 年春

蒸汽育秧和插秧

1970年初春，公社与大队要求每个生产队必须建造一个蒸汽育秧棚，推广新生事物。这项任务历史性地落在了知青肩上，我们自然非常兴奋，干体力活比不上农民兄弟，干体力活中的技术活还是比不上农民兄弟，但这种“知识活”是我们的特长。生产队长真是知人善任，尤其是女知青，工作又细致又能熬夜，更堪大任也。

大棚用新砍的松树搭起骨架，用白色塑料薄膜通体密封，棚内搭建立体秧架，层层秧架垫着塑料膜，铺上软硬适度的泥浆，稻种撒落其中。棚内垒一座大灶，架两口大锅装满水，灶口设在棚外，用柴火通宵达旦烧得暖室蒸汽弥漫，当然要有个温度计，保持一定恒温，于是骗得稻种以为春暖花开了。

那年代看电影，当看到鲜花在镜头中缓缓开放，观众即刻发出一片惊叹声，认为电影特技太神奇。而此番我们在暖棚里看着稻苗破土而出，就如看电影特技镜头，那一周我们太有成就感了。一片片方块整齐的稻秧、绿油油的苗、白生生的根，可卷成一卷卷，所以又叫“卷秧”。虽然熬夜熬得两眼通红，但却发现有几位知青明显胖了，究其原因，每天深夜夜宵一餐。因为生产队考虑这是24小时工作制，慎重研究，每晚补贴两角钱用于酸菜煮粉干。俗话说“马无夜草不肥”，当年知青就如马，体力消耗太大，营养补充太少，严重缺“草”。所以一周的“夜草”，瘦脸变圆润并不奇怪。

但不是所有生产队都大功告成，有的队把稻种蒸熟了，有的队苗出得稀稀拉拉，甚至有个队把棚都给烧了。我们生产队成绩最好，受到公社表扬。但生产队长却高兴不起来，他给我们算了一笔账，说，松木柴片烧了几十担花了多少钱，搭大棚买塑料膜花了多少钱，你们记工记了多少分，晚上吃粉干花了多少钱，蒸出的秧苗还不够播一亩田，有什么好表扬的？我们与之辩论，认为不能光算经济账，要算政治账、科技账、新生事物账云云。队长苦笑：“后生仔不当家不知柴米贵。”

如今想来，生产队长的账算得还不够，起码少算了生态账，为了烧蒸汽，把几十年松树林砍了，制造了几多碳排放。当然，当时没有这个新名词，那时凡是大烟囱冒白烟和黑烟的地方都是现代化标志。

所以，有时会突然发现，许多司空见惯不容置疑的科技，怎么在历史进程中就变成了伪科技。

制造出卷秧接着插秧，知青们接着兴奋。因为我们看到农民兄弟老把式遇上新问题，卷秧又短又细，按插秧老办法根本不行。山村传统种单季稻，是一种高秆红籼稻，秧苗长五六寸，起秧苗时还得用稻梳把稻苗根梳得蓬蓬松松，插秧时左手握着一大把，右手从中匀出七八根，用食、中指夹着插入泥中一寸深左右。插起秧来，马弓步，或进或退，煞是好看。这回老把式全傻眼了，一寸长的秧苗，根部泥土一大坨，每兜只能匀四五根。还不能插得太深。所以知青干新活和老把式干新活没太大差别。

插秧的道道讲起来不多，但做起来并不容易。你必须在方整的大田中把秧苗的行距插得笔直，在弯弯曲曲山田中把秧苗的行距插得匀称。山区难得有几丘大田，每凡大田插秧，都很慎重，站在中间领插者均是老把式，他或进或退都行，一般先在面前排列六兜秧苗，插六七行后做个调整，而后一鼓作气插到田头，那行行距距像墨斗线拉得笔直，而且速度还要快，这样两旁跟你的人方才服气。如果九曲十八弯的梯田，插秧必须顺着田埂走向，秧兜每行之间增减有度，插下的秧苗与田埂蜿蜒而行，错落有致，看一眼便知道是行家。

插队第二年，许多知青插秧就小有名气。到了第三年，一场插秧现场会使我们的女知青李子成了公社先进典型，农民兄弟称之“播田（插秧）女状元”。俗话说“三百六十行，行行出状元”，到了状元这一级别，艰辛的劳作就上升至艺术行为。如果说“飒爽英姿五尺枪”是当年女性美的主旋律，如今大都认为不怎么的，但是，那年月观看过李子的插秧表演，一定悄然定格为心中的一道美丽风景：

年方十九、窈窕淑女，高挑身材、眉清目秀，短发束辫、红头绳儿，碎花短袖、高挽裤腿、青春洋溢，更有轻盈如蜻蜓点水，优雅似彩蝶扑花，弹指间，脚下铺开一片锦绣田园……

如今，小山村早又恢复了种植高秆红籼稻，虽然产量不高，但这种稻米颇受欢迎，市场前景看好，据说乡政府在积极申报地理注册商标。那位当年的生产队长，之后的老朋友，还时不时送一两袋给我尝尝。

红米饭咀嚼起来，一股淡淡清香和40多年前一样地道。

2012年春

山场割牛草

开春时节割牛草是件苦差事。山村山高水冷，草木刚刚发芽，牛已下地耕作，每天要喂好几捆青草料。生产队每天至少派两个劳力割牛草饲养。初春，60斤牛草记10个工分。之后，随着季节转暖，70斤、80斤，直至120斤记10个工分。

此时，霜雪压了一冬的山野，还是枯黄为主旋律，唯有一种方言叫“竿”的茅草，草芯发绿，可挑着割下。所以那个时段的割草又叫“割竿”。竿草叶片锋利无比，我估计远古时期鲁班师傅手被草割得鲜血淋漓，而启发灵感，发明了锯，这功劳应属于竿。所以知青必须戴着手套去割竿，否则，手背手心一定横七竖八，锯痕累累，惨不忍睹。但农民兄弟皆不用手套，说，我们不是工人阶级，没有那么讲究。割草老把式教我，抓竿时狠一点，抓紧了，“锯齿”就没威力。但我始终“狠”不了，还得用手套。

阿期那年二十五六岁，早就是生产队全劳力，答应带我去30多里外的山场割竿，说他有一位远房亲戚在那里当民办教师，告诉他那里藏着一片好草场，只是路程远了些，属于城关公社地盘。

山场实际上是当地对独户或两三户人家生活劳作的自然村称谓。闽东地区历史上自然村十分之多。许多年前资料证实，每个县市两三百个行政村，大都有两三千个自然村，单户或几户人家聚居的山场比比皆是。

民间说法，翻越一重山便见一个村。这些只有一两幢古厝，但有院落、有牛栏的村，往往坐落在青山秀水的缝隙里，那也是一道美丽的风景线。可如今，自然村越来越少，许多村已是人去楼空，残垣断壁。甚至行政村也只剩下老人、妇女和儿童。让人感叹，城市化进程确实挡不住，但进展得这么快却始料不及，几千年的传统农耕生活被几十年，甚至才一二十年就彻底颠覆，几百年的村庄，上千年的家园，说没就没了。这一场革命性的城市化进程，如一把双刃剑，但遗憾的是似乎想不出周全对策。

言归正传，那天的草场确实丰盛，午饭前已都割满一担，阿期七八十斤，我也有五六十斤。割牛草除了像许多农活一样，既要体力，又要技术，还有一条靠经验和运气，看你是否了解好草场在哪里，或者意外撞上新草场。至于能力与技术要求，关键要看得准，下手狠，农民兄弟用一个“馋”字形容，即眼明手狠。已抽芽的竿隐藏在一片枯黄的草丛中，需奋不顾身扑将进去，不怕竿叶割脸割手，一根根地寻找，一根根地挑割。竿头一般小指头粗，连枝叶一米长左右，竿头的长度不能超过一“揇”（即拇指与中指伸开后之间的长度），超过就太老了，牛不肯吃。待割完三五十根竿，便将之头尾归列整齐成捆，而后夹在双腿间，将叶片打个心字结。这打结的技术含量颇高，要不紧不松，太紧，损害了枝叶；太松，挑一段路就散了。待收获二三十捆，便用藤条绑成两大捆，最后用两端削得尖尖的杉木或毛竹枪担，一端刺穿一捆成为一担，大功告成。

终于可以歇一口气，准备午餐。不料，我取下挂在树上的饭盒，打开一看，密密麻麻的黑蚂蚁比白米饭粒还多，奇臭无比。原来是盒饭引来臭蚂蚁，根本不能吃。我又饥又累，一屁股坐到地上，继而干脆仰面躺倒，对天长啸：“运气怎么这么衰啊！”阿期赶忙查看他的饭罐，也爬入臭蚂蚁，但只有几只，显然刚刚入侵，赶忙用筷子把它们拨走，拟分一半饭我吃。我闻闻，臭味扑鼻，表示宁可不吃。阿期想起山场民办教师老张，便说：我们去山场“讨吃”吧。

山场就一幢老厝，是闽东典型的“四扇厝”，从木料粗细和石柱精细程度看，也算简陋，据说建于20世纪30年代。下廊房一间做教室，一共6名学生3个年级，其中4名邻近山场的，寄宿这里。教室前一株梅花尚未凋谢，一株桃树正在孕育花蕾。老张是1967届高中毕业生，回乡知青，与他妻子正在午餐。4位寄宿的学生也在午餐，他们自带米和菜，老张妻子帮助蒸饭，还煮了一大碗酸菜汤给学生配饭。我走近课桌前看看，学生的饭中有一半番薯米，每个人自带菜都是一小瓮酸菜。当年的闽东乡村，酸菜能当半年菜。

老张夫妻热情地让我们先吃他们的白米和番薯米的参半饭，马上再煮番薯和芋头。我大口吃饭，除了配点咸萝卜外，还品尝了可口的酸菜煮草鱼。只是不好意思多吃，那是他家池塘养的草鱼，当年可是稀罕物。阿期吃了点番薯与芋头。老张告诉我们，过几天可再来这里割草，有一片火烧山新草刚长出，几天后一定好割。几天后我们如约而至，果真大获丰收。割火烧山的新草最为轻松，不用奋不顾身又提心吊胆扑入草丛，也不用戴手套预防割手，只是把手脚甚至眼脸弄得乌黑而已。

我从阿期嘴中了解到老张的经历，让我钦佩。他休学回乡后曾到上府山（闽北林区）割过松脂，当过伐木工人。听说，割松脂半夜要起床上山。因为松树见了太阳油脂越流越少，就像海南岛割橡胶树一样，凌晨割脂，产量才高，所以割松脂很辛苦。伐木，拉木驴车最危险，赚钱最多。林区木栈道十分险要，用圆木铺地做滑道，木驴车载着大树在木栈道滑行，须花大力气驾驭，稍不慎，大树与人滚入山涧，不死也残。他妻子就是上府山人，在上府山相识相知相爱的。去年，一个当教师的亲戚介绍他到这里当民办教师，他便携妻回家乡。

那天，我与老张攀谈，他背了一句鲁迅先生诗“躲进小楼成一统，管他春夏与秋冬”。似乎颇为满意眼下的男耕女织生活。他说：你看我现在教6个学生，公社发我工资20元，大队又补些稻谷，还可以和老婆种田栽菜喂猪养鱼，自食其力，其乐融融。我这个人从“文革”到现在都只能当“逍遥派”，与世无争。

当年说“逍遥派”，是指不关心政治时势，不积极参加阶级斗争，革命立场不坚定，只关心自己经济和生活的人。其实，这些人中，一些是出于无奈，一些却是修养颇深，老张应该兼而有之。

但社会发展总是不以人的意志为转移，许多年后，恢复高考，一石激起千层浪，年近30岁的老张为此秣马厉兵，冲上高地，马到成功。听说他接到大学录取通知书时，已经是两个孩子的父亲，依依不舍离开了他的世外桃源。我与老张纯属邂逅，竟连他的大名都不知道，只依稀记得那世外桃源叫“排头”或是排头村的一个山场。

阿期带我割草的第二年病逝，因肝炎所致，实际上是因长期营养不良又超强劳累所致，病逝前腹部肿胀，十分痛苦。我对阿期印象深刻的还有，那年他妹妹出嫁，作为哥哥的他，背着妹妹上轿（当地风俗，不能让新娘的鞋带走娘家的泥土即财富风水），妹妹在哥哥背上唱《哭（骂）嫁歌》，哥哥小声哀求妹妹：别再骂你嫂子了。

彼时彼景令人潸然泪下，唏嘘不已。

写本文时读到2012年全国“两会”消息，据民进中央提案，这10年我国农村小学减少了一半，从55万所减少到26万所，平均每天消失56所。我想起前些年在县市工作时，积极倡导和推动撤点并校工作。认为重点把县乡中心校办好，改善学生寄宿条件，提高教育质量，村里该撤的学校都应该撤，总以为利国利民，但现在看来，未必。学校与村庄唇齿相依，皮毛相存，撤了学校，则唇亡齿寒，则皮之不存，毛何附焉？村庄也就摇摇欲坠了。

这一二十年，有多少自然村甚至行政村，人走村空。回首当年，那曾经给我温暖的、青青牛草满山坡的山场，也早已淹没在草木萋萋、残阳寂寂中了，但那乌瓦老厝、青苔石路、小桥流水、梅花桃花、薯米饭、酸菜汤，还有琅琅读书声，有意无意间，会飘入你的脑际，使你以为那是梦中的桃花源。

2012 年春

晒谷场风波

插队第三年秋收季节，生产队安排我晒稻谷。这个活的好处是：不要起大早出工，不要赤脚踩入冰冷水田割稻，不要日晒雨淋，而且能赚全劳力的工分，每天 10 分。只要不下雨，每天都出工，都赚工分。但不好的地方：要等大晚收工，社员们收割稻谷回来，你要负责过秤归仓；平时社员来预支粮食，也须你过秤登记，即兼仓管员（颇麻烦，因为等到新粮收成，许多社员家中已是无米之炊，频频前来预支稻谷）。白天一整天守在晒谷场，晚上睡在谷仓，很束缚人。但生产队决定的事，只好服从。

其实我心里也有个小九九，因为 1971 年的出工天数，我已名列全大队七八十名知青前茅，已超过 200 天，晒稻谷的出工率只会更高，因为收割回的湿稻谷必须晒两趟才能真正存仓。待到秋收结束，生产队劳力大都农闲了，你不能闲，接着把晒一趟暂存粮仓的稻谷再晒一趟，晒两趟的干稻谷才可以真正存仓。这样一来，我的出工率完全有可能排在全大队知青的第一名，当然很突出，定会给大队党支部和公社革委会留下好印象，那在今后招工招干时就有很强的竞争力。这半年来，建设兵团和财贸战线已招收了两批知青，很是让人羡慕。

睡在谷仓一个多月，发生了一件诡异的事。生产队谷仓设在一个老农家二楼，是一幢四扇老厝，年头已久，被烟熏得黑不溜秋，谷仓顶上横放一具寿木（粗加工好的棺材），气氛有点瘆人。没有床铺，用一块门板铺在稻谷上当床。夜深人静，昏昏灯火，独自一人，仰望棺木，闻着稻香，寂寂入睡。忽一晚，梦见一孩童，骑我胸口，令我难以喘气，只是拼命扯他小手，欲起身逃窜，却难以挣脱，大汗淋漓醒来，胸闷不已，赶紧出门吹风，清醒脑袋。之后老农吓我，那幢老厝曾有一孩童夭折，不会来找你玩耍吧？让我听罢打了个寒战，从那以后，左胸时不时像抽筋一样，绷上数十秒，难受至极，多年后才痊愈。此事于我至今还是一个谜。

山村晒谷用竹席，一领竹席晒一担稻谷，场地便是收割后的大丘田平整出的。湿谷子一担（两箩筐）一百四五十斤，晒干了一百二三十斤。1 席记 1 个工分，我和一位老农一起负责 20 席。早晨从谷仓中挑出湿谷子，摊在竹席上，一天内得将之大翻两次、小翻两次。大翻即将竹席四角掀起，形成谷堆后重新用木耙摊平；小翻则只用木耙在席中把稻谷翻匀。总的要求，让阳光把湿稻谷晒匀晒干。从田里收割回的湿谷子晒一天便可入仓，但只能存放个把月，如要长期存放，还要再晒一次。这是生产力水平比较低的传统作业，当年有的公社生产力水平较高，修个水泥场地，湿谷子直接晒在水泥地上，极容易晒干。而县城附近农民，干脆占用水泥街道晒谷，县城居民似乎也没意见。所以，20 世纪八九十年代，交通部门不让农民兄弟在水泥公路上晒稻谷，说是危害公共交通安全，可农民兄弟觉得偌大的水泥路空着太可惜，完全可以资源共享。那时身为基层干部的我，立场坚定地站在农民兄弟一边。

干稻谷入仓前还需劳作一番，即用木制风车将稻谷风筛一遍。首先，把稻谷倒入风车上端入口，而后，一手摇风叶，制造风源，一手慢慢拉开闸门让谷子缓缓流下，经过风力筛扬，饱满谷子流入箩筐，瘪谷子扬到风车外。但瘪谷子可不能丢弃，它是喂鸡喂鸭的好饲料，所以老农与我合作晒谷，事先说好，瘪谷子全归他。阳光虽然让稻谷入仓轻了许多，但干谷仓在大厝二楼，挑担上窄小楼梯，体力消耗挺大，和早晨从一楼挑湿谷出仓劳动量相比，相差无几。晒稻谷还怕突降大雨，抢收不及，白忙活一场。但那年最让我纠结于心的却是防患鸡鸭入侵。

到了稻谷收割季节，农民兄弟家中鸡鸭悉数出圈，吃田中残余的稻谷。这是鸡鸭盛大的节日，于是它们都表现出欢快的样子，当路经金灿灿晒谷场时，自然两眼发绿。而我手持竹竿，保卫神圣之领地，既劳力又劳心。老农家事甚多，不是今天请木匠来家中打家具，就是明天女儿又带女婿回来了，往往摊铺完稻谷便走人，我几乎成了光杆司令。

有一郑家大婶，当年应算养鸡鸭大户，社员们称其家中“有那吃”（即有东西吃，伙食好），这也是当地人夸奖某家主妇会当家的标志。其公爹、老公、小叔皆是腰圆膀粗全劳力。这大婶嗓门又粗，与人吵架动不动便是：我家四代贫农，我不怕你。一次我问老农，从中华人民共和国算到现在，大都说三代贫农，她怎么四代？老农告诉我，她娘家也是贫农，可能是这么计算的。一日，郑家大婶的鸭子成群巡视谷场，我用竹竿严防死守，不料打瘸一只全番母鸭。这下可好，大婶提着瘸母鸭到谷场与我理论，她首先指出我的不是，说，畜生不是人，不会听人话，用竹竿赶可以，打不行，打就是错。其次，她的鸭母一个月会生多少蛋，打瘸了，生不了蛋，损失巨大，结论要赔偿。最后还是那句经典语录：我们家四代贫农，我不怕你。我何曾经历过这等场面，除了一再强调稻谷是集体财产，你是破坏革命生产外，别无他词。引来围观者甚众，七嘴八舌，一片混乱，令我尴尬至极。最终还是老农出来收拾残局，他把当天筛扬下来的瘪谷全赔了她，方才平息。第二天，我批评老农没有坚持原则。老农说，生产队把瘪谷子分配给我，就是我的东西，我把自己的东西替你作了赔偿，又不是集体财产，怎么能说没有坚持原则？说得我无言以对。如今想来，老农不仅不糊涂，还挺睿智。

不料过了几天，郑家大婶又来了，说她丢了一只母鸭，问我们看见没有？我心中纳闷，一脸不高兴，反问她是不是怀疑我偷了？她也不好再闹，讪讪而回。几天后，生产队放牛娃小亮偷偷告诉我，是他替我“报仇雪恨”的。这个当年读小学三年级的学生，经常跟在我们知青屁股后，用今天的话说，属知青的铁杆“粉丝”，关键时候竟如此立场坚定、旗帜鲜明，令我好生感动。他朝旁边的烂泥田挤挤眼，对我说：我把鸭头一拧，塞到泥田去了。

许多年后，放牛娃当了乡镇领导，一次聊起往事，他说：当年你们知青对我们村的孩子们影响太大了，特别是你们的集体生活让我们很羡慕，农民们经常说知青是“怪人”，干农活喊累，走一铺（10 里）路到水库游泳却不累；热衷于唱革命歌曲、跳忠字舞，却不好好学农活。连集体办伙食都很有意思，缺吃时，就吃一盘咸菜、配盐汤；聚餐时，大块肉，大碗酒，一个月的伙食费都花光了。特别是年轻人和小孩子都喜欢你们。当聊起那场晒谷场风波时，他笑着说：那次我可是“大义灭亲”啊，那是我婶婆，现在我们都很孝顺她的。

晒谷场风波无非是当年一件不足挂齿的小事，如今想来，却是妙趣横生暖意融触。许多年后，我曾让小亮与郑家大婶聊聊此事。小亮告诉我，她根本记不得了，还说，我不会因为一只鸭子去为难知青的，我对知青可好了。

2012 年春

饕餮是知青的最爱

20世纪六七十年代，“吃”太重要了，国人见面先问候吃了没有？（这种传统问候可追溯到更久远年代，似乎到20世纪80年代末才改口。）那时农民兄弟问你在哪里工作，问候语是：在哪里“做吃”？或者在哪“讨吃”？

那些年，知青也把这两个词汇运用得滚瓜烂熟。“民以食为天”的最高标准是饕餮一餐，几乎成了生活的最爱。我们插队的村庄有个优良传统，秋收结束，颗粒归仓，必须举办一个隆重仪式，名曰“蹦滚埕”（大约是高兴地在稻谷埕里打个滚，以庆贺丰收之意），最实质的内容是以生产队为单位，各家各户只能劳动力参加的聚餐。那真是盼望已久的盛大节日。现在回想起来，支撑节日晚宴的最大功臣是一只猪八戒，北方称“杀猪菜”，闽东山区虽不这么称呼，其实大同小异，只要有猪肉吃，便是节日标志，无比幸福的事。一只猪可烹饪出10多道菜：卤猪头肉、卤猪蹄、炸排骨、炒肉脊、白菜炖五花肉、炒猪肝、炒大肠、黄豆炖小肠猪肺、中草药煮猪肚……当然，主食是糯米糍，浇上热乎乎的红糖水，又香又甜。自酿的米酒开怀畅饮，酣畅淋漓。

印象深刻的是第一次参加“蹦滚埕”，我与阿国两人都醉了。但醉的本质有差别，我是贪杯而醉，因为与“插友”和农民兄弟第一次煮酒论英雄，逞能加好奇所致。逞能显在明处，好奇藏在心中，即想试试自己究竟有多大酒量。结果平生第一次醉酒，据说像花痴一样笑了一个晚上。阿国则不是醉酒，而是“醉油”。阿国的父亲是县城有名的大厨，队长认定他有家传，让他帮厨，负责切肥猪肉熬油。只怪熬出的油渣实在太香，本来光饼夹猪油渣是道名小吃，但阿国忙得不能前去购买光饼，只是时不时忍不住吃几片油渣，帮厨时间长，不知不觉吃太多，于是也醉了，吐出来的全是油渣。

如今最难以启齿的一次饕餮是吃猪仔肉。猪仔，小猪也。现在有一道美食烤乳猪，应该是用10斤左右猪仔，烤得焦黄脆嫩、香气四溢。但我们当年吃的猪仔虽也10多斤，却是死猪仔。大队养猪场把它养死了，让大李去埋，大李觉得可惜，找我们几个男知青商量。大家一致意见把它煮吃了。你看，猪身尚有余温，怕什么？说干就干，在大厝后门山垒一口灶，提一个铁锅上去，烧起沸水，在清水泉旁把猪内脏清除干净，猪仔肉用生姜米酒爆炒一番，那香气那美味比起当今的乳猪肉好得多去了。饕餮之后，我们忐忑不安了半天，你瞧我，我瞧你，自然平安无事，于是喜笑颜开。这说明食品卫生标准也是相对的，生态好的时候，死猪仔也符合卫生标准。还有，人到饥饿时，主要矛盾是填饱肚子，病菌入侵等就成了次要矛盾，次要矛盾服从主要矛盾，可能人体机能也是明白这个哲学道理。

后门山的灶不止一次启用，为何如此呢？因为大李有一绝活：空手捕蛇，当时闻名于全公社。哪里有蛇患都请他，最大捕过10多斤的南蛇。我曾在田间见证他的捕蛇说：一条青竹蛇快速在田塝上滑行，只见他不慌不忙，出手就掐住蛇七寸，然后把蛇头钉在锄头柄上，用刀在蛇头下刮一圈，两手抓住蛇皮，“唰”的一声，整条蛇皮蜕下，白生生的蛇肉吊在锄头柄上，还在翻转扭曲，堪称绝技表演，虽然有点瘆人。蛇皮可作二胡琴之音箱，蛇肉自然可美餐，但却吓得女知青从此不敢吃蛇肉。山村有个习俗，说蛇肉不可在室内煮，因为蜘蛛喜闻蛇肉香，如掉入锅中，吃了必哑巴。为了尊重习俗，只好频频使用这口灶。

这口灶还煮过一个秘密。一天，我们到公社拿点柴油（公社有一台发电用的柴油机，备着一大桶柴油，我们偷些点煤油灯，但我们从来不说偷），遇到一只狗，对我们狂吠不止。一打听，是公社革委会副主任新养的。那副主任动不动就训知青，大家背后骂他“狗子头”。回来路上，我们商量把这条狗腿子给“做”了。作案工具很容易制作，即卡狗脖子的竹筒与绳索，关键是如何诱狗入套。还是阿图足智多谋，用了光饼和猪油渣，骗了2里路，大功告成。那场狗肉宴让我们解馋又解气。

当年知青偷鸡摸狗的事时有发生，但最具新闻价值的，莫过于“福清哥”知青把农民兄弟猪的尾巴给割了煮了吃。大家起初认为这乃绝顶聪明的事，但后来听说猪痛得满山乱窜，很难再养大，所以再也没有发生类似事件。我们似乎极少干过偷鸡摸鸭的事，至于顺手在田地边“拿”些蔬菜，还是有的。

现在想来，造成这种现象，一是食物匮乏，二是恶作剧。那些年虽然不像20世纪60年代初自然灾害那样饿肚子，饿死人，但大米饭确实吃不饱，农民兄弟大半年靠吃番薯米过日子。知青也不例外，肚子缺油水，越饿越馋。至于恶作剧也占很大成分，特别是“老三届”学生，从毛主席的宠儿“红卫兵”，到插队知青，从大江南北“串联”到农村“修理地球”，政治生活落差很大。再加上“9·13”林彪叛逃事件震动，信仰理想受到严峻挑战，于是产生玩世不恭的恶作剧。

应该说“自己动手，丰衣足食”还是主旋律。知青们也学着开荒种番薯，学着打理田园种蔬菜，尽管许多菜屡种屡败，但那年种萝卜却大获丰收。

我们知青队是个大集体，第一年，选出膳食领导小组，集体办伙食，由于国家给予每人每月8元补贴，还是可以运转的。第二年集体办菜就不行了，那就集体办饭吧，大家买个铝制饭盒，想吃半斤八两的，自己量上米，集体蒸饭。菜则各显神通，各吃各的，当然谁愿意跟谁组合也行。至于炊事员，不分男女，每人轮流一天。后来继续完善，谁做炊事员烧谁柴火，因为知青一怕种菜，二怕砍柴。所以，切合实际的规章制度尤为重要。这个不断完善的制度很有生命力，一直坚持了五六年。

既然萝卜大丰收，还是把它作为一道集体的菜储备起来。如何储备？学习农民兄弟，晒萝卜干、切萝卜丝、浸泡萝卜片和做咸萝卜。晒萝卜干即将萝卜切成若干瓣，晒到半干时用红糟和盐腌制，塞入瓮中。切萝卜丝即将丝晒成干透，也藏于瓮中。浸泡萝卜片即用盐水浸泡，加些酱油作颜色，几天便可食用。但做咸萝卜则费工耗时也。

向东家大婶借来特制的两端通透的大木桶，安放大灶铁锅中，往里装一大桶新鲜萝卜，24小时不间歇地煮，不能注水，煮到萝卜脱水成小半桶直至小半锅，一个个鲜白脆嫩大萝卜变成一条条干瘪墨黑的萝卜条，而后加盐。这种咸萝卜如今成了当地著名小吃，就是当年也是一道好菜。

那几天，知青轮流值守，产品一锅又一锅，好生高兴。一日夜半时分，厨房突然传来吵架声，继而伴以砸物声，大家赶忙起床，拥入厨房，见男生阿国与女生叶子正吵得不可开交，甚至推来搡去已经肢体接触。原来阿国值守上半夜，不知怎么睡着了，灶火全熄，叶子看到一锅萝卜全夹生，便埋怨开了。大家当然呵斥阿国：堂堂男子汉，怎么能向女生动手！阿国委屈地申辩：她说我没有责任心，我认了，怎么能骂我偷吃了半锅萝卜，我就吃了两个。

哈哈，原来如此，萝卜煮到半脱水时，确实好吃，谁个值守没有“偷吃”啊！

许多年前遇见“捕蛇说”大李，他从远洋轮上回来休假，说：我现在仍像知青年代一样，以美食一餐为大事、乐事。每次出海，在船上吃工作餐腻了，凡泊位靠港，上岸第一件事便是饕餮一餐。回家更是如此，天天研究菜谱犒劳自己。

曾经看过一篇专家文章，说是我们这一代人，改革开放以来，随着生活条件的改善，大鱼大肉吃多了，很容易得“三高”（高血压、高血脂、高血糖）。因为我们上一代乃至上几代，都生活在节衣缩食年代，培养出只能适应清汤寡水的基因，这基因根深蒂固。我读罢虽然很生气，但不得服气专家的有理有据。

知青年代的饕餮追求，看来事过境迁，只能烟消云散了。

2012 年春

记工攀谈会

我插队当年就任生产队记工员，每天晚上办公地点便是队长家厅堂。全队社员有事没事都会来坐坐，看看工分是否记得准确，聊聊明天工作，或者听听公社与大队的重要精神学习传达贯彻。但这只占晚上时间很少一部分，攀谈（也有称“侃大山”“摆龙门阵”）才是主要的，内容无所不及。

雄大叔是攀谈会主角。这位40多岁的汉子，虽只高小文化程度，却无师自通，据说会看阴宅风水，“文革”开始，意识到自己成分上中农，金盆洗手了。他是讲述民间故事和说唱民歌的高手，《甘国宝过台湾》和《夫人帝》（陈靖姑故事）可以边白话边歌唱形式讲述，每晚讲到“且听下回分解”。现在回想，估计是福州评话模式加以自己发挥。社员们听得津津有味。

我对当地堪称史诗般的故事兴趣不大，却对一首民歌形式的男女爱情故事听得入迷，至今还有印象。民歌前半部特含蓄，后半部特大胆。先是讲述男女双方如何眉目传情，接着女的用长发辫梢撩拨男的脸，男的如何用手触碰女的手，继而触碰女的高高的胸脯，最后大胆地男欢女爱了。特别是男的夜入深宅大院潜入闺房的过程描述，每进一道门，男女心理独白一段，那唱词撩拨得我十六七岁的青春躁动不安。雄大叔一边说唱一边还要不断联系实际：后生仔们，我教你们怎么追女孩子。

先从摸她的辫子开始，如果她不生气，就摸手，再不生气，就摸胸脯。此时，如果她真不生气，你就追到手了。雄大叔说唱后半部男欢女爱时，有如民间版的《金瓶梅》，荤味十足。讲到细节处，还会朝我挤挤眼，说，宰男（童男子），你听懂了吗？不时引起哄堂大笑。

对此嘲笑，我终于找到报复机会。一晚，雄大叔神秘兮兮地说一个现实版故事，说近段有一个大队领导，为瘸脚的儿子娶了个漂亮媳妇，十分疼爱她。儿子是剃头匠，经常背着剃头箱，拄着拐杖，定时一个村一个村去剃头。公公疼爱儿媳妇，竟疼爱到床上去了。此事是媳妇的婆婆吵出去的。大家七嘴八舌议论得无比热烈。忽然有人问雄大叔，公公与儿媳妇有这种关系叫什么来的？无事不通的雄大叔这回难住了。我便不失时机地说，这叫"爬灰"，因为之前读过《红楼梦》，以此为据。连雄大叔都不得不服气，只是嘲讽我不像宰男，连这个都懂得。后来，大家要求我来一段《红楼梦》，可难住我了，于是自告奋勇讲《水浒传》，但只讲一场便草草收场，因为大家认为还是雄大叔讲得好。

雄大叔还会编唱一种当地最实用的民歌，新娘的《哭嫁歌》。当地新娘出嫁前两三天，就开始断断续续唱《哭嫁歌》。临上花轿那阵子，更哭唱得昏天暗地。哭嫁又叫"骂嫁"，新娘子那三天最大，可骂天骂地骂爹骂娘骂哥骂嫂，无所不骂。通过哭嫁骂嫁，既可表达舍不得离开严父慈母，怨自己是女儿身，不能服侍父母终老，尽孝在家中等等；还可夹杂一些怨气，比如埋怨父母偏心，嫂子平时挤对自己，哥哥娶了老婆忘了娘等等。所以哭嫁场面内容丰富，有含蓄、有泼辣，生动深刻，才华横溢，很有看头。

有一段时间，记工会的龙门阵还没摆完，阿期妹妹就站在门口等雄大叔教授《哭嫁歌》。我曾对雄大叔说，这种歌应该女人之间口口传授，大男人管女人心思似乎不妥。雄大叔反驳，满村的女人都是煮饭婆，你见谁当上厨师？哈哈，此言不差，何况阿期妹妹每晚提一壶米酒酬师，据说出嫁那天还奉上老师一个红包。

那年冬季，阿期妹妹出嫁，果然名师出高徒，那场哭嫁歌词连篇累牍，极致表达了哭嫁女苦命、善良、勤劳、孝顺、牵挂之心之情绵绵不绝，让送嫁的亲人朋友邻居们感动得稀里哗啦。但最精彩的是骂嫂嫂的一段歌词，弦外之音让大家心悉肚明，不时发笑，令她嫂子好不尴尬。阿期急匆匆背起妹妹上花轿，小声对她说：别再骂你嫂子了。

显而易见，这场哭嫁歌词是雄大叔和阿期妹妹精心炮制、教学相长的优秀作品。

记工攀谈会和雄大叔的民歌、故事，是我辍学后社会大学的一个组成部分，也是青少年时期性萌动和性教育的一个课堂。就如歌德所言：哪个青年男子不善钟情，哪个妙龄女子不善怀春。所以那个年龄段，对异性感觉十分神秘，对男女间情感从心底渴望是再正常不过的，但当年大家对这种美丽的情感却是忌讳的，表现得异常含蓄。

那时我有一点八卦，擅长对男女知青的“个人问题”（当时说法，指是否有男女朋友），根据蛛丝马迹得出结论，而且往往结论准确，只是深藏心中，不敢公之于众。现在想来，其实一点也不玄乎，当时知青异地恋主要靠鸿雁传书，一枚 8 分邮票的信封往往就是广而告之，而寄信栏写着“内详”两字更令人琢磨。那时，生产队队部也是邮箱投放处，我既是记工员，同时又是集邮迷，对来往信件自然格外关注，乐于义务送信以索讨邮票。对邮票上的邮戳只要稍加辨认，便会让之暴露发信地，写“内详”不过欲盖弥彰罢了，哪里躲得过我的火眼金睛。有一段时间，一位女知青痴情地等候部队男朋友的信件，害得我每天检索信件的心情比她还急迫。

鸿雁传书曾给几千年的人类社会（还有我们的知青年代）带来多少令人动容的守候，这种让多少代人难以忘怀的体验，怎么突然断送在我们这一代人手中呢！ 20 世纪 90 年代初，我到一个地直机关工作，曾与单位正在异地恋的一位姑娘开玩笑，聊及写情书之事，她竟说我老土，告诉我，现在谈恋爱时兴挂电话，叫“煲电话粥”，鸿雁传书功能基本寿终正寝。我听得目瞪口呆。

如今，交通与通讯更是迅猛发达，有个时髦叫法“地球村”。只要经济许可，早晨在海南，晚上北京约会，一点也不困难。况且微信、视频满天飞，哪里还有含蓄、羞涩和守候，连隐私都没有了。我的一位老友，女儿在伦敦留学直至就业，天天可以在视频上见面，他说，一点也没有漂洋过海、天各一方的感觉。

含蓄、羞涩和守候大概是说唱、民歌、鸿雁传书等形式最擅长表达的，多么酣畅淋漓，刻骨铭心，山高水长，穿越时空，于今却渐行渐远，让当年知青不免有些惆怅。

2012 年春

砍杉树

早年的闽东乡村，有这么一个令东家大丢面子的恶作剧，名曰“砍杉树”，就是帮工把东家饭甑里的米饭吃个精光，而后欢呼声中将饭甑推倒。因为饭甑是杉木做的，圆圆的有如杉树被砍得轰然倒地，目的就是让东家难堪，谁让他吝啬得不让帮工吃饱饭呢。

20 世纪 60 年代末，我在闽东的一个山村插队。每当到了秋末冬初割稻谷季节，知青就显得特别勤快，出工率特别高。因为，山村有个非常厚道的传统：生产队每家每户按劳动力计算，轮流做东家，比如你家有两个劳动力，就必须做两天东家，这样才公平。知青不用做东家，只需做吃家。众所周知，知青一来不会做饭；二来即使会做，也做不出什么能端上桌的可口饭菜。再说，照顾一下知青也是应该的。当然，生产队总是讲公道，按食客数每人每天拨付干稻谷 3 斤给东家。

纯朴善良的农民每到此时是极爱面子的，再穷，也得宰一只田鸭或兔子；借钱，也得割一两斤猪肉。这时节，也是各家女人比试谁家大方且会当家、贤惠且又麻利的时机。一家家主妇和闺女大显身手。比如黄酒醉河虾、豆腐炖泥鳅的香气，今春红糟腌渍小笋的颜色，去冬黄豆豉晒出太阳的滋味，咸萝卜是干蒸的还是湿蒸的（丰俭各异、差距颇大），家酿的米酒是陈年的还是新酿的（年份越久越好）。最讲究的还就是那一饭甑的白米饭，从大锅中捞出的时候，火候最重要，早了，太硬，不上口；迟了，太软，不扛饿。这时节，还是各家闺女最活跃、最慌乱、最叽叽喳喳的时光，个个都打理得清清爽爽，一身利索，忙忙碌碌地往田间地头送饭送点心。表面落落大方地劝社员们多吃饭菜，心里紧张兮兮地看着饭甑里的大米饭还剩多少。

一般来说，饭甑里的米饭，保险系数都比较大，据说米饭应多于食客正常食量的1/3以上，被“砍杉树”几乎属意外。但一旦被“砍杉树”了，东家急需回去用猪肉（牛肉、鸭肉也行）煮米粉（面条也行），火速送来，否则，帮工是不肯下田干活的。

我们10多个知青集中住在一位富裕中农家中，按照当时政策，富裕中农虽然不属于打击对象，但也不是依靠的阶级，所以，大队征用他家的六扇大厝十分合理。于是，这位忠厚木讷的农家老把式就成了我们的房东。房东家有一黄花闺女，十七八岁初长成，就如后来有首歌中所唱的模样：一根辫子粗又长，眼睛明又亮。只是名字不一样，不叫“小芳”叫“小花”。

我们4个小伙子住在大厝的下廊间。下廊间位于大厝进大门后的两厢，木式结构。楼上有回廊阁楼，小巧玲珑，木雕花窗。那阁楼往往是闺房，所以，小花就住在我们的楼上。我们所住的房间仅七八平方米，刚好打个通铺。那通铺简直相当于现在酒店的多功能厅，除了用于我们4人夜间头朝里、脚朝外就寝外，政治学习、斗私批修、打牌下棋、打闹斗笑、吃夜宵、聊大天，都在此进行。但楼上终日静悄悄，夜里静悄悄，黎明静悄悄。我们曾私下议论：小花走的是猫步（当年尚不知这是当今最时髦的台步）吗？有一深夜，我们聊完天，正准备休息，忽闻楼上一阵清脆的流水声和滴水声。大家静听了好一会，不知谁扑哧一声笑出，于是，便笑作一团。那绝妙的声音让大家全无睡意，心中痒痒，便找出各自听过的乐器声来比照。后来，小余读出了白居易的《琵琶行》，我们豁然开朗，一致认定应该用“此曲只应天上有，人间难得几回闻”

来做权威结论。只是从此之后，再难得一闻。那几天，小花见了我们，不抬眼却脸红。

割稻子一开始，大刘就坚决要和我换个铺位，说他起得比我早，睡在靠窗下，起床方便，不影响别人。大刘者，知青中之壮汉也，年方19，却开创了挑稻谷215斤的纪录。当年，我和他在知青队伍中都以肯卖力气和能干农活闻名于全大队，因此，在插队的第二年，我俩的工分均评上了7.5分，乃所有知青中的最高档次。

割水稻的季节，则以肩膀论英雄。因山村全是梯田，加之山道弯弯，远的田段，有二三十里的路，一名强劳力，早出晚归，能割一担稻谷挑回，已算不易。稻谷入仓，当场过秤，170斤记10个工分，以此为基数，多挑20斤加1分，我们小队的生产队长创下了320斤的全大队纪录。我曾与大刘竞赛过，我成了败军之将，虽然我在掰手腕比赛中赢过他，但农民兄弟并不以为然，认为那是花拳绣腿，还是挑担比赛可比性强、含金量高。打那以后，我看大刘总不顺眼。

除了大刘，同睡通铺的，还有一位非常重要的人物，就是那位大队任命不久的我们小队的生产队长。此君乃生产标兵，用当时一句夸奖的话："犁（田）耙（田）播（插秧）样样行。"年方23岁，系当地回乡知青，贫农出身，尚未娶妻。虽然他的回乡身份与我们插队身份有着很重要的区别，但毕竟都是知青。就这个问题，我们曾经在通铺上进行过激烈辩论，最后按毛主席他老人家的指示达成了共识："农村是个广阔的天地，知识青年到那里去，是大有作为的。"这一句不分彼此，适用全体。"各地农村的同志应该欢迎他们去"，这一句特指他（注意定语"农村的同志"，这有别于城里的同志）。但是他最后还是弄不明白：我既然比你们还多了一句话，为什么就不能享受你们插队知青的待遇（插队知青第一年享受每月8元钱的补贴以及其他的政治待遇，比如公社开会有专门通知知青）呢？他与知青的关系都好，与我最好，一来二往，便睡到一个通铺上了。还有一个睡友小余，此君又矮又瘦，还架了一副眼镜，虽然腹中墨水最多，但日工分才4.5分，挑担子就更不值一提。

大概开镰后两三天，清晨时分，雕花的木板窗外总会听到三声清脆的叩板声，大刘便迅速起身下床。两天之后，我们就发现了这个秘密，原来大刘赶早是为房东挑田鸭放田（把家养的田鸭用竹笼挑到刚收割的稻田放养一季，效益极佳）。叩窗者，小花也。队长对此颇有微词：怎么能替富裕中农帮工？

某日，轮到房东做东家，小花和她娘为此已经忙碌了好几天。那天的早餐，无可挑剔，特别是酒糟醉虾，吃得大伙是满口余香，啧啧不已。

那天的稻田离村子很远，地点依稀记得叫“山坪岗”。也许是小花家的伙食太撩拨人，也许是小花的花衣裳太撩拨人了，那一日出工的人很多，不知是谁策划起“砍杉树”的议题。那时乡村没有多少文化娱乐，像这样捉弄人的事，最容易被人响应。队长最积极，既挂帅又出征，嘱我：知青除大刘外你负责落实，每人一定要多吃两碗米饭，其他社员我负责交代。不一会儿，全队上下皆欢欣鼓舞，步调高度一致，只有可怜的小花爹和大刘蒙在鼓里。前者太忠厚迟钝，后者又太早到田里放鸭去了。

那天天气出奇的冷，那一段山田的“珍珠矮”稻谷长得出奇的好，社员们干劲出奇的大，肚子自然也就早早饿了，待到小花挑着饭菜，一甩一甩的长辫子从山坪岗甩出来时，大伙纷纷放镰、洗手、撒尿、摆座位。而后，相视而笑，全是一脸快乐又神秘的坏笑。

对于那段“砍杉树”的高潮戏，我几乎不忍一一卒写，但每个人的眼神，却几十年来铭刻心间，挥之不去。小花楚楚可怜地看着大刘的眼神，大刘恶狠狠地盯着我的眼神，小花爹茫然不知所措的眼神，队长乐得眯成一条缝的眼神，至于我自己的眼神，肯定是想快乐又阵阵发虚……当饭甑被推倒，大伙欢呼雀跃的一刹那，我看到了小花那双漂亮眼睛里溢出的晶莹泪珠。

小花自然立马回家买肉煮米粉，一个多时辰过去，山坪岗仍未出现小花的长辫子。小花爹只好赶回接应，原来，慌里慌张的小花半途中把煮熟的两桶米粉给打翻了，只好回去再煮。但迟迟而来的猪肉煮米粉，似乎只有大刘和小花爹吃得最欢。收工时，还剩两个大半桶的米粉，倒是队长帮着挑回去的。

那场游戏的结局完全没有了开局时的欢乐氛围，望着小花一拐一瘸挑着鸭笼的背影，我都不敢正眼看大刘。

2002年底

永远的知青冬泳队

一

20世纪60年代，由于伟大领袖毛主席的号召和他老人家的身体力行，游泳在中国曾经是一项非常时髦和普及的运动。毛主席曾17次畅游长江，“胜似闲庭信步”。还有著名语录：“游泳是同大自然斗争的运动，应该到大江大海中去锻炼。”我们家乡古田县，西南部有闽江蜿蜒而过，新城之畔有全省最大的水库——翠屏湖，乡村之间溪流密集，堪称山城水乡，响应毛主席号召就有得天独厚的地理优势，于是县里在1967年组建一支游泳队，因为是冬天组建的，又叫“冬泳队”。在后来几十年中，这支队伍向省级乃至国家级体育部门输送不少运动员，颇有名气。

首批冬泳队员，大都是“文革”期间历经“大串联”“文攻武卫”“革命大联合”之后一批无所事事的“老三届”，游泳又燃起他们的革命热情。但才热情一年多时间，毛主席又发出“知识青年到农村去”的伟大号召，队员们大都觉得自己毕竟是有“组织”的人，于是就集体到翠屏湖畔的泮洋公社去当知青，我便是其中的一员。当然，也有几位游泳水平高和3米跳台跳水技能好的队员，上山下乡前夕，被招兵首长相中，作为特长兵，加入了光荣的解放军队伍。

知青冬泳队22名队员，其中12名女队员，明显的阴盛阳衰。这只能说明冬泳更适合女生，女生耐寒还更有耐性，所以长距离的冬泳比赛，女生往往是最后的胜利者。

1969年春节过后就迎来上山下乡高潮。冬泳队员上山下乡的日子是2月28日，我们几个人则迟到20多天，我与阿琦于3月20日投奔各自的亲姐来的。凑巧的是，我出生在农历三月，所以后来遇到填写个人履历表，要求按公历填写出生年月日，我拿起笔竟不经思考，鬼使神差，填写3月20日。从此一锤定音，组织便认定我出生为这个日子，后来的身份证号码也由这个数字组成。

难道下意识里，认定上山下乡那一天为生命新的一天吗？

二

回顾古田冬泳队的成立与发展，不能不提到赵可煊教练。赵教练是福州人，1927年生人，自幼喜欢游泳、跳水和射击运动。1952年在上饶汽车队当司机时，代表江西省参加在广州举办的全国跳水锦标赛，获得10米跳台跳水第6名。1955年作为地方汽车支前队参加解放“一江三岛”战役，获得表彰。1961年被评为一级汽车驾驶员。1963年来到古田县负责组建客车队。由于他十分热爱游泳、跳水运动，在他的积极建议下，县里于1965年开始筹建游泳池，曾为之动员县直单位和中小学生开展义务劳动，1966年5月终于建成了全省唯一的县级标准游泳池和1米台跳板、3米高跳台。

游泳池对社会开放那天，古田城关可谓万人空巷，男女老少皆来一睹新鲜事物。县里委托老赵选拔游泳、跳水苗子，组建古田游泳、跳水运动队。在赵教练无私奉献、精心指导下，游泳队和跳水队一年多时间便崭露头角，声名渐大。后来的几十年，游泳与跳水一直成为古田县的运动强项，首功无可置疑应属于赵可煊。

1969 年的上山下乡运动伊始，赵教练又向县里建议，让游泳队集中一起插队，得到组织认可，于是才有了知青冬泳队。

赵教练是个性情中人，豪爽侠义，一生对水上运动情有独钟，一生好酒。也许是太过操劳与好酒缘故，1984 年英年早逝，令人惋惜不已。

古田县首批冬泳队员暨上山下乡 50 周年聚会前夕，正值清明季节，队员们不约而同缅怀赵教练。有缘的是，赵教练的儿女（三男一女）和大儿媳，皆是古田县首批冬泳队员，大家委托他们为尊敬的赵教练敬献花篮，我为之执笔挽联：

会当击水三千，犹记赵公教诲肝胆处；
自信人生百载，常怀冬泳精神江海间。

另有拙作《忆赵公》：

教头本色好司机，万两黄金一鸣笛。
襟揽江湖求奋进，胸怀庙宇重研习。
苍鹰展翅高台靓，海豹跃身水中奇。
豪气频频杯中酒，嫦娥伴舞不言迟。

三

因为有了县冬泳队这个光圈，毕竟给我们艰辛的知青生涯折射出几道温暖的色调。之初，应该说冬泳队知青受到关照，统一安排在泮洋公社所在地的郑厝村，分配在 2 个生产队，住在同一幢大厝里。郑厝村距离翠屏湖才 1 铺路（4000 米），走路到县城 3 铺路，如果在湖畔的新华村乘船至高头岭 2 角钱的船票（游泳 2 个小时），是距离县城比较近的公社之一。记得有一次，为了赶回县城观看电影《红色娘子军》，我们10多个知青凌晨出发，徒步到水库大坝天还未亮，只听见大坝哨所里发出清脆的拉枪栓声音，随之一声大喝："不许动，干什么的！"大家马上应答："泮洋公社知青，回县城看革命样板戏。"

上山下乡的头一两年，我们常去翠屏湖游泳和炸鱼。新华村石拱桥下是炸鱼的好场所，大杨与小林是制作炸药的好手，总结出用商店出售的糨糊瓶填满炸药最为适中，因为炸药装多了，容易把鱼炸沉水底；此外导火索也不宜太长，太长了在水里一直冒火花，吓跑了鱼。大杨还是扔炸弹好手，点燃导火索后迅速扔出，扔得又准又狠。炸鱼次数多了，经验也丰富，比如鲤鱼，大都一公一母生活一起，如果先是炸出一条公鲤鱼，必须耐心等待，往往又大又肥的母鲤鱼半个小时后才能浮出水面。运气好时，一瓶炸药响后，水面霎时银光闪闪，皆是被震得暂晕的鱼，必须尽快捡，否则鱼很快恢复知觉，溜之大吉，所以眼明手快为要，先捡一条最大的，鱼头往嘴里一塞，紧紧咬住，任凭它鱼尾乱甩得脸面疼痛也决不松口。而后左手抓一条，右手抓一条，快速踩水回岸，抛好战利品赶紧返回战场。小林是冬泳队公认的捡鱼好手。

约一年后的一天，我们去迎接福清县来的知青（当年古田县和福清县同属闽侯专区，沿海的福清地少，知青便分配到山区古田），见他们几十人挤着一辆"猪仔车"（加篷布货车），共10多辆车，200多名男女知青披着白茫茫一身尘土，如残兵败将被领到公社会场，两个汽灯高高悬挂在会场梁柱上（那时公社都没电灯）。昏昏灯火中，长凳上黑压压一片知青，公社革委会分管知青工作的人武部长威武地站在台上，高声宣布分配名单。200多名知青当晚才知道自己的知青点，明早就得扛着行李开步走，当年没有一个大队（村庄）通公路甚至机耕道，最远的要走4个小时。我们作为旁观者，暗暗庆幸地方保护主义关照了本地知青，似乎也为远道而来的这些"插友"鸣不平。

四

后来我们与“福清哥”（都这么称福清知青）混熟了，发现“吃咸水”（农民兄弟对海边人的俗称）的“插友”篮球技术水平太高，全县“福清哥”（1600多名）组建的篮球队居然打败了我们县篮球队。幸好这些沿海来的知青，游泳水平不如我们。我们冬泳队稍稍为县里挽回一些面子。

那年国庆节，县革委会以认真贯彻毛主席的“发展体育运动，增强人民体质”的伟大指示，来庆祝中华人民共和国成立21年，决定以公社为单位，举办全县篮球赛。更振奋人心的是，要在翠屏湖举办了一场5000米距离的游泳表演赛，由我们知青冬泳队承担。

翠屏湖当年叫“古田水库”。1958年，国家在此建成了第一个五年计划第101项重点工程，也是我国第一座地下水电站。筑起长412米、高71米的大坝蓄水，淹没了逾千年历史的古田县城，形成了水域面积达37平方千米、蓄水量达6亿多立方米的福建省最大的人工湖。建成初期，朱德、陈毅、董必武都曾来视察和游湖，写下美丽的诗篇。翠屏湖也是冬泳队的训练基地，大家太熟悉这一湖清水了。

那天县宣教组派一艘汽轮为冬泳队护航，冬泳队员从新华村湖面下水，汽轮上有我们公社以“福清哥”为主力的篮球代表队，他们为我们加油，我们明天为他们做啦啦队。游泳场面编排得很有创意：3个男生组成国旗队，游在前面，其中一人双手高举国旗，双脚踩水前行，两人左右护旗，全队公认的壮汉大李为旗手，一直举到终点。女生分两纵队游中间，一色红艳艳游泳帽，殿后是男生，分列4行。

终点在高头岭码头，当时聚集许多观众，据说主要是冲着穿泳装的女生去的。虽然当年泳装一律厚厚的蓝青布，但十八九岁姑娘的窈窕与青春是掩抑不住的诱惑。我们听到这样的夸奖：今天游泳蛮好看，这些女孩子虽然脸晒得黑黝黝的，但身体还是很白的（本地人历来用“白”夸奖美人，有“一白抵九色”之说，比夸奖美人身材好还带劲），女生却不买账，气呼呼地对男生说，应该安排我们武装泅渡。

这样的活动对年轻的队员来说，除了成就感外，更大的吸引，可以公费饕餮一餐美味佳肴。何况女生还赚了顶游泳帽，叽叽喳喳高兴了好几天，有如天上掉下馅饼。

当年衡量幸福指数的标准就这么简单。

五

没想到第二年，这样的馅饼又一次砸到我们头上。那是八一建军节前夕，古田溪水电厂请我们去当教练，发函到公社革委会，要求选派6—9人，我们当然去了9人，还巴不得整支队伍去。

第一次坐吉普车，第一次住招待所，第一次享受了每天6角的伙食标准（据说达到高级别伙食标准，免费），又看了几场电影。后来居然还有更幸福的事，吃喝玩乐6天算误工补贴，一天1.2元。我们总算体验到什么叫“乐不思蜀”。当年古田溪水电厂为备战对台斗争，特地修建地下发电厂房，颇有名气。厂区都是清一色钢筋水泥楼（这是当年的先进标志），还有电影院、百货大楼，晚上灯火通明，在我们眼里就是座小城市。电厂共青团的一男一女干事负责陪同，两位干事都大不了我们几岁，那位扎着两条小辫子的大姐干事落落大方，经常开玩笑，说3个男生是6个女生的勤务兵，连吃饭都腼腆，好菜都给女生吃了。有一天还悄悄地对我们说，水电厂明年有招工名额，我要跟领导建议，就招你们这些有特长的知青，说得我们心中甭提多高兴。

八一节那天，水电厂组织了四五十名职工开展游泳比赛，地点设在二级水库河道上，我们帮助设计泳道，指导训练和比赛时当裁判。当然，职工们游泳水平肯定比不上我们。职工比赛结束后，压轴戏是我们的游泳与跳水表演，9人分别承担了蛙泳、自由泳、仰泳、蝶泳4种泳姿和跳水表演。我表演蝶泳，好像得到掌声。那位共青团大姐对我说，你在水里一点也不腼腆，水平很高。其实在桥墩上的跳水表演，才是冬泳队的撒手锏，也是公认水平最高的表演，特别是女生真子的飞燕展翅，男生大李的抱膝三个跟斗入水等，皆赢得职工们掌声、欢呼声一片。那天我们非常卖劲。事后还偷偷打听，厂领导来观看没有，对我们的特长印象如何？

后来招工的事一直没有消息，让我们好一段时间心神不宁。但说来还是有缘分，若干年后，那年为水电厂当教练的女生华子大专毕业，分配到该厂工作，之后成为财会主管。当然，男生也有一直坚持在游泳教练岗位，事业有成，小林后来就成了古田县著名游泳教练，桃李满天下。

最值得高兴的是，知青冬泳队22名队员如今全体健在，年轻的66岁，年长的70岁，无一个早退弃世。这在这个年龄段的一个群体中，实属罕见的幸运体。是否可以说明，这是因为有了共同的“专业”，游泳好；虽是不同的职业，心态皆好。

2019年迎来了上山下乡50周年纪念，队员们正翘首以待4月份的大团圆聚会，诚可谓：

清明时节雨纷纷，翠屏湖上喜重逢。

我们还会迎来60周年、70周年乃至80周年聚会。

完全有理由充满信心，你看当年的窈窕淑女，如今的奶奶外婆，风韵犹存，时不时还在翠屏湖上，展示一番她们“很白”的身段。

永远的知青冬泳队。

2019年聚会前夕

50年聚会补记

2018年11月下旬，首批冬泳队员在福州聚会（约2/3队员参加），议定2019年清明节在古田家乡筹办知青冬泳队上山下乡50周年聚会，请长期工作与生活在古田的李幼燊队员担任总指挥。

李子果然不负众望，带领家乡的几位队员，精心筹划，实地踏看，让2019年清明节后的3天日程丰富多彩：到凤都踏春赏桃花，重返县游泳池和插队知青点泮洋村郑厝里，下榻翠屏湖上的溪山书画院，举办晚会，回首往事，叙说友谊，还自办早餐，重温当年知青食堂情景，并和现在的县冬泳协会负责人座谈聚餐等。全体队员乘兴而来，尽兴而归。

更难得是老天作美，竟然打破了“清明时节雨纷纷”的惯例，让聚会的日子皆乃人间四月艳阳天。我有感而发，写了首《五十年聚会感怀》：

翠屏湖上歌且舞，回首烟波五十年。
击水严寒俱年少，锄禾酷暑岂消闲。
窈窕淑女今安在，君子好逑可欲言？
相聚清明情切切，桃花人面伴春天。

2019年4月6日

高岗山永远是主人

前些年就听说古田县泮洋乡发现一片万亩高山草甸和十里杜鹃花海。每年清明季节，四面八方的游客蜂拥而至，踏青草甸，沐浴花海，赏心悦目。我感到十分惊奇，因为40多年前，我曾在那里插队务农好几年，怎就闻所未闻呢？2011年五一节，下决心去一探究竟。

到中直村已是下午3点，为我们导游的村党支部书记小王，1972年生人。他见到我们就笑着说，欢迎到“中直机关”，引得大家一阵欢笑。他指着远处一片锁在云雾中的山峰说，那就是高岗山，草甸与花海都被云遮雾罩了，要爬山一个半小时才入佳境，又引得大家一阵咋舌声。

我对小王说，40多年前我就是你隔壁村的插队知青，怎么都没有听说有这么个景点呢？小王说，他当放牛娃时就经常到高岗山放牛，景物和如今没有什么不同，只是植被还不如现在好。他父亲当放牛娃时景物也如此，只是森林更茂密些。前几年进村的机耕路坑坑洼洼，连手扶拖拉机都跑不动，一年到头没有几个客人。2007年修通了水泥路，县城到村里开车才一个小时，景点又经过宣传，一下子热闹起来。

山还是那座山，草还是那片草，花还是那些花，但小唐已经变成老唐了。同行陈君的调侃引来一阵笑声。是啊，只有青山依旧，只有青山不老！

上山的路基本是“牛路”，有过知青经历的人大概都和鲁迅先生一样深刻："那原本无路，只是放牛娃和牛走得多了，便成了路。"但这几年加入了大批游客，路自然走得更宽了，况且一路茂林翠竹，更伴泉水叮咚，虽然跋涉得大汗淋漓，却也没有苦旅之感。

云雾是通人性的，当我们走出密林时，迎面的高岗山云开雾散，整个山坡的杜鹃花如点燃的丛丛火焰，映照着飘去的云雾，似乎都成了彩色，难怪杜鹃花又叫"映山红"。山坡底下有一片千亩湿地，小王说，当地人叫它"清水窟"，别看它绿草茵茵平坦可人，但千万不要上当，若盲目走进去，弄不好身陷沼泽没顶之灾。虽然听着有点恐怖与神秘，但千亩湿地却是稀有的生态资源。更引人注目的是，湿地中间有一小岛，状如母鸡抱窝，大家说更像一只养精蓄锐的公鸡，因为岛上格外艳丽的杜鹃花是它簇新的红冠。

山坡里的杜鹃花高过人头，大家自然陷入花海中。往山顶的一路上，只见花枝招展，只闻惊叹声声，不见人影何处，不知今夕何年。这大概就是人与自然的艳遇。登上了海拔 1487 米的主峰又是另一番景象，此处杜鹃花高不过膝，但奇特的是越往山顶，植被越纯粹，唯有一堆堆一丛丛的杜鹃花，竟无任何草本，这大概就是杜鹃花王国了。

伫立主峰上顿时有"登泰山而小天下"之成就感。小王指着绵延几十里的森林防火带说，像不像万里长城？我们大笑说比喻太贴切了。确实，植被越来越好的今天与明天，防火带像万里长城一样重要。而放眼环周，那掩映在阔叶林鹅黄新叶中的点点村落，炊烟袅袅而上，我说那便是烽火台，人类职守的责任所在。

在一片山坡上，有五六十只黄牛悠闲地吃着草，小王说它们是绝对自由的，全年放养在山上，饿了随便吃身边的草，渴了到沼泽地旁喝泉水，困了挑个松软的草甸睡一觉。只是农忙时主人上山挑几只壮劳力犁犁田，忙完又放回山上，偶尔再上山点点数，看多了几只小牛。十分有趣的是，这竟乎是野牛了，却不怕人。小王教大家把矿泉水倒在手掌上，几只牛便一拥而上舔你的手心。同行的江大姐乐得忘乎所以，伸手去摸两只小牛犊的脑门，这下惹恼了远处警觉的老母牛，只见它怒目圆睁，直奔而来，幸好小王迅速拦截，否则这位老知青惨矣。

一路跟随小王的两只家狗，一黄一白，着实可爱，跑前跟后，欢快敬业。回途中突然箭一般飞到密林处，随后吠声阵阵哀鸣声声，原来是咬住了一只山麂。那山麂一只后腿已折，显然是被村人所设的捕兽夹器所伤而遭大难。小王说要将此山珍作为晚餐款待我们。大家看那奄奄一息的猎物，颇不忍心，建议小王抱回家找个兽医治疗后，放归山林。

回到中直村天已黑，喝了一碗青草药熬兔肉汤，与小王父亲、当年的老支部书记拉起了家常。老王说中直村水泥路修通后成了高山反季节蔬菜专业村。去年有一种芹菜大户，年收入 12 万元。现在许多外出打工的年轻人又回来种蔬菜了，还有几户开农家饭庄，赚游客的钱，村子比以前热闹多了。

老王说他 40 多年前就认得我，不知道是客气还是因为当年我们这些知青太有名气了。那时 300 多人口的中直村就有插队知青 10 多人，而整个泮洋公社有三四百号知青，大都来自古田县城和福清县。在那为填饱肚子而艰辛劳作的蹉跎岁月，有多少令人不堪回首的往事，可如今回味起来，却都应了普希金的那句诗：

> 一切痛苦的经历，都会成为亲切的怀念。

的确如此，我们聊起当年轰动整个公社的一个真实故事：有几个知青饿得实在不行了，竟把社员家养的猪的尾巴给割掉煮了吃，猪痛得满山跑。大家听了都笑喷了草药汤。

前些日子，著名作家叶辛来到闽东采风，我有幸与他小聚。这位我们同时代的知青，写了《蹉跎岁月》《孽债》等洛阳纸贵的小说，我是他的“粉丝”。他新近又出版了一本知青题材小说《客过亭》，送了我一本，书的扉页上有两行字，一行即普希金那句诗，另一行写着：再绚烂辉煌的东西都会输给无情的时间。叶辛告诉我，他之所以坚持用这个书名，是因为40多年前，他插队地方一位老农民对他说：山坡是主人，人是客人。

我肃然起敬。是的，唯有山坡才是永远的主人，高山流水才是永远的主人。

高岗山永远是主人。

2010年春

第四辑

岁月悠悠

拜祖晋祠

上了年纪的人，大都喜欢寻根问祖，对年轻时认为枯燥无味的哲学命题，也有所兴趣了，比如：我是谁？我从哪里来？我要到哪里去？这么简单问题，连幼儿园孩子，都能脱口答复。但上升到哲学命题，便成了终极之问，成了哲学三大难题。

1997 年初访太原，便闻“不游晋祠，枉到太原”之说，曾经徜徉晋祠两个多小时，为“晋祠三绝”（周柏唐槐、难老泉、宋代彩塑）所折服。周柏唐槐令人称奇，3000 年高龄的周柏向南倒伏，幸被身旁一株唐柏枝丫撑住，避免了倾轧圣母殿。挽周柏于既倒的唐柏也有 1000 多年树龄。世称唐槐是周柏的儿子——用结实的肩膀演绎何为尽孝。

仰望晋祠古树名木，倍感人类在大自然面前的渺小。常言恭祝老人“寿比南山”，完全只是个美好愿望。现实是，人这个高级动物连眼前的植物都比不上。

当年也许年轻，未曾留意晋祠又称“唐叔虞祠”，竟不知吾辈老祖宗在此，未行拜祖大礼，甚为遗憾。前些年观看收视率颇高的《百家讲坛》，钱文忠教授的百家姓讲座让我恍然大悟：原来举世闻名的晋祠便是天下唐氏的总祠堂。

相传尧是黄帝的玄孙，出自祁姓与姬姓，因尧受封于唐，所以有“唐尧”之称，其子孙便开始姓唐，最初生活在山西、陕西一带。魏晋南北朝时衣冠南渡，遍及湖南、四川、福建等地。明清时期又迁台湾，同时迁往东南亚和日本、韩国等地，现居国外唐氏以印度尼西亚为最，赫赫有名的船王唐裕便是唐氏的骄傲。

唐姓是个多民族、多源流姓氏，现全国总人口达1400多万，位居百家姓第18位，堪称大姓人家。

唐叔虞是周武王的第二个儿子。《史记·晋世家第九》记载，邑姜梦到天对武王讲："余命女生子，名虞，余与之唐。"后来邑姜生子，婴儿手中带有"虞"字，便取名为"虞"。周成王年幼时曾与弟弟叔虞戏耍，削桐叶为珪，交与叔虞说道："此地封若。"史官听到后，请成王择日立叔虞，成王说："吾与之戏耳。"史官说："天子无戏言，言则史书之、礼成之、乐歌之。"于是只得把叔虞封到唐。这就是著名的"剪桐封弟"的典故。

因唐地有晋水，叔虞儿子燮改国号为晋。晋祠中的难老泉为晋水之源。在圣母殿前，有一座北齐天保年间创建的难老泉亭，亭下石洞中一股清泉滚滚而出，昼夜不舍，常年不息。故取《诗经·鲁颂》中"永锡难老"锦句为名。但遗憾的是，20世纪90年代因长期开采地下水和煤炭资源，致使难老泉终于老去，现在喷涌的泉水是靠人工调水形成的。

圣母殿供奉的是叔虞的母亲邑姜，身着凤冠蟒袍，雍容华贵，两旁陈列的是女官和侍女，共42尊，统称"宋代彩塑"。这些彩塑姿态各异，眉目有神，皆符合各司其职的人物性格，被誉为"中国雕塑史上的精品"。依稀记得当年可步入圣母殿，近前观赏彩塑。近些年游客渐多，为了保护文物，只能隔着栅栏，远远眺望。

2018年盛夏季节，我与妻有机会走太原，再度游览晋祠，于是拜谒唐叔虞祠成为主题。我们带着几分亲切几分忐忑，似乎有游子还乡拜祖的感觉，在游客如织的唐叔虞祠大殿上，目不斜视，恭恭敬敬行了大礼，心胸顿时释然许多、温馨许多。

唐叔虞祠简介：西周晋国宗祠。创建年代不详，现存建筑为元至元四年（1338）重建，具有典型的元代山西建筑风格。殿内主供西周时期唐国开国诸侯唐叔虞。读罢简介，掐指一算，“剪桐封弟”距今3000年，原来吾辈唐姓人家3000年前生在帝王家，虽然老祖宗封侯纯属侥幸，但吾辈好歹也是帝王之后。走出宗祠之时，步履似乎也沉稳庄重了许多。

认真阅读宗祠旁的一块唐碑，乃是李世民真迹《晋祠之铭并序》。碑文告知，晋祠还是大唐王朝的龙兴之地。隋大业十三年（617），李渊任太原留守，时逢隋朝江山风雨飘摇，李渊父子在唐叔虞祠下誓师举义起兵。第二年夺取长安，建立大唐。唐贞观十九年（645），李世民重回晋阳。次年诣晋祠，写下不朽名篇《晋祠之铭并序》。我原以为老祖宗叔虞命相极好，仅凭周成王一句戏言，便成了唐国开国诸侯，论才干可能一般。但李世民的碑文对他溢美有加，称其“惟德是辅，惟贤是顺。不罚而威，不言而信”，完全是一代明君的形象。更有甚者，李世民认为先王李渊所以承袭西周叔虞的“唐”字来做国号，就是为了总结、继承、发扬周朝800年长治久安的历史经验，叔虞也是楷模之一。创造了“贞观之治”的唐太宗如此肯定唐叔虞，令他3000年之后的子孙又增添了自豪感。

我有些纳闷，钱文忠教授的讲座为何不用唐太宗这么好的案例，却津津乐道一个“绝缨”的典故？

话说楚庄王打了一个大胜仗，大宴功臣，让自己美貌的妃子许姬为功臣们敬酒。美酒欢歌之时，一阵大风，吹熄了所有蜡烛。黑暗之际，许姬遭遇咸猪手。许姬可不是等闲之辈，她拔掉咸猪手头盔上的帽缨，一声不吭走回来，悄悄禀报楚庄王：请为臣妾做主。楚庄王可好，即下令暂缓点蜡烛，让功臣们做个游戏，把头盔上的帽缨全拔掉，而后再点蜡烛。许姬不悦。楚庄王笑道：大胜欢宴，君臣尽兴，有人酒后失礼，情有可原，岂能以此治罪。于是，此桩公案就成了一个谜。许多年后，楚庄王率兵攻打郑国，陷入敌围，眼看突围无望，忽然杀入一位楚国猛将，拼死救出楚庄王。楚庄王要重赏猛将，猛将声泪俱下推辞，叩谢道：我就是“绝缨”会上那个咸猪手，感谢主公不杀之恩。自从那晚开始，我就发誓，随时把命还给主公。

这个知错就改、知恩图报的猛将姓名唐狡，他与宽宏大量的楚庄王一起创造了“绝缨”这个典故。

唐狡当然也是唐氏值得骄傲的人物，尽管他相当不完美。

2018 年夏

三十年前的考场

1977年的金秋季节，我在广播中听到中央恢复高考的通知，不禁怦然心动。辍学10年了，先是在广阔天地大有作为了3年，后被上调（招工）到闽东农械厂，加入了工人阶级队伍，虽然倍感庆幸，但大学校园的生活和架个眼镜的“老九”模样，始终是我羡慕和向往的。我决定去搏一搏。第二天，便找到车间指导员（那时工厂车间的支部书记称“指导员”，车间主任称“连长”），把一年多加班积攒下来的30多个工日的“补休”条子交给他，要求集中“补休”，温习功课。指导员大笔一挥“同意”，拍着我的肩膀说：“努力考个福州大学机械制造专业，今后回厂当个正牌的工程师。”

我自然填报了这个志愿，但把它作为第二志愿，第一志愿则是“哈尔滨工业大学机械制造专业”。当年我似乎有点好高骛远，认为自己在金工车间干技术活已6年，又参加了厂里的技术革新小组，还配合过福州大学机械系的工农兵大学生，设计了一辆5吨的行车和几个技改模具等等，什么函数、什么制图都不在话下。当然心里还有个“小九九”，如能撞上好运，被哈工大录取，以后上学从南到北，就可以旅游大半个中国。

那时，粉碎“四人帮”刚一年，百业待兴，大家普遍厌恶政治，轻视文科，认为振兴中华，唯有科技，唯有理工。还有一句俗话：“学好数理化，走遍天下都不怕。”

但在考场上，数理化考得我云里雾里，一塌糊涂。事后想想也是，我虽属“老三届”，却只是1968届初中生，不过读了一年多的初中课程，再刻苦用功，数理化的系统知识靠两个月的补习，是出现不了奇迹的。倒是语文试卷，答起来并不吃力，而且让人温暖亲切，特别是第一道的10分题，默写毛主席诗词《蝶恋花·答李淑一》。我十分欣喜，一边哼着曲子，一边唰唰写来。此时，整个考场歌声一片，监考老师只好笑着阻止：“不许唱歌，要唱，心里唱。”是啊，当年有一本歌曲集《战地新歌》，哪一位有志青年不是人手一册，大都能从第一首唱到最后一首。

这道题目出得太有水平了。

当然，1977年底的高考，我名落孙山，但语文成绩挺好。

邓公小平同志英明，居然紧接着就宣布，半年之后再次高考，而且要让每年的夏季高考成为制度。指导员也是英明的，对我说：“看来你还是报考文科，毕业回来到厂办公室和宣传科也挺适合你。‘补休’用完了不要紧，我再安排你一个月的‘调休’（即用以后的加班来顶）。”

于是我及时调整了战略方针，主攻历史和地理，将复习提纲整理得井井有条，背诵得条条是道，感觉比物理化学好掌握，心里也踏实多了。至于数学，厂里一位“文革”前的大学生技术员教导我：你函数之前的课程都掌握不错，只要巩固了，一般可得40分。之后的题目，估计你再努力，效果也不大，不如集中火力，“断其一指”，确保40分，把节余时间用于其他学科。我认真贯彻落实。后来，数学果真考了41分。

当年文科试卷5门：语文、数学、政治、历史、地理，我除了数学，都考得十分顺手，得了高分。值得一提的是，语文试卷最为独特，独特在最后一道的40分题。按常理是作文，或抒情，或议论，或夹叙夹议。但那年，可能是空前绝后，竟出了道缩写题，即将一篇三四千字叙述与议论的文章，让你缩写成不超过300字的短文。这种题目，看似容易，其实挺难，有限的文字，要把文章的主要论点和关键内容都写入，没有一定的功底行吗？但我却得心应手，因为那些年，我是金工车间撰写批判稿的一名枪手，指导员给我的任务不仅是积极参加，而且文章必须录选、刊登上厂里的专栏。所以，当年“两报一刊”的大文章都让我“抄袭”得差不多了，客观练就了一手缩写基本功。那天，我把这道考题的主要论点论据都缩写得简明扼要、无一漏失，估计，几乎得个满分。

那年夏季特别炎热，每个考室都用脸盆装着冰块来降温。据说考生人数史无前例，后来尽管一再扩招，但招生数也只达到1∶60。从各部门抽调了大批的监考老师，他们都十分热情和负责。当我翻来覆去检查着写好的试卷时，忍不住摸出一支香烟在鼻子上嗅来嗅去。监考老师见状，轻轻走到我身边，悄悄地说：“你实在憋不住，就抽一支吧。”

高考结束后，我整整睡了一天觉。醒来到车间一过磅，体重才剩110斤，丢了8斤肉。

一个多月后，在我参加考试的闽东一个县城、县政府大院前张榜公布上了录取线的考生考号，我的考号“0169”赫然榜上。真有一种金榜题名的感觉，就是老杜那种“初闻涕泪满衣裳，漫卷诗书喜欲狂”的感觉。不久，我收到了福建师大中文系的录取通知书。

今年（2007）是恢复高考30年，堪称是1977级和1978级考生的特殊节日。我回忆起来，记忆犹新的是：

30年前的考场竟可以唱歌，

30年前的考场竟可以抽烟，

30年前的考场无与伦比。

2007年夏

摩天大楼的遐思

摩天大楼是现代化城市的标志，早在20世纪30年代始，上海国际饭店便领全国之风骚。世界著名建筑设计师贝聿铭如是说："上海国际饭店是我当时最喜欢的建筑（20世纪30年代贝聿铭在上海读中学），它曾是远东第一高楼，非常庄重、豪华，西方的那种豪华，从那里我已经看到西方新建筑风格的萌芽，特别值得一提的是它的高度，我被它的高度深深地吸引了，从那一刻起，我想做建筑师。"

1966年，"文化大革命"的"大串联"席卷全国各地，来自闽东山区一个小县城的14岁的我，佩戴着"红卫兵"袖章，跟随师兄们来到大上海，胡乱串联各大小院校，手抄"大字报"，到处参加批判"走资派"。一天，我约几位同学去看国际饭店。那时，当然不知谁是贝聿铭以及他对国际饭店的崇拜，而我对摩天大楼的好奇来自父亲。我父亲曾当过海员，20世纪40年代跑船到上海，可谓见过世面，他悄悄地对我说，到上海有机会去看看国际饭店，它是全国最高的摩天大楼，当你仰起头想看到楼顶，帽子掉到地上时才能看到。那天，一群少年郎挤在饭店门口，一起仰起头来，果然尚未看清楼顶，帽子纷纷落地。从此，那座深褐色的外墙和直耸蓝天、线条笔直的摩天大楼便定格在我的心中。

1982年夏，我与妻子"旅游结婚"，这在当年也算时髦。有志者选择地点大都北京与上海。我们大学刚毕业，手头拮据，从福州去北京盘缠太大，只能“穷旅游”，选择从福州马尾乘“茂新轮”三等舱来上海，比火车硬座还经济。在船上住一宿，第二天傍晚船进入海口，泊十六铺码头上岸，下榻黄浦江畔小旅舍，一个小房间一宿收费2.5元。第二天清晨，先到南京路第一百货，购买“大白兔”奶糖（当年知名度最高的喜糖），便急匆匆带妻子去看国际饭店。那时饭店已有国际友人进进出出，门前站着两位工作人员（当时似乎没专设保安），严肃地阻止我们“闲人免进”，我们悻悻离去。

改革开放以后，来上海不下10趟，但大都下榻于与工作联系相近的酒店。业余时间，曾登临468米高，号称亚洲第三、世界第五的“东方明珠”电视塔，一览浦东和大上海新貌；曾偷闲到金贸大厦88层观光大厅（高341米），品一杯咖啡，眺望繁华夜上海；也曾仰望高达492米的上海环球金融中心，惊叹摩天大楼一座座拔地而起，争先恐后的速度让人眼花缭乱，但都不曾忘记我心中最初的那座摩天大楼。只可惜，在一览众山小的新摩天大楼群里，已经难以寻觅这位小弟弟了。

2014年夏，因求医上海长征医院，意外发现国际饭店距之才几百米路程，为方便计，便下榻于此。网上订房，标准间600元。该饭店1989年被国家旅游局评定为首批三星级饭店，1999年晋升为四星级。应该说，对平民百姓敞开了大门。

我与妻子小住几天，感觉甚好。我们喜欢它继续显露着岁月流逝的痕迹，继续表现着20世纪30年代的风韵。尤其是大堂，虽不宽敞高大气派，但海派的风格和温雅氛围，让你恍惚时光倒流半个世纪，给人有点忧郁和怅然若失的感觉。

大堂中间有个座墩，为上海城市坐标原点的标志。那是1950年，上海市政局以国际饭店楼顶旗杆为原点，对全市测量，确立上海城市平面坐标系。这载入上海市政史的划时代举动，便成了国际饭店半个世纪多来的骄傲。你可落座原点标志旁的茶座，在上海最中心的地方品茶喝咖啡，尝尝享誉上海滩的茶点蝴蝶酥；而旋转楼梯角落，还有个小书屋，你也可在与繁华喧嚣仅一墙之隔的闹区中心静静地读一本书，一本20世纪30年代发黄的老书。

有时间看看老照片，它们会告诉你，国际饭店辉煌的历史，可以毫不夸张地论定，就时间跨度而言，如今，包括今后的上海滩，恐怕没有一座摩天大楼能超越它，只能望其项背，嫉妒它曾独领半个世纪风骚。而现在的上海滩太日新月异了，哪一座摩天大楼有它幸运？

上海国际饭店建成于1934年12月1日，标高83.8米，共24层，其中地下2层（这样的标高，如今我国中小城市都比比皆是）。出资建造者是华人资本集团的4家银行，承建队伍也是华人，墙内外面装饰石材产自青岛，这在当年是了不起的。建筑设计师为匈牙利人，整座大楼深褐色外表，竖线条立面，层层收紧的顶部造型，无不反映出美国艺术装饰主义的摩天大楼特征。它的落成，轰动了整个中国和远东。当年上海是远东最具活力的城市，而国际饭店的横空出世，一下子缩短了上海与纽约、伦敦、巴黎的差距，成为上海20世纪30年代摩登城市文化不可或缺的组成部分。

这座摩天大楼曾创下几个中国之最，除了远东第一高楼、中国人自行建造的大楼外，还有最早使用消防自动装置和报警系统，最早使用自动电梯，最早开通中美长途电话，等等。1937年5月19日，宋美龄和宋蔼龄在这里参加中美长途电话开通仪式，并与美国总统罗斯福夫人通话。1972年，基辛格博士为中美建交访华，下榻上海锦江饭店，他望着窗外的摩天大楼问周恩来总理，那是座什么大楼？周总理告诉他，那是上海最高楼国际饭店。据说20年后，基辛格博士重游故地，他下榻的窗外高楼林立，已找不到当年第一高楼了。

那天傍晚，我与妻子登上楼顶，眺望大上海，四周皆是鳞次栉比的摩天大楼，令你目不暇接，有如井底之蛙之感。当年与之相伴的空空旷旷的上海跑马场，如今已是市政府大院、博物馆、规划馆、上海美术馆等气派建筑的领地，人民公园的一抹绿色有点可怜兮兮地挤在一角边缘。所幸，前后为邻的大世界、金门饭店、西侨青年会大楼、大光明电影院等老建筑犹在，使这座上海城市坐标原点的经典饭店不至于太孤独。

哦！从小心中的摩天大楼，感谢您为我标识了近半个世纪现代化的图腾，也感谢您为这座百年大都市留下些许淡淡乡愁。

2014 年夏

那年我们在长安山“占位置”

1978年的福建师范大学，读书风气好得一塌糊涂。同学大都是辍学12年的“老三届”，感谢邓公，又让我们走进久违的课堂，圆了上大学的梦。激动新鲜之后唯有努力读书，况且当年深入人心的口号就是“为振兴中华而读书”。于是，每天吃完晚饭，第一件事就是去教室或者图书馆占位置，把书包放在桌面即可，因为上课时规定两个人坐一张桌子，晚自修按惯例一个人可独享整张桌子，桌少生多，所以占位置是必须的。

我们宿舍住8个人，实践出真知，每天派一个人去占位置足矣。后来这任务就固定在依弟肩膀上了。依弟入学时16岁，那时初、高中学制合计4年，所以才有这么年少的应届考入生。而我们班的老大姐入学时，她的儿子刚好也入小学一年级。大学同个班级同学，年龄悬殊如此之大，也就是那个年代的奇观。依弟每天乐颠颠背着8个书包进学堂也是奇观。毕业10年同学聚会，依弟已是一个重点中学的校长，满脸络腮胡子，开口之乎者也。

把书包交给依弟后，大家便去散步，经常走到校园外的田野里，走进成片成片的茉莉花丛中，摘一些带回教室，淡淡花香伴着淡淡书香，犹如美人添香夜读书，读得不亦美哉，常常熄灯了才离开位置。农民伯伯见学生摘花也不骂，反正那花多的是。许多年后重返校园，长安山已被密密匝匝的混凝土建筑围得密不透风惨不忍睹。

清晨，长安山上，相思树下，随处可见早读的学生，树林下花丛中的石板凳也是需要占位置的。都说黎明时分是记忆最可靠的时辰，中文系学生大都背诵古典文学名篇和古汉语单词，当然也背诵英语单词。几十年过去了，唐诗宋词倒也记住不少，可英语单词却没记住几个，想来都后悔，当初干吗不把背诵英语单词的时间用来多背诵些古典名篇呢？

那时，我们坐在中文系的大教室里，很有优越感。因为但凡孙绍振老师的文学创作课，李万钧老师的外国文学课，李联明老师的文艺理论课等等，其他系的学生慕名而来旁听的不少，他们只能自带凳子，早早挤在教室背后。我们如果来迟了，会很开心地挤过人群，矜持地坐在自己固定的位置上。

后来我将当年读书风气之好告诉刚上大学的女儿，意欲教育开导一番如何勤奋刻苦，女儿竟说：“你们当年多幸福啊，进了大学门就像入了保险库，捧上了铁饭碗，当然可以‘两耳不闻窗外事，一心只读圣贤书’，哪像我们，大一就开始愁就业。”我听罢愕然，但有一点女儿说对了，那年头的幸福指数确实比较高。

那时从来不用交学费，当然也就没听说哪个同学因为交不起学费上不了学。每个月饭菜票 18 元也是学校发的，几位家中上有老下有小的同学还嫌太奢侈，干脆搞个煤油炉自办伙食，每月节省三五元寄回家。上了大学还能赚点小钱，岂不乐乎！连看电影都免费，十天半个月就有海报告之，某晚某时在学校体育场上映某两部电影，一定是两部，大都是刚刚“解放”出来的老电影，看得我们或心潮澎湃或泪眼盈眶。这时候占位置更不可掉以轻心，最好下午一下课就回宿舍搬凳子，才能占个好位置，吃完晚饭派两位壮汉去守着，可以带着书去读。此时，侬弟个子太小，派不上用场了。后来，我们宿舍的周君认为只管本宿舍同学太本位，因为他是大班党支部书记，总是高瞻远瞩，他提出起码要管好我们小班4位女同学位置，我们一致赞成。但没过多久，周君便很本位地和其中一位美女同学卿卿我我起来了，到毕业那年自然山盟海誓蝶双飞。

不知道什么原因，中文系1978级女生特少，才10多名，约占1/10，1977级女生有20多名，1979级就更多了。在男女生比例严重失衡的我们年段，女生们无比骄傲，男生们无比着急，像周君那么幸运的，毕竟凤毛麟角。当然，周君还是挺有才气的，写了一篇《论文学作品中的性格悲剧》，竟然发表于当年档次很高的文学月刊《文学评论》上，稿费优厚，20多元。估计这篇文章威力大于帮助占位置的苦功。1978级一些胆大的男生就把进攻的目标锁定1979级小女生，收效颇丰，戏谑抢占别人地盘，而向1977级女生进攻，基本没有那种胆量，但男生们守地盘的胆量却高度一致。有一位外系的男生，对我们班一名女生穷追不舍，经常在宿舍楼下呼喊女生姓名。一天午休时分，此君不知好歹，又如法炮制，我们宿舍终于忍无可忍，一声“砸”字喊出口，扫帚、拖把、拖鞋、墨水瓶纷纷飞出窗口，砸得此君落荒而逃，再也不敢造次。后来每次同学聚会，总聊此番壮举，在捧腹喷饭之余，始终查不出谁是领喊者。

那时打篮球似乎是主要的体育运动和娱乐活动，每个宿舍几乎都可组成代表队。有一段时间，下午第三节课后必打一场。4个并列于教室与宿舍之间的篮球场成了稀缺资源，有人聪明地将球带到教室，一下课本宿舍球友蜂拥而至占领地盘。后来这一招却被更笨的办法取代了，像占位置一样，先派个人没下课就带个球在篮球架下守着。虽然占地盘的聪明招笨招不少，但后来最让大家接受的规则乃淘汰赛，每场比赛10分钟，谁队输便下场，等候的队伍接着上。有意思的是竟没有常胜将军队，因为等候的几支球队为了大局，经常打破门户之见，抽调精兵强将上场一搏，那时篮球场的热闹场面使长安山多么朝气蓬勃。

最热闹的一次场面却在深夜，那是中国女排“三连冠”的夜晚，当时一台电视前几十上百人围着观看，看得同学们惊心动魄热血沸腾。当五星红旗缓缓升起在国际赛场，《义勇军进行曲》响彻世界天空时，大家不约而同地聚集到篮球场，点起篝火，把扫帚、拖把都烧了，又唱又跳又喊，喊得最多的口号是“振兴中华”。直到深夜，仍不足表达莘莘学子的满腔爱国情怀，不知谁喊了一句“游行去”，于是，浩浩荡荡队伍走出了校园，一直走到福州市中心的东街口。一路上市民们投来的或是惊奇或是不解的眼神，但更多的是赞许与欣赏的笑脸。

往事如烟，一晃 30 多年，回味起来，“当年只道是寻常”，如今却很温馨，总难忘。应该承认，那是一个幸福指数比较高的年代。

2008 年秋

古田一中教师生涯琐忆

1985年夏季，我离开了三尺讲台，辞别了三年的教师生涯。那一年9月10日，正是国家设立的第一个教师节，令我欣慰的是，古田县第一中学仍然颁发予我一本《中华人民共和国教师节纪念册》。30多年光阴过去，这本教育科学出版社出版、启功先生封面题字、装帧精致的纪念册始终摆设在我的书架上。每当打开那微微泛黄的纸质品，便打开了教师生涯的记忆。

一

1983年夏季，我从福安师范调入古田一中，一起调入的还有陆敏老师。我们两人均就读于福建师大中文系，他1977级，我1978级，是恢复高考后，首届和第二届，相距仅半年的同学。毕业后，又都分配在福安师范古田分校任教。那一年，分校最后一批来自民办教师的学生毕业了，分校使命完成，作为古田人，我们不愿意离开家乡到福安师范本部工作，要求留在古田任教。天从人愿，我们高兴地又成了古田一中语文教研组的同事，同在一个大办公室办公。

陆敏老师是古田一中公认的才子，他的大学毕业论文《论唐朝诗人王维的诗中有画和画中有诗》，曾被评为优秀论文，给我留下深刻印象。我们从同学到同事，专业相同，志趣相投，过从甚密，经常在一起讨论文学，评点时弊，激扬文字。他对中国古典文学的博闻强识和对文艺理论批评的见地，令我受益匪浅。陆敏老师20世纪80年代后期任古田一中教务处副主任、玉田中学副校长，20世纪90年代初调往厦门双十中学任教，30多年坚守教学讲台，早已成为我省中学语文教学的著名教师。

当时的语文组组长是赖再老师，副组长李扬强老师、姚锡奎老师，整个教研组分高、初中部，共有20多名教师。赖再老师在中华人民共和国成立前就参加了革命，后来享受离休待遇。他的国学基础深厚，书法造诣颇高，教学经验丰富，业务水平与革命阅历一样，深得大家钦佩。语文组在德高望重的赖再老师领导下，业务水平位居宁德地区前茅。特别是几届高考成绩优异，受到领导和家长们的首肯与赞誉。他曾代表语文组在全省相关会议上做经验交流。这些都使语文组同仁们感到自豪，又不敢懈怠。赖再老师一生嗜烟如命，70多岁病逝，令人惋惜不已。

李扬强老师1964年毕业于福建师大中文系。在我的印象中，他几乎每年都教高三文科两个班，很受学生欢迎。赖再老师离休后，他理所当然接任语文组组长，领导语文组从辉煌走向再辉煌。李扬强老师1993年被提任为古田县政协副主席。难能可贵的是，他任县政协副主席近20年，即使承担繁杂的政务工作，还主编完成了泱泱几百万字的《古田县志》，但始终坚守语文课堂的三尺讲台，直至退休。退休后又致力于古田乡土文化的保护与宣传工作，功不可没，撰写出版了《蓝田古文化》《蓝田引月》《古田县楹联大全》等多部著作。

姚锡奎老师是宁德师范学院恢复高考后的第一届毕业生，当时已是骨干教师，几年后被提任古田七中校长，后来又要求回到古田一中办公室任副主任、语文组组长。

1983年新学年始，我担任高一年一、二班的语文教程，并任二班班主任。和我一起从教高一年段6个班语文课的还有彭咸汀和薛谋裕2位老教师，他们教学经验丰富，为我树立了好榜样。彭咸汀还是我1965年读初中时的语文教师，对我关爱有加。他的一个观点给我很大的影响，即：最好的教师，就是让你的学生最喜欢你的课。我至今认为，这是对最好教师既简要又有效的诠释。我曾以之为标杆，开动脑筋，努力使自己成为这样的教师。新学年伊始，我除了精心备好每节课，在讲台上积极与学生们互动，引发他们兴趣外，还创意了个点评周记办法，即要求学生每周写一篇作文，曰"周记"，体裁、题目、篇幅均不限，有话则长，无话则短，言之有物，有感而发。我认真批改，选出若干篇好文章，利用每天早自修半个小时，点评一篇。点评中，我精心准备了古今中外相同题材的名家名篇，与学生的好文章比较分析，通过鼓励与评说、学习与品鉴，让学生们多方面了解文学世界的绚丽多彩，以提高他们阅读与写作的热情。

实践很快证明，我的创意颇为成功，努力得到回报，可以感觉到兴趣语文课的学生明显多了，而且还有几位从此喜欢上了读书与写作。许多年以后，当我和那一届学生相聚时，早自修的周记点评，成了他们深刻的记忆和谈论的话题。只是当时与我搭档的英语课林峰老师有意见，他认为早自修时间应该让学生背诵英语单词，这似乎是校园约定俗成的，如果我偶尔利用早自修时间讲评作文无可厚非，但经常占用是不妥的。那时恢复高考制度才五六年，中学教师围绕着高考指挥棒转，目标明确，各科任教师责任心都极强，生怕自己的科目拉了后腿，总是想方设法给学生"开小灶"。回想当年，教师们的责任心和工作劲头，令人赞赏。我想起一位老校长的名言：教师最好管，因为无论哪一位教师，只要他站到讲台上，没有不想方设法上好课的。

二

1984年，全国上下推进机构改革，选拔"四化"（革命化、年轻化、知识化、专业化）干部进各级领导班子。该年夏季，这项改革也推及古田一中。老校长叶茂岩、副校长陈学庚，包括老教务处主任仉可源等一批“老一中”，因年龄原因退出了学校领导班子，选拔了一批40多岁和30多岁的教师进入学校班子和各处室。我那年31岁，被提任为教务处副主任。

我对自己的提任，毫无思想准备，事先也没有听到任何风声，直到新学年即将开学时，新任校长刘琦约我谈话，我才知晓自己的提任和古田一中领导班子的重大调整。刘琦同志是永春县人，福建师大数学系1967届毕业，分配到古田县执教10多年，在多个乡镇中学执教并担任数学教研组组长。他能够钻研业务，因材施教，教学经验丰富，曾任县数学研究会副理事长，1983年任玉田中学副校长。就任古田一中校长那年40岁，可谓年富力强。刘琦同志在古田一中任上5年，锐意进取，鼎力改革，尤其重视争取各方资金，改善办学条件，学校面貌大有改观。1985年和1986年，古田一中高考成绩名列宁德地区前茅，学校成为全省40所重点中学之一。这些成绩与他的努力是分不开的。

在这次学校领导班子调整中，只有党支部书记黄星海留任，他是一位中华人民共和国成立前参加革命的老同志，曾任古田多所中学校领导，在教育界颇有名望，平时不苟言笑，自有一股威严，我们年轻教师见到他都有几分怵怵的。他是位正派、严谨和善良的老领导。县委让他留任，显然意在请他为新班子起到“传、帮、带”作用。许多年后，我无意中听说是黄星海同志推荐我提任教务处副主任，但他从来没有对我提及此事。1985年6月，我在古田一中申请加入中国共产党，他和姚锡奎同志是我的入党介绍人。可以说，是黄星海同志为我后来从政道路打下基础的，我一直对他怀着感激之心。他不幸于20世纪90年代初病逝，我因出差在外，虽送了花圈，但未能前往殡仪馆送老领导一程，深感遗憾。

黄益盟同志从教务处主任提任副校长。他是厦门大学生物系 1968 届毕业生，毕业后一直从事教育工作，业务能力很强。他一直分管教学工作，为学校的发展打下坚实的基础。后来又任校长近十年，更是古田一中的功臣。

新提任的教务处主任黄育涛、副主任王家滋，加上我，一正两副，全是新手。好在老教务处主任仉可源老师，虽已离任，但仍在教务处上班。他是古田一中的元老，教务工作的里手行家，又是古田县著名的“汉文伯”（喻义古典文学造诣深），有他充当热心的顾问，大家由衷地高兴。黄育涛同志原是物理教研组组长，为人忠厚，学风严谨，有长者之风，几年后他提任为副校长。黄益盟校长他调后，他曾主持过一段时间古田一中的全面工作。王家滋同志原是数学教研组组长，为人诙谐风趣，能把枯燥的数学讲得生动活泼，很受学生欢迎。他长得人高马大，打得一手好篮球，是学校教工篮球队的领队和教练，也是年轻教职员工的“头儿”，大家都亲切且尊敬地称呼他“王牌”，连学生也不例外。不幸的是，10 多年前因中风，瘫痪在床，前两年不幸去世。真是英雄折腰，令人慨叹唏嘘。黄育涛与王家滋均是 20 世纪 60 年代本科毕业生，有执教 10 多年的经验，到教务处任职，很快进入角色。我跟随其后，主要做些具体工作，向他们 3 位老师学习了不少行政管理方面的套路，为我后来的行政工作算是入门的实践。当时教辅资料需求量比较大，我负责这项工作，还多次专程赴福州采购，乐此不疲。因为那时我的妻子尚在福州工作，她带着一岁多的女儿，我去省城出差，实际上是探亲团圆，何乐不为。其实心悉肚明，那是领导们对我的关照。

我任教务处副主任那一年，还担任高二文科一班语文课程和班主任职务，感觉工作时间十分紧张。这紧张还有一个原因，刘琦校长每次开比较正式会议的讲话稿，都请我起草，美其言我是中文科班出身的，文笔不错。这给我带来很大的思想压力，因为写讲话稿不像写随笔杂感，凭着灵感一挥而就，它应该依托在丰富的工作经验和水平基础上，否则，写不出好的讲话稿。但我又不好也不敢推托，只好硬着头皮，绞尽脑汁，查阅报刊，摘抄观点，东拼西凑，闭门造车，往往通宵达旦，苦不堪言。但交差之后，刘琦校长每每甚感满意，于是又有新一轮的“重托”。不过现在想来，有压力才有动力，动力提升了能力，这也是行政工作中一种不可或缺的能力锻造。

三

也许是我教的学生偏少的缘故，也就格外珍惜师生情谊。这30多年来，古田一中1986届毕业生，特别是我任过班主任的高一年二班和高二文科一班中，其中许多学生与我时有联系，交往至今。我曾于古田、宁德、福州、厦门等地，多次应邀参加学生们的聚会，那其乐融融的场面，让我轻松和温暖。看到学生们健康成长、事业有成、家庭幸福，更让我由衷地高兴与欣慰。

学生们对我的关心和帮助，有的让我十分感动，难以忘怀。2002年秋冬季，我在北京学习培训期间，不知何故，有一天左耳突聋，幸好学生陆宁在北京301部队医院当医生，他得知我的病况，马上陪我到301医院就诊、住院。不到一周时间，我的耳病便痊愈，至今未复发。那位知名的耳科专家对我说，还好及时治疗，如果拖延了时间，病情有可能难以逆转。陆宁同学毕业于第四军医大学，博士学位，现在已是301这所国家顶级医院的脊椎外科专家级大夫了。

姚胜同学1986年考上了第一军医大学，毕业后在北京304部队医院当大夫，曾被派往新疆边远地区工作几年。他在艰苦环境里救死扶伤，十分乐观，工作之余还吟诗作赋，曾戏称，他的文学爱好就是因为高中时受了唐老师的影响。前些年，我介绍一位老乡到北京求医，姚胜同学对他关怀备至，并亲自操刀为他做了颈部肿瘤切除手术。手术成功圆满，这位老乡感激在心，给姚大夫送上一点土特产，却遭到婉拒。老乡告诉我，姚大夫对所有的病人都同样的关心和耐心，该科室的一面墙上挂满病人表扬大夫的锦旗，数表扬姚大夫的最多。

十分有趣的是，我任班主任的高一年二班，1986年有3位男生考上军医大学，毕业后都分配到北京著名医院，现在都是专家级医生。江鸿同学毕业于军医第二大学，之后选调到中央警卫局保健处工作，一直为中央领导做保健医生。江鸿同学医术精湛，工作认真细致，为人谦逊低调，由于工作性质原因，不能常回家伺候双亲大人，但他很是孝顺，两年前的春节期间，专门在福州为他父亲举办70岁寿宴，我曾荣幸受邀前往祝贺。

那一届的学生现在大都是各行各业的精英骨干，有些任职于省市县的党政部门、事业单位，有的担任某中学校长，有的是跨国公司某大城市的负责人，有的自己创办公司和企业，有的定居到国外……当然，许多学生过着平凡的生活，但有了健康、平安、快乐，不就是幸福生活吗？有一个统计数字颇有意思，我教过的两个班的学生，当教师的所占比例最多，大、中、小学的教师都全了。这大概算是印证了那首时髦的歌曲：长大了，我就成了你。

有一年以高中文科一班为主的聚会，同学们喝得酒酣耳热，聊得最欢的是班级曾有的光荣，回忆起那一年学校举行歌咏比赛，高二文科一班力压群雄、勇夺魁首的往事。大家七嘴八舌，说班干部们如何齐心协力，分工协作；文体委员如何上蹿下跳，组织排练；男生女生们如何互相鼓励，志在必得；还有一位班干部如何以权谋私，从此赢得一位女生的芳心，后来有情人终成眷属，等等。当然，同学们最后都来忽悠我这个班主任，说完全归功于我的创意新颖和一场鼓动性极强的班会。

我自然很开心，看着这些早已过了不惑之年的学生们，好像仍是一伙嘻嘻哈哈的校园小青年，自己也似乎年轻了许多。

2015年夏，古田一中70年校庆约稿

老夫提起当年勇

一

2020年金秋季节，我与妻自驾，从银川经陕、晋、豫、赣返闽，途经上饶市。想起20年前，曾与妻带着女儿，暴走遍游、“照单全收”三清山美景，留下深刻印象。20年间，三清山名气日炽，2005年被《中国国家地理》杂志评选为“中国最美五大峰林”之一，专家誉之为“西太平洋边缘最美丽的花岗岩”，其中“女神司春”“巨蟒出山”等为稀世胜景，具有很高的美学价值。尤其是21世纪初陆续创建的几条悬崖绝壁栈道，深得专家与游客赞许，评说能与自然景物相得益彰。

没有理由不决定旧地重游。

从九江至三清山金沙索道站，全程270千米，其中230多千米为高速路，30多千米为盘山公路，虽山道弯弯，但路面极好。我与妻八点半出发，3个半小时到达。因小雨绵绵，干脆下榻酒店，养精蓄锐，明早上山。

次日雨歇，阴天，能见度尚好，我们8点就上山。索道长达2600多米，一个缆车厢可乘8人，全程8分钟。随着索道上升，雾气袭来，愈来愈浓，到达山上，已是大雾迷茫，与山下完全两重天。

栈道修得确实好，但风景却应了那句俏皮话：“抬头看雾，低头看路，两旁看松树。”“巨蟒出山”近在眼前，却只能隐隐约约看到一座孤峰，见识不了巨蟒出山的气势，倒是增添了一种神秘氛围；“司春女神”完全锁在大雾中，让你唯有感叹唏嘘。我们在近旁的女神宾馆泡了两杯绿茶，慢慢品啜，等候了半个小时，雾仍不散，便继续攀登至玉皇顶，抱着侥幸心理，企图用行走的脚步驱赶大雾打道回府。但终究天意不可违，4 个小时过去，该散去的大雾没有散去，该回来的蓝天与山景没有回来。倒是我们应该下山了。

下午 2 点乘索道下山，驱车 85 千米到达上饶市区，下榻酒店。今日行走 2.2 万步，感觉疲劳。

二

回到家中，查阅日记，2000 年 2 月 7 日（正月初四）、8 日日记虽是流水账，但足以见证当年之勇。

2 月 7 日，晴，7：30，从武夷山星村凌云宾馆出发，驾驶桑塔拉，女儿坐副驾驶位，妻坐后排，一起前往三清山。往上饶市 140 千米，二级公路，有的路面正在新铺柏油，基本顺畅；穿上饶城而过，往玉山县，40 千米，路况尚好；从县城往三清山，50 千米，泥结路面，坑坑洼洼，下午 1 点到达三清山索道站。

停车午餐，遇到一位 20 岁出头的小伙子，自称本地人，姓曾，毕业于上饶一所职高，旅游专业，持有导游证。果然，介绍山中十大胜景，如数家珍，推荐游览路线，条理清晰。即选定两日游，请导游陪同上山过夜，导游费 100 元。

下午 1：30 乘缆车。这条索道全长 2826 米。缆车为敞开式，只能乘坐两人，晃晃悠悠，全程 38 分钟。我与小曾，妻与女儿各乘一辆。她们说，吊在半空中，冷风嗖嗖，好恐怖。我发现起初的山色寻常无异，但过了一重山，奇峰异石突现眼前，忍不住惊呼：太壮观了。

下榻山上云中园宾馆，条件尚可，订了一个三铺床的房间，有卫生间，提供暖气，房费200元。

2：30，小曾带我们游览南线景区，说是三清山精华所在。今日晴好，但背阴处的石磴仍有结冰未消，游客不多不少，既不拥挤也不冷清。偶遇北京来的两位摄影家，扛着“长枪短炮”，见多识广，与之同行。他们称三清山是名副其实的“黄山姊妹山”，别名“小黄山”委屈了，因为它比黄山的景色更集中、更经典。最为赞赏的是“司春女神”与“巨蟒出山”，前者端庄秀丽，呵护众山，不愧为一山之神；后者山形如蛇，拔地而起，气势不凡，实属罕见。确实，“巨蟒出山”令人震撼，我以为堪称国宝，仰望久久，流连忘返。下午徒步3个小时，移步换景，琳琅满目，美不胜收，直到暮色四合，我们才依依不舍返回宾馆。小曾介绍的十大胜景已看过六景，除那经典的两景，还有“神龙戏松”“老僧拜月”“观音听琵琶”“仙苑秀峰”。

当晚我们准备了早餐（干粮饮料）、登山杖，并约好两个轿夫，一杠轿子，为女儿行走北线至三清宫往返配备（160元）。房间暖气太热，几番热醒，休息不好。

8日4：30，小曾敲门叫醒，等候轿夫10多分钟，仍不至。小曾说，估计嫌太辛苦，不来了。我们摸黑登山，幸好小曾带有手电筒。女儿当时17岁，高二学生，关键时候不娇气，表示可以暴走。4人直上冲霄谷，攀登好汉坡，其间10多米石阶全毁，踩一脚，便有沙石滚下，大家拉开距离，手脚并用，攀爬而上。其实一路皆是冲霄谷与好汉坡，这名字起得好，用现在时髦语言，即充满正能量。约6：00，登上玉京峰，再攀爬一条铁梯，登临一块巨石之上，即三清山极顶海拔1817米处，巨石上镌刻“天下名山”“德配天地”“三清福地”等大字。

晨曦已至，天边乌云浓厚，看日出已无希望，只见一抹红色亮光横贯天际，也是难得奇景。登玉京峰是游览三清山最具挑战的游程，需要充沛的体力与顽强的毅力。我们一家仨同时登顶，特别是女儿，经受了临时没有轿子的考验，毫无怨言，也没拉后腿，还笑谈，将雇轿子的钱用于晚餐加菜，令我们刮目相看，大为赞赏。

不登玉京峰，难得三清妙。所谓“山登绝顶我为峰”诗句，就是我们此时此刻的豪情满怀。也只有身临玉京峰顶，俯瞰脚下千山万壑之时，三清山的波澜壮阔才会完整展现。放眼周遭，皆如水墨画，无处不美景。山顶寒风凛冽，我们将爬山时脱掉的皮衣、羽绒衣、帽子、围巾赶忙重新穿戴起来，频频拍照。小曾也很兴奋，与我们仨一起大声呐喊：“三清山，我们登顶啦！”

接着徒步三清宫，途中可观胜景“金殿木鱼”，眺望玉京、玉虚、玉华三峰并立，即是著名的“三清列坐其巅”。8：00到达三清宫，吃一碗热面条，喝一杯热茶，倍觉温馨。三清宫有1600年历史，位居天然的八卦中心，风雷塔、丹井古朴沧桑，一株“姊妹松”也是胜景，遗憾的是已枯萎。

返程时，母女俩慢慢行走，小曾则带我走另道，来回2000米，看十大胜景之一的“猴王献宝”。待我们赶上她们，已过玉京峰，此时雪花飘飘，如柳絮纷飞，女儿欢呼雀跃，仰着脸迎接雪花。10：20下好汉坡，看到轿夫们在此候客，赶紧让女儿坐上。女儿自称不怕登绝岭，就怕下陡坡，说是下石磴脚会颤抖。轿子来得正是时候。我与妻一前一后护轿而行，11：00到达索道站。懊恼的是索道不知何故停运，母女俩皆筋疲力尽，雇两杠轿子下山。我不习惯坐轿子，感觉走下坡路并不吃力，与小曾继续徒步。行走55分钟，终于到达下索道站的停车坪。

午餐后与小曾互留电话（对他导游很满意），挥手告别，下午1点开车出发。往武夷山市230千米，5：40到达大王峰下。武夷山市至南平市区165千米，二级公路，路况较好，我们决定到此晚餐、住宿。8：20到达南平市区九峰山下，寻找到一家汉堡包餐厅（女儿喜欢）。

餐厅隔壁有小食店，可以煮线面、海蛎汤、土鸡肉等。我们点了好多菜，饕餮之后，立刻感觉精气神又回来了，想想再找宾馆也麻烦，何不连夜开回古田老家，明早可以放心睡懒觉。大家意见一致，9：08 出发，驶上一条泥结路面、山道弯弯、全程 95 千米的三级与四级公路。该路段森林茂密、人烟稀少、尘土飞扬，属 20 世纪 90 年代车匪路霸猖獗之地。妻女听我讲述，开始后悔夜行，疲惫睡意全消，一路精神抖擞，紧盯着黑洞洞的前方，不断陪我说话。

待到推开古田母亲家门，时针指为 11：20。

三

回首 20 年前往事，“好汉不提当年勇”，但提提也无妨，连自己都有所吃惊，时年 47 岁，太威武勇猛。你看那一天，四点半起床，徒步 8 个小时，皆是陡峭的石蹬小道，上坡又下坡，体力消耗之大可想而知。接着又驾车 10 个小时，全程 490 千米，皆行驶在弯弯曲曲的山区公路上，路况好的二级水泥路，差的四级泥结路，平均时速达 50 千米，驾驶水平相当可以。

当年喜欢自驾，每逢节假日，喜欢与妻带着女儿自驾游。其实心中藏个秘密，让平时不想搭理你的小叛逆坐在副驾驶座上，一路不得不和你们聊天，以便轻而易举地获取了她的思想政治动态。但后来这一招不灵了，女儿认为跟着我们自驾游备受虐待，比如三清山之旅就是案例。

20 年来，交通发展变化之大，是中国发展变化的缩影。那年从古田经武夷山至上饶三清山，500 千米，没有高速公路，也没有高铁动车，驾车 10 个小时；而今天自驾高速公路，不到 400 千米，最多 5 个小时。更有高铁动车，花费时间更少。

风景名胜区的变化之大，也常让你瞠目结舌。我曾调侃，山还是过去的山，水还是过去的水，建筑还是过去的建筑，山洞还是过去的山洞，但是景区变大了，前面有很大很大的游客集散中心，后面有很长很长的购物街，必须花费你一半的体力精力。但话说回来，有些地方的变化是可喜的，比如三清山。当年的缆车用时38分钟，敞开式的，让你提心吊胆；而今只需8分钟，快速安全。最令人惊叹的是，新建3条计40千米的悬崖峭壁栈道。对此，纯粹的环保主义者意见很大，说是破坏了自然遗产。但我是为三清山点赞的。试想，如果没有现代技术开发，许多奇景，大概只能“养在深闺人未识”，或者像徐霞客等奇人勇士方可领略的风景，对于普通游客，特别是体力上的弱势群体，难得有此福分。所以，不能一味否定许多自然景区的现代设施，关键在于这些设施如何与大自然和谐相处、相得益彰。

老夫提起当年勇，除了留恋、感叹，似乎也可以自我激励。

2020年秋

三进三出青岛城

一

1992年7月16日（农历六月十七），周四，晴。

我们来自福建同一个部门的6名学员，提前结束了在北戴河空军疗养院的培训任务，原定10天课程，8天结业。大家向领队建议，将节省下的时间花费在返程途中，顺路考察青岛。领队审核了返程费用，表示同意（预算没有超过昂贵的返程机票即可）。

当晚6：00，我们乘上了秦皇岛开往山东龙口的轮渡“鲁渤2号”。轮渡车客混装，有座席200多位、卧铺30床。我们买不到卧铺票，只能是座席。船舱没有空调，闷热难当，窝坐许久，走到甲板透透气，不经意间欣赏到美景：迎面海风习习，十分凉快，举头眺望，皓月当空，渤海湾风平浪静，大船平稳而行，海面泛着蓝幽幽光芒，迷幻之极，不禁后悔太迟出来，错过了海上生明月的美景。虽然美景让人久久不舍离开，但甲板上的凉爽很快变成寒意，精神享受终究抗争不过生理不适，不得不返回船舱。

同行的李君告诉我，他发现了一个秘密基地，微风送爽却无寒意。原来是船尾半封闭的餐厅，摆列着许多长桌与靠背长椅，还有许多座位闲置。我们在此邂逅一位山东大哥，他是轮渡的常客，指导我们，可去小卖部租借一条毛毯，将长椅当卧铺。我们如法炮制，果然不差。只是到了半夜，毛毯依然抵挡不住寒意。想起上午在秦皇岛小商品市场花 140 元买的一件皮衣，赶忙取来穿上，再裹上毛毯，终于迷糊了两三个小时。

颇有意思，秦皇岛当年是全国著名的珍珠市场，我们每人都购得至少一串珍珠，作为送给妻或女儿的礼物。每串珍珠价格在二三十元与六七十元之间的居多。同时还发现了温州人在这里开皮衣店，前店后作坊，让你参观作坊后再买皮衣，也让你不得不信服其价廉物美，于是人手一件。

次日凌晨 5：00，轮渡泊岸，直奔汽车站，乘上 6：00 开往蓬莱的中巴，48 千米路程，7：15 到达。

游览蓬莱阁后，乘上 11：00 大巴，开往青岛，全程约 300 千米，路况尚好，二级与三级公路为主，一路顺畅，傍晚 5: 00 到达青岛汽车站。但进城找酒店经历可谓惨不忍睹，我们一行算是旅行经验丰富老手，租用一辆面包车与一个带路的摩托车手（当年各大城市都有此类专业人才），连续跑了 5 家酒店和宾馆，皆客满。幸好摩托车手业务精通且勤快，终于在较偏僻的街巷找到一家宾馆，名曰“晶山”，带有卫生间的三人间，每间收费 90 元。此时已晚上 8：00。

18 日上午，大家不敢先去游览，而是去青岛市找同部门同事，恳请帮忙购买返程票。该部门办公室负责人很是热情，一个电话接着一个电话联系，但皆无佳音，最后得到的答复是，所有从青岛出发的列车，一周内均无票可购，不要说硬卧，连硬座也已满座；长途汽车分 3 等：卧铺、空调座席、无空调座席，19 日的车次只剩下开往南京的 4 张票，属无空调客车，行程 600 多千米，票价 93 元，下午 3：00 发车，次日凌晨到达。车站售票处负责人表示尽量照顾福建客人，6 位乘客可一起上车，其中 2 位只能是站票，争取都有座位，实在不行，轮流站一站，途中有人下车就有座位。

该部门办公室负责人一声叹息：青岛就是一座进得来、出不去的城市。

19日下午，我们提前半小时来到长途汽车站，售票处负责人很是热情也很有办法，让我们6人都有座位。3：00准时发车，同行有人颇为高兴，赞叹：青岛还是一座进得来、走得出的城市。

但且慢，这一趟“走得出”历程可圈可点。这是一辆老旧的40座客车，行驶到坑坑洼洼的路段，行李架上大包小包纷纷震落，只好捡起来往座位下塞。途中忽遇一阵大雨，车窗不能密闭，涓涓流水进入车厢，很快侵蚀地板，又只好将座位下的行李搬回行李架。这回司机发声了：行李用绳子绑绑，前面还有烂路。夜色深沉，车停在一家小饭馆用餐，那饭馆连卫生间都没有，幸好附近有苹果树林，有人喊了一声：男左女右。却听不到笑声，因为乘客们又饥又累，没有力气笑。看着油腻腻脏兮兮的饮食环境，只有洁白的馒头与大葱还能激发食欲。我学大多数乘客，一个馒头夹一根大葱，就着开水，大嚼一通。

第一次彻夜乘坐长途汽车，一夜迷迷糊糊，似睡非睡，腿伸不得，腰展不得，熬到东方既白，似乎各个关节都僵硬了。隔壁坐着一家子5口人，60岁左右的老两口与3岁的双胞胎，以及她们的母亲。他们是投奔南京的儿子、丈夫、父亲去的。白天，两个小女娃又哭又闹；夜晚，她们在奶奶和母亲怀抱里睡得香甜。我在迷糊中瞧见那奶奶与母亲，她们似乎瞌睡都不敢打。与他们比一比，我们没有理由叫喊旅途辛苦。

清晨，远远望见南京大桥，遇到堵车，开始还且堵且行，行至桥头雄伟的三面红旗雕塑之下，完全堵了，瞻仰三面红旗整整2个小时。

许多年后，与当年同行者相遇，聊起1992年的青岛之行，印象深刻的还是那句话：青岛就是一座进得来、出不去的城市。

二

1997 年 4 月 6 日（农历二月二十九），周日，晴。

妻去青岛业务培训 3 日，拟顺道去大医院看病，我请假一周陪同。前一日从宁德到福州住一宿，今早打的到火车站，乘 46 次福州开往北京的特快列车，10：15 正点发车。因仓促出发，只购得座位票。上车后，想碰碰运气，便走到卧铺车厢找乘务员，请求补两张到济南的硬卧票，竟然得到两张软卧票，票价一张 375 元，另加手续费 50 元（不开发票）。同车厢的另两个铺位是一对中年夫妻带着一个五六岁的男孩进京，他告诉我们，通过票贩子购买卧铺票，一张票也是加价 50 元。

次日下午 4：00 到达济南，行程 30 个小时（到北京全程 36 个小时）。投宿火车站附近的邮电宾馆，有卫生间的标间 120 元。4：30 与妻乘 11 路公交车到大明湖游览，徒步绕湖一圈，遇阵雨，有一段道路泥泞。

8 日 7：30 与妻乘 18 路公交车到千佛山下，乘缆车上山，登至山顶，徒步下山。11：00 打的到趵突泉游览。下午在火车站 2：30 乘大巴往青岛，车票一张 52 元。7：00 到达青岛火车站。打的到湛山大路国家计委疗养院、妻参加培训的住所报到。

了解到培训的议程后，9 日清晨到火车站购得两张 11 日青岛开往九江的特快列车硬卧车票。而后两天半时间，妻参加培训，我马不停蹄游览青岛。11 日下午我俩乘上列车，2：08 发车，12 日 11：40 到达九江站。13 日晚 8：03 乘上重庆开往福州特快列车，又在车上补上软卧票，每张交手续费 30 元。次日 11：40 正点到达福州。

与 1992 年进出青岛相比，5 年后的交通状况明显改善，既进得了，又出得了。印象深刻的是，火车站售票处如果购不到卧铺票，可以上车后补，据说不开发票的手续费贡献为乘务员的小金库，似乎有助长不正之风之嫌。但旅客们掐指一算，卧铺票还是合算，因为抵去了住酒店的房费，又节约了路途时间。后来这条宝贵经验，成了我们的旅行秘籍。

三

2021年7月26日（农历五月十七），周一，阴。

宁德于2009年列入中国沿海动车大通道之中间站，从此在家门口上车，便可快速南去北往与西进。我与妻3天前购得宁德往济南的26日动车票，预计7个多小时便可到达目的地。但因强台风“烟花”即将登陆浙江，25日深夜接到动车停运信息，我俩即刻决定改乘飞机，从福州飞至济南机票500多元，才是动车一等车厢票的一半价格，从宁德乘大巴至长乐机场也只一个小时20分钟。那天半夜三更，一架手机半个小时内就搞定了退动车票、订机票与大巴票所有程序。如今出行如此便利，在30年前，甚至10年前皆属天方夜谭。

当日下午到济南朋友门店取得存放一个多月的小车，开到“天猫养车”保养，27日自驾往东营，想看看慕名已久的黄河入海流。不料紧赶慢赶，还是超越不了“烟花”脚步，景区因台风明日光临而关闭。28日赶往烟台，想人与车一起乘轮渡去旅顺，而后自驾东北，但轮渡也要迎接台风而停航。4天后购得船票，时间为8月2日18：00，却在登船前3个小时接到因疫情停航信息。此番停航大概遥遥无期，东北之行就此夭折，于是开启了三进青岛之行。

这些年国内旅行找酒店越来越方便。我俩两年前加入“华住会”，该协会麾下10多家酒店，豪华与经济许多类型可供选择，下榻20余次便成为铂金会员，享受8.5折房费，延至下午3点离店，房卡一扔即可，不用等查房。自助早餐丰富但不奢华，足矣。我俩常住全季酒店，标间大都200多元至300多元，在青岛的海景房也未超400元。全季酒店环境简约大方洁净，有一股淡淡茶香。

出青岛，到日照游玩一日，当晚为小车加满汽油，买了8只的油炸鲳鱼，作为干粮，准备次日由北至南贯穿江苏全境，全程630千米不进休息区。好在这条高速路限速高达120千米，一路顺畅。全程驱车六个半小时，下午3：00，我俩顺利到达嘉兴南湖之畔全季酒店。

四

青岛30年前的知名度，似乎比现在还高，在吾辈心目中，是一个锐意改革的北方滨海现代化城市。1992年，青岛市委、市政府为实施东部开发战略，把“旧衙门”一带黄金地段推向市场开发，而在一处尚为璞玉的海滨新建15层高的办公大楼，以带动东部新区开发。1997年，又在办公大楼前兴建一个五四广场，有大型草坪、音乐喷泉以及惊艳世人的雕塑“五月的风”，那火红的色彩、螺旋上升的风，让无形变有形，标志青岛是五四运动发源地。

应该记住当年的改革者，他们果然让气派的广场成为青岛新地标，使之与清澈的海水、绵长的沙滩、优雅的栈桥、红瓦白墙的八大关洋房、哥特式的圣弥尼尔大教堂，还有让主宾开怀畅饮的啤酒，皆成为这座城市的美丽风景。

盘点这座城市的美丽风景，第一个从脑海迸出的竟是“海上仙都”崂山，竟是一株名曰“绛雪”的山茶树，让我与它合影24年之后，还想再去看看它。那年妻忙于参加培训，我独自上崂山，今日与妻再度莅临青岛，她也乐于一睹蒲松龄笔下花仙子的风姿。

原来蒲公的灵感再天马行空，笔下的花妖狐魅都有根本。300多年前，蒲公借居太清宫静心写作，见到院子一株山茶树在皑皑白雪中盛开，花红似火，为之起名“绛雪”，将之写入《香玉》篇中，演绎出一个山茶仙子陪同一个牡丹仙子，与一介书生友情和爱情的生死传奇。

那名篇，至今教人读不懂或纯真或暧昧的情感。

而今，600余岁的“绛雪”依然郁郁葱葱，年年岁岁坚持傲雪开花，艳丽如初，青春永驻。当地人给它取个耐人寻味的别名“耐冬”。

崂山的古树名木之多，令人目不暇接。导游告诉我们，景区里就有200多株，其中名列一级保护的80株，在太清宫即可作一趟古树名木之旅。

“汉柏凌霄”年代最为久远，相传是太清宫开山祖师张廉夫所植，已有2000多年树龄。古柏曾遭雷击，树身至今留有烧痕，但枝干挺拔，老而弥坚。奇特的是，树身缠绕着龙蛇般的凌霄藤，年年盛开凌霄花。那沧桑与娇媚、攀缘与呵护的画面，让你想起裴多菲的诗句：“只要我的爱人，是青青的常青藤，沿着我荒凉的额，亲密地攀缘上升。”

斜卧在逢仙桥头的唐代榆树，树干盘曲，形似龙头，名曰“龙头榆”。游客或倚或攀，争相留影，皆被导游的一句“千年榆树疙瘩”所撩拨。我不禁莞尔一笑：龙头等同于榆树脑袋，好大胆的类比。

太清宫里最多的是银杏，大几十株，或散落，或成排成队，笔挺正直，伟岸入云。三官殿大门两边各有一株宋朝银杏。古老雄壮的大树周围，生长着许多小银杏，皆从根部连生，大小不一，拱卫着大树。这场景让你赞叹，也让你搜肠刮肚想编个故事。

哎！可能蒲公待在太清宫时间太短，否则，仅这里的树神花仙，就足够他老人家的《聊斋志异》增添几篇。

妻说：可惜来的不是季节，应该冬天再来一趟，看“绛雪”白雪红花；应该秋天再来一趟，看银杏满地金黄。

2021年夏

乘老火车去成都

喜欢年少时的喜欢，是老了的标志；体验年少时的体验，是体验到了不想老的无奈。

2025年夏至即临，我们三家老朋友准备在成都集结，自驾游川西。周郎与陈君两对夫妻驾一辆车，提前从闽东出发，一路游玩入蜀。我与妻则乘老火车（Z392绿皮火车），全程26个多小时，从福州至成都。老火车软卧下铺票价比机票经济舱便宜，还可以躺着看风景和边读边写，无非旅途时间花费多一些，而对于退休老夫老太来说，最不缺的就是时间，况且旅行不是赶路。

同车厢还有一个年轻的妈妈和一个也挺年轻的外婆，带着4岁的女儿（外孙女）返回武汉。她们刚从平潭岛旅行回来，小女孩仍然沉浸在海岛风光的兴奋中，吱吱喳喳就是个话痨，却神奇地把妻发展为优秀听众。

我嫌吵，去视察整节软卧车厢，发现还有不少空铺位，走到车厢连接处，一眼瞅见烟灰盒镶嵌在廊壁上，如此古朴稳重，亲切温暖，让人情何以堪。想到老火车与高铁动车对待烟客的态度，真有天壤之别，不免增添了宾至如归的感觉。乘高铁动车，你若到站台吸一支烟，往往没等你吸完便被赶上车，上车后马上听到广播：如果发现有人在车上吸烟，罚款500元，情节严重者，必须追究法律责任……那一遍又一遍的播音只有让你自惭形秽，甚至怀疑自己与恐怖分子无异，哪里像乘老火车，把烟客同样当成值得尊重的贵宾。

老火车9：58准时发车，时速160公里，沿着鹰厦老铁道线奔驰，很快经过家乡古田县，想认真看看莪洋站旧址，却难以寻觅。列车的一边是群山起伏，青翠欲滴，另一边是闽江蜿蜒，江水奔腾。家乡好，风景旧曾谙。停车首站是三明，11：24，历时才一个半小时。靠在软卧窗旁，熟悉的铁道线扑面而来，往事如沉年酒香弥漫身心，浮现眼前。

年少时心目中最先进的交通工具是蒸汽式火车。一声汽笛，气壮山河；一节节车厢，势如长虹，装满了少年郎的梦想。

第一次乘火车是1966年10月，投身于“大串联”运动，和同学们一起，只可惜火车在南京长江南岸等候了三天三夜，驶不上轮渡（当时南京长江大桥未建成），未能继续北上，悻悻而返。但从此，蒸汽式火车的伟岸形象，已深入心扉，终成情结。

第一次乘火车，自然是“空前”，而且那经历，估计也是“绝后”。20世纪50年代“鹰厦铁路”建成，连接福州，经过古田县。距离县城30千米的闽江之畔设有火车站，名叫“莪洋”。我们初二班级30余名同学，跟随江老师参加“大串联”。江老师是福州人，应该经常乘莪洋至福州往返火车，经验丰富。他挑选几个力气大且灵活的男生，让他们不携带任何行李，等火车一靠站，迅速挤上车厢，再挤到车窗，伸出双手，接应其他同学递上的行李，而后拉着同学，接应他从车窗爬入。这一招太厉害了！全班同学，无一掉队。

年轻时经常往来于这条铁道线，因为上大学在福州，寒暑假回家乡，结婚后与妻分别在古田和福州工作，两地分居，莪洋与福州的往返火车成为最便捷的交通工具。那时发愁的是买不到火车票，有一次，福州至莪洋火车票售罄，只好乘公交车到离福州10多千米的甘蔗站（现闽侯）。甘蔗是个小火车站，即使买不到票，也可混入站台，挤上火车回莪洋。有那七八年间，我对莪洋与福州之间的列车班次和时刻表烂熟于心。

最有意思的一次乘火车是1981年秋、毕业前的实习，全班30多位同学一起从福州往永安市，一路欢歌笑语，经过三明站夜色阑珊，有同学4男2女，下车欣赏钢城灯火，也许是走得太远，也许是停车时间太短，总之，火车开走后，没有发现6位同学上车。此糗事后来每次同学聚会都要作为笑资，不断加油添醋地编排。

20世纪80年代初的旅行结婚很时髦，也是以火车为主要交通工具。我与妻从杭州返回福州的硬座席上，蜜月穷游的尾声已然筋疲力尽。俩人比肩而靠，酣然入梦，忽被窃窃笑声惊醒，睁开惺忪眼睛，看见对面两个老阿姨正抿嘴而笑，那眼神似乎提醒我俩的甜蜜状太前卫。

当时经济状况不允许我们购卧铺票，包括硬卧，即使经济许可，卧铺票还需持介绍信方得购买。直到1988年10月，我才第一次乘硬卧，从福州至北京的45/46次特快列车，运行时间50多个小时。我作为第一届全国农民运动会观光团的乡镇干部代表，由省老领导温秀山带队晋京，主要任务为福建省体育代表团鼓与呼。号称啦啦队的五六十名队员共乘一节硬卧车厢，我年富力强，主动睡上铺，感觉挺好；特地走过省领导方可乘坐的软卧车厢，稍停门口，眼睛一瞥，好生羡慕。北京返回福州，乘飞机也是第一次，提前申请获得批准。

第一次乘软卧到了20世纪90年代中期，纯属意外收获。我与妻辗转两次火车，前往青岛旅行，只购得硬座票，行车几个小时后，看到列车员挨着车厢兜售软卧余位票，额外加收50元手续费，大多数人嫌贵不为所动，而我从此获得秘籍，之后若乘火车，便主动找列车员，想办法补得软卧票。我算了经济账，旅行最佳方式是晚上乘卧铺，可抵去住酒店费用，虽然贵了一点，但节约了时间。年轻时，工作很重要，时间很宝贵，好不容易挤出时间旅行，贵在争分夺秒。

新世纪初，我和几位同事从北京返回福建，刚好一个工作方案需要研究讨论，便提议乘坐软卧，于是卧铺厢成为临时办公室，工作之余又是娱乐室，大家喝喝小酒侃侃大山，卧铺车厢弥漫着自在温馨气氛，还有干事创业的激情。

最过瘾的火车之旅，我与妻莫过于2015年10月搭乘了一趟从西伯利亚至圣彼得堡火车。那是北京“老友汇”旅行社组织的、贯穿亚欧大陆、被称为全世界最长的铁路旅行。躺在软卧里看风景为主，沿途游览若干个城市为辅。风景以白桦林为主，无边无际，无休无止，把这一辈子想看的白桦林都看完了。最喜欢每一站停车，都可以到站台逛逛，挑挑拣拣俄罗斯老大妈的提篮小卖，有草莓、樱桃、奶酪和不知名的野果，以及各式各样的小工艺品。

像这么接地气的火车线路，2017年又体验了一次，那年夏乘坐哈尔滨开往黑河的绿皮火车，全程10个小时。有趣的是，我与妻只能购买硬座票，上车坐的却是硬卧席。原来，该线路逢站必停，短途乘客多，列车干脆把硬卧下铺标注了4个座位，中铺与上铺不售票，长途旅客若想上去躺着，也可以上车后补个卧铺票。我躺在上铺，望着无边无际的嫩江平原，绿油油的是大豆，黄澄澄的是高粱；听着东北大妈议论寻找采摘榛蘑的细节，饶有兴致。忽然感悟，北大荒真是北大仓，沃野千里，也同样生产精神食粮，高晓声等辈到这里当知青是幸运的，吾辈当年羡慕大城市知青可以到北大荒、西双版纳等边陲上山下乡，并不幼稚可笑。

自从动车、高铁滥觞于今，老火车渐行渐远。不得不承认，高科技带来的便捷与舒适，是社会进步的标志。但必须指出，任何先进的事物，都是双刃剑，有利必有弊，而且人的需求是多元的，就像吾辈热衷于乘老火车去旅行，虽然小众，却也有人乐此不疲。

Z392列车18点停靠武昌站，来平潭岛旅行的一家三口乐悠悠地下车了，换乘一位年轻的老汉。我们出于礼貌，相互寒暄，也相互夸奖："你看不出有60多岁！""你更看不出有70多岁！"聊着聊着竟然聊出我们同一年参加高考。年轻的老汉出生于1961年，合肥人，考入郑州邮电学校时17岁，毕业后分配到信阳县邮电局工作，后调回安徽，退休前是安徽移动通信公司的高工。此行准备广元站下车，转车去甘南，甘南一家民企水电站的技改请他帮忙，他也想趁此旅游一趟甘南。

年轻的老汉是个性情中人，有一段话与我息息相关，必须记录在案。他说："我上学时全班年龄最小，你们这些大哥大姐嫌弃我是个小屁孩，都不带我玩。前几年同学聚会，就我一个人还没退休，同学们要求以后要我带着大家玩。我终于出了口恶气，高兴地说：'你们也有今天啊！'"

我附和："我们班最小的1962年出生，最大的1946年出生，我年龄居中，能和最小的依弟玩得不亦乐乎，但也难逃你也有今天啊的结局。唉！年轻就是最大的资本。谁都不想老。"

只是忘了问问他，当年从河南回安徽是不是经常乘绿皮火车，有何体会？

次日清晨6点多，年轻老汉下车，我们虽然还来不及问各自姓名，却像老同学一样紧握双手告别。而后，车厢归我夫妻俩独占，一直到成都。

Z392次列车居然提前12分钟到达终点站，这超准点也比高铁动车强。这趟寻找过去式的旅行挺好，略有遗憾的是，再也听不到各地站台上的叫卖声，比如，山东德州站的"烧鸡10元一只"。

本以为，对老火车情有独钟的皆是上了年纪的人，其实不然。我的小外孙龙猫5岁那年跟我们坐了一趟从北京至北戴河的老火车，从此心心念念。他喜欢在车厢里自由跑动，喜欢不断攀爬上下铺床架，甚至从两个上铺床架之间凌空而越。之后，从北京回福州，我们特地乘 45/46 次老火车（可惜现已停运），全程 30 多个小时，小龙猫在车上见识了长江与黄河，收获也算挺大。他还在车上结识了一个同龄人，玩得不亦乐乎。一晃，都要上初中了。昨晚，我们商议这个暑假一起去旅行方案。小龙猫问：“有没有坐老火车？”

老夫后继有人也。

2025 年 6 月 10 日

不知老之已至

“乐而忘忧，不知老之将至尔。”这句孔夫子语录摘自《论语·述而》，甚是契合吾辈心态。

其实，“不知老之将至尔”应改为“不知老之已至尔”，更为准确。如今，吾辈老夫，客观上，欣逢盛世，退休自由，生活小康，自然乐而忘忧。主观上，不服老、不愿老、不甘老；归根结底，怕老、怕死。只好乐而忘忧。

央视《远方的家》“行走中国海岸线”，让我见识了日月湾是世界级冲浪胜地，特别是看到那位主持该栏目的漂亮女士，初学冲浪，学习不到一个小时，竟然可以在冲浪板上站立起来，让我心中嘀咕：小丫头都行，吾辈尚有游泳童子功，应该也可以。所以，辛丑大雪季节，当我慕名来到日月湾，放眼天蓝海蓝，沙软浪高，熙熙攘攘，红男绿女，皆为冲浪而来，能不“乐而忘忧，不知老之已至尔”？

日月湾位于海南岛东面，万宁市辖区，沙滩细腻，海水清澈，海浪绵长有力，起浪频率高，有时可达两米，气候一年四季都适合冲浪，是我国为数不多的可以与夏威夷、澳大利亚黄金海岸、巴厘岛等相媲美的冲浪胜地。2017年，国家体育总局在日月湾成立了国家队冲浪基地，专业技能虽然起步晚，但进步快，现在已达到世界中上水平了。据说总教练立下军令状，要用8至10年时间摘取世界冲浪冠军奖牌。

更令人高兴的是，日月湾还是冲浪爱好者的乐园，该小镇冠名“中国冲浪之都”，“之都”光圈不仅聚焦运动员，也照射普通人。面对爱好者开放的冲浪俱乐部就有三四十家，名称五花八门五彩缤纷，让你目不暇接。我看上的一家俱乐部，名称最抓人眼球：“戒浪不冲浪。”请教教练三毛，是不是应该这么读：“戒浪？不！冲浪。”三毛哈哈大笑：“OK，你的解读完全正确！”“冲浪会上瘾的，被戏称‘蓝色鸦片’。”

我拟报名参加3天的培训班，每天2个学时，共计费用1200元。但三毛建议初学者还是先参加2个小时的体验课，费用460元。如果第二天感觉体能恢复了，仍有兴趣，再改报3天或6天培训课程。

必须穿上紧身的冲浪服，先在陆地上培训半个小时。先是了解冲浪板的种类、功能和使用以及如何防护冲浪板伤人等知识。而后，学着趴在板上，双手划水前进，就像自由泳姿势。这些都不难，最难的是，模拟浪来时，双手撑在冲浪板上，迅速让趴着的身体站立起来，侧身，一脚踩在2米多长的冲浪板中间，另一脚踩在尾端。跃起的刹那间需要爆发力。演练了6趟，我已气喘吁吁。三毛说：“你这个年龄，算是很厉害了，但最好再迅速一点。”这回轮到当看客的妻哈哈大笑：“跃起的样子还是有点笨。”

到了海上，迎着连绵起伏的浪头，你根本记不住陆上学的要领，好在我水性不错，不断摔倒，不断重来。三毛在旁为我扶着冲浪板，指点：“撑起身体时，眼睛不要看板，要看前方。”“撑起时一定要有爆发力。”妻在沙滩上为我拍照，高呼：“你从水中跃起，趴到板上很利索，但在板上撑起身时太不迅速了，笨笨的，像企鹅。”

我难道不想迅速站起身吗？力不从心啊！

在落水6次之后，第7次终于在冲浪板上站立起来，虽然不足一分钟，但那一刻，踩着一叶单板滑行，感觉十分奇妙。成就感爆棚。

身旁一位年轻女士向我竖起大拇指。她是从澳门专程来学冲浪的，已学 4 天，可以身轻如燕地站在冲浪板上一两分钟。她告诉我们，这里冲浪条件好，收费比澳门低。三毛是个好教练。

筋疲力尽回到俱乐部，我连脱冲浪衣的力气都没有了（紧身的连体冲浪衣很难脱），要求回隔壁森林客栈，待冲澡稍息后再送还。

第二天浑身酸痛，特别是双臂与胸大肌酸痛不已，不能使劲，感觉没有体力上第二节课。

哈哈！三毛教练建议先上一节体验课，原来是针对吾辈“不知老之已至”之人。

虽然第二天没继续冲浪，但仍收获满满。俗话说，来得早不如来得巧，我们下榻森林客栈之时，正是 2021 年全国冲浪冠军赛暨全国青少年冲浪锦标赛报到之日。那日早晨自助餐，竟和运动员们一起用餐。看见餐厅一边贴着“海南国家冲浪集训队发展简介”（在 2019 年的世界冲浪锦标赛中，参赛 55 个国家中，中国排名第 27 名），另一边贴着“冲浪运动员展示栏”（共有 80 多名运动员近些年成绩展示）。我深感荣幸，并发现：那么消耗体能的运动员早餐，也不过是 3 星级酒店普通早餐。

迎着越升越高的太阳，我们走上沙滩的主席台上，眺望几十名运动员在海上做赛前热身演练。灿烂阳光，深蓝天空，浅蓝海水，雪白浪花，涌浪不断从后排追逐着前排，汹涌而来，一涌高过一涌，一浪高过一浪。运动员个个身姿矫健，踏着浪尖起舞，冲浪板仿佛贴在脚板下，划出一道道激昂优美旋律。

眼前画面又让人萌生跃跃欲试的冲动。

想起 10 多年前，出国到夏威夷，那里即世界海浪滑行单板极限运动冲浪发源地。我们慕名其漂亮的沙滩与海水，便穿着游泳裤前往游泳，岂料发现海滨浴场绝大多数人身着冲浪紧身衣或沙滩裤，以冲浪和沙滩排球运动为主，游泳似乎不合时宜。心想，外国人真会玩。

而今，冲浪运动在中国迅猛发展，也走进寻常百姓家。所有沿海省市都有专业队伍。那天，我们高兴地看到“福建省冲浪队”的蔚蓝旗帜，也在会场上空迎风飘扬。

很喜欢日月湾这个冲浪小镇，真羡慕这些劈波斩浪的“弄潮儿”。

年轻真好！

吾辈只剩下“乐而忘忧，不知老之已至尔”。

2021 年 12 月

逝者如斯夫

清明时节，是游子回乡扫墓的日子，也是家乡同窗招呼聚会的节日。

我与妻的同窗是古田县第二小学1965届毕业班一班的50名学子。由于历史特殊原因，这一届学子的小学同窗是他们一生中，或者唯一的同窗，或者同窗时间最长的，因为升了中学，即使还是同窗，也不过读了一年多的书就遇上“文革”，即使辍学后再深造大中专院校，读书时间也长不过小学。所以，我们小学同窗最值得珍惜与记忆。

退休之后，同窗聚会的频率明显加快，这只能说明大家普遍有闲了，还有，愈是渐入老境，愈发喜欢成群结伙集体回忆。

令人震惊的是，50名同窗，竟有10位离开人世。每次聚会，同学们都会一个个屈指而数：回忆逝者音容笑貌，感叹上苍对我们班级不公，祈福未来岁月静好。

一

建政君是第一个离世的，那是1991年夏季，三明沙溪的一场意外事故所致。

我与建政是发小，他母亲在县医院工作，我家住医院门口，所以放学几乎都结伴而行。当年，我俩在医院秘密修筑了一个“军事指挥所”，曾引起全院轰动。

20 世纪 60 年代，医院锅炉燃料靠木头，为了“备战备荒”，操场堆满了松木柴垛，摆列整齐，足有二三米高、三四十米周长。建政是我们班副班长，父母亲是南下干部，所以他颇有军事指挥基因。大柴垛成了我们的游乐场。一天攀爬中，建政果断决定，我兴奋附和，欲在这庞然大物肚子里实施一个庞大工程。从此，我俩每天一放学就“挖山”不止，至少十天，也许半个月，终于大功告成，柴垛肚子里建成了堂皇指挥所、曲折坑道、四周枪眼。直到有一天，锅炉师傅搬运燃料，秘密建筑才大白于天下。

那“地下工事”充斥着好闻的松脂香味，半个世纪多过去了，至今仍有淡淡余香留存脑海。

1969 年初，建政在同龄人的羡慕眼光里，穿上了绿军装。那天，我在县革命委员会门口为他送行，禁不住泪眼汪汪，哭出声来，只好背过身去，让满载新兵的汽车缓缓离开。我为自己的不争气表现羞恼了好长一段日子。

那年我俩快 16 周岁，都到了渴望友谊千金不换、地久天长的年龄。

1970 年夏，我接到建政来信，按当年说法，应称“喜报”。建政告诉我他所在部队被委以重任，承担庐山会议（中共九届二中全会）的会场外围警卫。那天，伟大领袖毛泽东主席步入大礼堂，特意向目及所至的警卫战士挥手致意，还与近前的几位战士亲切握手，他是幸运儿之一，紧握了毛主席温暖的大手，这是何等的幸福！警卫战士不禁高呼：“毛主席万岁！”

我第一次从一纸文字里读出一种幸福是欣喜欲狂、是全民共有，那由衷的幸福力透纸背、溢于言表。

不久，解放军开展声势浩大的拉练活动，建政跟随部队途经家乡，特地请了半天假，到一个山村看望当知青的我。我在田间干活，他让放牛娃带路找我。

我们匆匆相逢与握别，我那时视前途一片暗淡，他鼓励我“苦中自有乐，乐在吃苦中”，苦干出名堂。

1973 年，建政退伍，回到他父亲工作单位赛岐化工厂，等待安排工作。他专程到福安地区农械厂，看望已经当上工人的我，送我一双部队带回的“解放鞋”。印象深刻的是，我在食堂买了一斤半馒头、两盘五花肉、两碗紫菜汤，两人边吃边聊，吃到已饱，还剩两个馒头。他说，不能浪费，便一人一个，蘸着肉汁与汤汁，将战场打扫干净。

那时我们多么年轻，食量如牛，青春勃发，活力四射。

3 个月后，建政被安排到三明地区一家省属企业工作，任职安全保卫部门，他写信于我，调侃自己的主要职责是看大门，不如同学你开着大机床，钻研技术有前途。后来，他在三明恋爱、结婚、生子，我也求学、改行、组建家庭，两人书信往来渐少。

友谊只是沉淀了，沉淀久了就浓缩在内心深处。纯朴真挚的同窗情谊是我们那一代人的芳华。

那一年夏季异常炎热，建政带着儿子到沙溪游泳。据说是 10 岁的儿子体力不支，他坚持着把儿子推上江中的一块礁石，自己却沉没了，时年 38 岁。当建政的哥哥将此噩耗告知我时，我愕然：他可是游泳好手啊！当侦察兵时，曾参加武装泅渡万米比赛。

天有不测风云，人有旦夕祸福。

建政的意外离世，于我是个永远的谜。

二

其余 9 位同学的离世皆源于疾病。

我们班级男女生各占一半。春娟同学是离世两位女生中的一位。她名如其人，从小就长得温柔端庄、娟秀可人。现在想来，完全不能低估小男生的审美水平，少时心目中的美女，后来还是。春娟同学在男生心目中无疑是个美女。

大概谁也没料到，她后来竟锻炼成了一位女强人，从20世纪80年代开始，就担任城关制鞋厂厂长一职。这是个集体所有制的工厂，原属县二轻局管辖，有百多号工人，大都是女工，生产传统的布鞋、塑料鞋等。可想而知，在改革开放浪潮冲击下，这样的鞋厂竞争力并不强，随时都有被淘汰的可能。但春娟同学为了企业生存，奋力抗争，呕心沥血，终是积劳成疾，染上癌症，于任上英年早逝。

永俊君也是名如其人，少年时相貌俊秀，聪慧机敏，学习成绩优良，算术课尤其好，擅长各项体育运动，跑步飞快。那时男生喜欢玩“夺竿”游戏，一般10多人一起，分为两个组，操场两头各插一根竹竿，双方先面对面站在中线上，而后突然跑出一人去对方夺竿，以触摸到竹竿，迅速跑回中线，没有被敌军捉住（对方触摸到你身体就算捉住）为完胜。永俊几乎没有被捉住过，所以，谁都喜欢和他分在一个组。

永俊小学时还擅长打架，而且肝胆侠义，爱为同学打抱不平，所以尽管他学习好，仍当不上班干部，却在同学们心目中有着“孩子头”的地位。

1969年，永俊也去乡下当了知青，直到最后一批知青返城才回到县城，安排在商业部门工作。也许是10年知青生活伤害了他的身体，不到知天命之年患癌症离世。

我对昌霖君印象颇深，因为上山下乡之时，我们同在一个公社。我的知青点是泮洋公社泮洋大队，位于公社所在地；他的知青点是位于古田与闽清交界的瓦坑大队，十分偏远。两个知青点相距4铺路（40华里）。

大概是当知青的第二年，瓦坑大队建了个小水电站，不仅让全村人点上了电灯，还搞了个灯光篮球场，这在当时轰动了整个公社。那年冬季时节，我们六七个男知青慕名前往，专程切磋球艺。那晚灯光球场光芒四射、欢声笑语，是瓦坑大队社员的盛大节目。有几处细节记忆犹新：一是球场灯光灿烂，但社员们家的电灯需要熄灭，以保证球场灯光的负荷；二是昌霖等知青“做东”很大方，除了番薯、芋头饭管饱外，还杀了一只田鸭煮萝卜；三是泮洋前往瓦坑山路是一条古官道，石块滑润，斑驳沧桑，森林茂密。我们沿途挖了一捆山黄竹带回，那是当地人“吃补”的中草药。

昌霖几年后娶了个瓦坑村农民女儿为妻，不知是爱情使然还是为了“扎根农村”表示出的实际行动，或是两者兼有。当然，后来他还是回城了，安排在邮政部门工作。大概也是生活艰辛所致，50多岁就被癌症夺去生命。

崇宪君是我们班的劳动委员，少年时就长得敦厚结实、笑脸喜人，干起活来不惜力气，老把式似的有模有样，不管是劳动课除草、栽菜、种树、打扫卫生，还是学习米丘林课搞马铃薯和西红柿嫁接，都是一把好手，选他当劳动委员，名副其实。崇宪行家里手的劳动风范一直保持在知青年代和龙岩卷烟厂工作中，好评不断。但不幸的是，因脑疾英年早逝。

崇宪生前每逢返乡，必去看望我的岳母也是我们的班主任韦老师。听我岳母讲，她与崇宪父母都是同事，是看着崇宪长大的，从小就像家人一样亲密，他有什么喜事愁事也喜欢与老师分享与诉说。

记忆被疾病夺去生命的同学，癌症是头号杀手。现代人确实是“谈癌色变”，不管你原先如何身体强健、吃苦耐劳、心地善良、意志坚定，只要被这魔头盯住，极难幸免于难。但对于我们班级而言，离世同学比例高得吓人，竟占20%，上苍未免太狠心。

还有5位已逝同学名字：彩英君、仁光君、国鸿君、新生君、宝生君，让我们铭记于心。祈愿10位同学在天之灵安息。

三

值得庆幸的是，近十年来，同窗离世的脚步戛然停止。这是否说明，人生四五十岁确实是个危险的坎，迈过去，便到达比较安全的年龄段。

前几天看到最新的《中国各省人均寿命统计表》：全国平均寿命74.83岁，31个省市区中，上海最高80.26岁，西藏最低68.17岁，福建位居第12位75.76岁。表格似乎说明了一个道理：生活富足、医疗发达比蓝天白云、生态良好更重要。我则从平均寿命想到50名同窗，因10人早退的原因，剩下40人若要使得全班平均寿命达到国定标准，每个人都必须活到82岁以上。真是任重道远，稍不努力，肯定拉全国人民后腿。

2018年初，著名作家周大新发表新作《天黑得很慢》，一石击起千层浪，迅速引发社会热议。这是中国第一部关注“变老”话题的长篇小说，主要情节是通过一位陪护员用亲身经历讲述陪护老人故事，揭示了中国当下社会的种种问题：养老、就医、亲子关系、黄昏恋、失能失智、临终关怀，等等。作者就是要告诉读者，变老就像是夏季，天黑得很慢。在这很慢的过程中，需要的东西太多了，但最重要的是爱——来自亲人的、他人的、单位的、社会的爱。

回首同窗生涯，感叹逝去的芳华与生命无常；放眼余生，虽然“天黑得很慢”，但来日并不方长。唯有珍惜眼前，把握好每一天，珍惜同窗之谊，弥补好早退同学遗憾，才能让生命之树常青。

2019年夏

千行热泪哭何公

何少川同志20世纪80年代初任福建省委宣传部部长。有缘的是，我于1985年到一个山区县的宣传部工作。初识这位学者型的大部长，不仅听过他的工作报告，也拜读他在报刊上发表的散文。在我的心目中，他既是首长，又是师长，很是仰慕。但因为自己很快离开了宣传部，失去了很多聆听他教诲的机会，深感遗憾。所以前些年省炎黄文化研究会组织编写《亲历》一书，主要请全省宣传部门同志撰写回忆录，我曾对老部长开玩笑说，我也是宣传部的老兵。

第一次近距离聆听少川同志教诲，已到2006年初夏。那时我在福鼎市工作，少川同志带领省政协有关部门负责人到福鼎开展旅游工作调研，我全程陪同。印象深刻的有两件事：一是他一路听取嵛山岛导游的解说，没有吭声，晚餐时才对我说，市旅游局要认真抓一下导游词的编写，要把美丽海岛厚重的历史人文和自然生态特点归纳好、表达好，既要生动，也要规范，对低俗的民间故事要舍弃，更不宜有荤段子。嵛山岛有如一块璞玉，首先要保护好、规划好，一定要让有实力的企业来开发，切不可急功近利。少川同志见多识广，经验丰富，又曾分管过我省的旅游工作，他的意见确实高屋建瓴又一针见血，让基层同志心服口服。

另一件事堪称“喜事”。那天到了太姥山五百罗汉堂，看到一尊汉白玉的罗汉基座，长出了一朵灵芝，手掌般大小，水灵灵的，煞是可爱。汉白玉基座一条细细缝隙，用肉眼都难以观察出来，竟然可以生长出仙葩般的灵芝，所有人都称奇，寺院住持谓之吉兆。

此行还令我高兴的是，少川同志送我一本他的新作《撩人心扉》，并对我说，听说你也兴趣写作，我们算是文友吧。面对大领导平易近人的话语，我如沐春风，顿生暖意。

2008 年底，原宁德地区老领导林思翔向我提议，由省炎黄文化研究会和省作家协会一起，为“走进福鼎”撰写一本专集。我从此开始了解省炎黄文化研究会和少川同志为团长的“走进八闽”系列采风活动，十分向往，就积极争取加入省炎黄文化研究会，成为一名会员。

2011 年初，我拟出版散文集《二十八个人的闽东》，请思翔同志引领我去拜访少川同志，怀着忐忑之心请求为该书作序。没想到少川同志一口答应了，只说，最近手头事情比较多，可能会拖一些时间写。但一周之后便收到序稿，令我大喜过望。

退休之后，我终于融入“走进八闽”系列采风团队伍，成为一名新兵，在少川同志带领下，也走进了 50 多个县市区。越“走”越是感觉眼界不断开阔、学无止境，越是感觉团队相亲相助、其乐融融，越是感觉只要团长落座，军心即稳。我与许多团员心情一样，经常盼望快点接到下一次采风通知，快点见到团长身影。

近些年，少川同志结合“走进八闽”采风活动，撰写了 30 多篇关于八闽名优茶、茶产业、茶文化的散文，深受读者喜爱，也为宣传与推动福建茶叶大省与强省工作，作出特殊贡献。其实，少川同志对茶业的兴趣与研究，我早多年就略有所知。那是 2009 年秋季，宁德市承办福建省第二届茶博会，我陪同少川同志考察闽东茶业，相处虽仅一天，却让我见识了他对我省茶产业，特别是茶文化的深入了解和独到见解，令我这个当时分管闽东农业工作的同志汗颜。

2018年12月19日至21日，少川同志带领30多名作家“走进八闽风景区”——福安白云山世界地质公园，拟为景区编写一本散文集。他自己的选题是中国名茶“坦洋工夫”，我陪同前往坦洋村采风。少川同志10年前曾经到过这个著名的茶叶专业村，如今看到它的新变化，特别是古村落与茶文化的保护传承与发展创新工作，进一步得到重视，也取得成效，很是高兴。他冒着细雨，走街串巷入户，仔细了解茶农的生产生活；访问传统茶庄，饶有兴致地观看坦洋茶叶发展史展览；参加座谈会，认真听取大家意见建议，整个下午兴致勃勃。返程途中，他告诉我，因为曾经以“坦洋工夫”等名茶为素材，写了《让中国茶成为世界第一饮》一文，这次写作构思必须有个新的角度。他感觉10年之后重访坦洋村，收获甚丰。

次日，我们又陪同他前往位于福安城区的宁德职业技术学院采风。这所学院前身是闽东茶校，建校于20世纪30年代，为闽东乃至全省培养了众多茶业人才，茶叶泰斗张天福曾在此任过教。少川同志了解到学院的茶叶专业教研学平仍走在全省全国职业技术学院的前列，很是高兴。他与学院领导和教师座谈时，第一句话竟是道歉，说自己主管教育工作多年，却没有来过，回想起来，很不应该，所以今天既是慕名而来，也是来了却自己的一个心愿。

一周之后，少川同志新作《一个茶浸润的名村》付梓。但万万没有想到，福安采风之行，竟是他带领的采风团，2007年发端于安溪，走遍全省84个县市区，历12年的最后一次带队；为坦洋村撰写的美文，竟是他的采风绝笔之作。每每想起，怎不令吾辈一声悲叹，千行热泪：

何公远去，千行热泪哭文曲；

翰墨犹存，百卷华章著楷模。

我总有一种感觉，近年来何公在追赶时间。屈指一数，2018 年是采风团收获最多一年，共计走进 11 个县市区，11 月底在三元区完成采风任务，即标志着全省 84 个县市区圆满收官，为 2019 年中华人民共和国成立 70 周年之际，献上“走进八闽县市区”完整一套丛书为贺礼，已是大功告成。与此同时，历经 10 年努力，字数达 600 万、词条 15000 多条的《闽台文化大辞典》，也由商务印书馆赶在 2018 年出版。等等。此外，何公还提出“走进八闽风景区”的思路，2018 年 12 月，在“走进太姥山风景区”“走进湄洲岛风景区”之后，马不停蹄，又“走进白云山风景区”。

那天在白云山风景区，天高云淡，阳光灿烂，何公兴致极高，忽然让我把采风团几位领导请到凉亭里。何公说：“现在看来，‘走进八闽风景区’这个系列采风活动是可行的，也很有意义，明年可多走一些景区。”他指了指马照南同志（省炎黄文化研究会常务副会长）：“老马啊，即使我以后走不动了，你们也要坚持走下去。”

此时此刻回想彼时彼景，悲恸难以自已，令人仰天长啸：何公，何公，冥冥之中，果真一言成谶吗！

安息吧，何公。吾辈一定不辜负您的希望，余生笔耕不辍，讴歌八闽大地，讴歌祖国大好江山。

2018 年春

第五辑

天伦之乐

小龙猫第一次出国

小龙猫差2个月就4周岁，身高1.05米。我们仨（小龙猫外公、外婆、妈妈）决定带他到曼谷作6日的自助游。小龙猫妈妈特地网购一个小行李箱，小牛造型，4个轮子，可骑可拉。小龙猫十分喜爱，在家中又骑又拉，盼望着早日出发。

出入机场，小龙猫拉着“小牛犊”轱辘辘地响，招摇过市。排队过安检，骑在“小牛犊”身上，队伍前进一步，他也骑行一步，亦步亦趋。到了酒店，大人们办理入住手续，他干脆在大堂骑行观光，旁若无人。因此一路赢得不少旅客回头率。不过是礼节性夸他几句，还当真了，更是得意，发展到从房间到楼下餐厅吃饭，也提出：“我能不能骑着小牛去？”

我们总结经验教训，悄悄决定，下趟旅行绝对不能带“小牛犊”。首先，麻烦。需要小龙猫的外婆或者妈妈空手护卫着，关键时候抱上他，还得帮他拎起“小牛犊”，害得外公两手各拉一个行李箱，肩上还得挎着包；其次，动静太大，扰人。

二

小龙猫妈妈在网上预定了一个酒店，名曰“花园中心酒店”，位于曼谷繁华路段，著名的四面佛景点附近，26层高楼的一个小套间，两房一厅一卫一厨，冰箱、咖啡机、厨具、洗衣机等，一应俱全。可眺望城景，可下厨烹饪，适合小家庭度假，5 晚 6 天 7000 元人民币。

来到曼谷的第三天晚上，小龙猫妈妈带我去见识地道的泰式推拿，小龙猫和他外婆在酒店休息。小龙猫洗完澡后在客厅玩耍，忽然听到卫生间“砰”的大响一声，急忙推门而入，只见他外婆躺倒在地，痛苦不堪状。此时，小龙猫说的第一句话可谓石破天惊，让他外婆哭笑不得，后来这句话被我们列入“家庭名言”，即：“婆婆，不是我害你的噢！”

其实就是小龙猫“害”的，他洗澡时喜欢玩水，弄得地板湿漉漉，外婆穿着拖鞋，一不小心滑倒了，手肘先触地，疼痛难忍。小龙猫赶紧上前，要扶外婆起来。外婆说，手肘摔得很痛，都弯不起来了，不知道里面骨头断了没有。小龙猫小心翼翼地帮外婆揉揉手，又帮外婆把手慢慢弯起来，然后认真地弯了弯自己的手，高兴地说：“婆婆，你的手没有断，你看我的手，弯起来跟你的手一模一样。”

哈哈！从那以后，一遇到小龙猫外婆不开心，我们全家人都会说：“婆婆，不是我害你的噢。”

三

小龙猫是个快乐的孩子，想象力丰富，模仿能力强，经常语出惊人，让我们开颜一笑。酒店第 10 层设有儿童阅览室与娱乐室，还有一个户外游泳池，小龙猫光顾了几次，结果把绒布小海龟弄丢了。那是妈妈带他去海洋馆参观时买的，他很喜欢，到哪里都带着，弄丢了，很懊恼，妈妈到处找，问了几个地方的服务员，皆无收获。看到妈妈也很懊恼的样子，就安慰道：“别找了，小海龟一定是偷偷游到大海里去了。”

10 月的曼谷，还是适合游泳的天气，本想趁此机会，教教小龙猫水中换气与双脚打水，但他一进入儿童泳池就如鱼得水，手持滑水板，飘来荡去，玩得不亦乐乎，根本不听你的，还说：“大大（外公）不是老师。”难得的是这孩子不惧水，以后还是送到正规的游泳学习班去学习。

那天，我们一起去曼谷现代艺术中心参观，在画展大厅里，有画师当场为游客素描肖像，我与小龙猫都让画师作画，等到两张画像杀青，小龙猫评价：“怎么把大大画得那么丑，你看把我画得多好看！”连画师都忍不住哈哈大笑。

大皇宫是曼谷旅游的打卡地，为一处规模宏伟的古建筑群，雕塑、绘画、各式装潢，金碧辉煌。小龙猫感兴趣的是，和妈妈一起模仿各式各样雕塑的形态，有双手合十的、有盘腿而坐的、有挺胸凸臀的、有张牙舞爪的……小龙猫厉害的是，脱鞋进入宫殿，出来时面对密密麻麻的鞋堆，一眼指出自己的鞋在哪儿。

四

小龙猫喜欢上了逛街，说这里的街道比福州与宁德好玩。确实，曼谷的街巷充满民俗烟火味，很接地气。中国二三线城市皆取缔的摩托三轮车，人家首都可以自由穿梭在大街小巷，一排坐三个人，一个车厢坐六七个人，比出租车灵活、效率高。在繁华大街的人行道上，可以摆摊设点，大排档、水果车、烧烤摊，比比皆是，整条街弥漫着食品香气、生活气息。

泰国菜特色鲜明，口味浓郁。四面佛附近有一家美食城，风味小吃琳琅满目，买一张卡进入大餐厅，环绕一周，可在几十个摊位上挑选自己满意的美食，如咖喱软壳蟹、冬阴虾汤、鸡卷、三文鱼饭，等等。我们光顾两次，小龙猫看到熙熙攘攘的“百家宴”，蹦蹦跳跳，参与点菜，吃得小肚子圆滚滚，评价：菠萝炒饭最好吃。

乘游轮夜游湄南河是个不错选择，可在游轮甲板上享用自助晚餐、欣赏曼谷夜景、观看歌舞表演。湄南河是曼谷的母亲河，两岸许多地标性的建筑都会在夜晚亮灯光，大皇宫、郑王庙、玉佛寺、半岛酒店等，被灯光染成金黄色与多种色彩，跟白天相比，显得更加气派、庄重与神秘，魅力四射，令人赏心悦目。小龙猫兴奋又忙碌，兴奋点是发现了自助餐台上摆着冰激凌，五彩缤纷，多种口味，于是一趟又一趟地去取。

游客们的兴奋点则在观看人妖表演，这是泰国旅游特色，游轮请来2名人妖，又歌又舞，并与游客互动。小龙猫好奇地问：为什么叫“人妖”？只好回答：他们名字就叫“人妖”。

4岁的小男孩啊，这个世界真奇妙，来日方长，你有时间慢慢了解。

五

小龙猫妈妈预订的往返机票，打了较低的折扣，所以航班时间凌晨5：00。预约的出租车司机也很奇葩，再三强调，曼谷所有的出租车公司都规定，送旅客到机场，一定要提前3个小时到达。所以，我们酒店距机场车程不超过半个小时，但我们1：00必须起床。

小龙猫真是个乖孩子，这么早叫醒他，也不发脾气，洗脸刷牙后，一本正经地把他的衣物放入“小牛犊”。

在等候安检排队中，小龙猫骑在“小牛犊”背上，头上戴着一顶妈妈买的鸭舌帽，俨然一个帅小伙子。

2016年10月

快乐的小龙猫

女儿彤决定把三岁半的儿子放在宁德上幼儿园，扔下一句话：我们的小龙猫特可爱，现在起与你们朝夕相处，让你们合算了。

彤的赖皮基因在她儿子身上得到很好的传承。

小龙猫每晚都要和他大大（外公）打几场“奥特曼与怪兽”的战斗。他的规则是，自己必须当奥特曼，大大只能当怪兽，怪兽最终只有一个下场——惨败致死，但又不能“死”得太快，一定要顽强战斗，至少五六个回合，直至奥特曼使出“动感光波”绝招，怪兽才可以彻底死去。

打一场战斗大大已是劳心费神，但小龙猫乐此不疲，一个晚上非得战斗好几场，乃至10多场。大大只好一次次提出，现在打最后一场了，小龙猫不答应，说，最后8场，或最后5场。讨价还价结果，他提出一道选择题：要么8场，要么3场，只能二选一。并强调，规则是不能变的，这是妈妈说的。

中班下学期之前，小龙猫放学后一个人在家会玩得津津有味，经常搬出一大堆玩具，自编自导自演，用不着别人参与，只要不侵犯他的“地盘”即可。他的“地盘”到处皆是，客厅、膳厅、书房，连大大、婆婆（外婆）的床铺也是，如果床铺“地盘”摆上他的玩具，上床休息就得经过他批准。这也是规则。

但突然有一天，小龙猫放学后要在家中当老师，就到处分配学生名额，忙得不亦乐乎。有一天，他的姑婆来我家做客，也无一幸免。他开始讲课，学生要注意听讲，他提问，学生得认真回答。姑婆很是配合，成了他最好的学生，从此见了姑婆就喊“姑同学”了。

当老师热情了几天，接着又有了当厨师、当售货员、当公交车司机的热情，这些热情都得有食客、顾客、乘客配合才行。于是，他就来邀请你，说：“大大，你如果跟我一起玩，我就跟你第一好；你不跟我玩，你就是第100好！”

因为我常逗小龙猫，争取和他“第一好”，但也许是母子天生的血缘关系，他把妈妈确定为“第一好”，无可动摇。每逢有求于我时，我问：“你跟我第几好？”答：“也是第一好。”那“也”字用得精确无比，炉火纯青。我常常“挑拨”他们母子关系，但皆徒劳无益。有一次，女儿许诺小龙猫，陪他午睡、讲故事，后因单位有事，提前回福州。小龙猫不高兴了，说要打他妈妈。我完全赞同，教唆他：等你妈妈下星期回来，你用戒尺打她手掌心，惩罚她讲话不算数。他恨恨地说：“好！”等他妈妈回来后，我拿戒尺给小龙猫，他高高地举起，轻轻地落下。哈哈大笑，表演了一出“打妈妈”戏。

周末小龙猫父母亲回宁德，他当然喜欢和他们腻在一起。但我见他抱着玩具又来我们房间，问他为何不跟爸妈一起玩。他说，妈妈讲她很困，需要休息，不要吵她，可以去吵大大婆婆。我就说：“大大婆婆也需要休息，你可以去吵爸爸妈妈。”他总是坚定地回答：“不行！我要听妈妈的。”

小龙猫从2016年夏到2017年夏，已在宁德读幼儿园中班整整一年，我与他婆婆最为满意的一点，他是个快乐的小孩。我历来讨厌小孩子动不动哭哭啼啼、闹脾气、吵翻天，他似乎没有这种习性。早晨为了到幼儿园用早餐，都得起早，有时晚上迟睡，就得叫醒，他很想再睡，但也不发脾气，懒洋洋地配合婆婆穿衣服，只是一定要做个游戏。我从洗手间出来，故意大呼小叫："小龙猫怎么没有掉了？"这时，婆婆用棉被遮盖住的他，猛地掀开被窝，跳将出来，口中唱道："铛、铛、铛、铛——"便高高兴兴地上学去了。

这种游戏，每天放学了还要继续。婆婆从学校接他，一起走到我等候的小车旁，他一定躲在婆婆背后，我得大声问："怎么没看见小龙猫啊？"他一下子跳出来，又唱道："铛、铛、铛、铛——"

快乐的游戏有时能解决头疼的问题。让小龙猫每晚洗澡前拉大便是必需的，但经常要不断催促。一天，我等他婆婆到厨房热牛奶时说："我们联合起来骗一下婆婆好吗？"答："怎么骗？""你马上去拉大便，我抓紧把大便倒掉，便盆放到洗手间，等婆婆回到房间，你说还没拉大便，让她去拿盆盆。"他极高兴制造这个骗局，等他婆婆端着牛奶上楼，便大叫："婆婆，快去洗手间把盆盆拿出来，我大便很急了。"等婆婆走向洗手间时，他已忍不住大笑："婆婆被骗了！我拉好了。"从此，婆婆只好一次又一次"被骗"。

小龙猫有时会"语出惊人"的。有个周一，我们送他上学，他突然叹了口气："星期五怎么那么远？"这个"远"字用得何等形象，莫非以后是当作家的料？

"这下子我们知道小龙猫最喜欢星期几了，是星期五，对吗？"

"是的，星期五晚上可以见到妈妈爸爸。但我也最喜欢星期一，星期一学校升国旗。"

我们赶紧表扬他小小年纪热爱祖国，其实心中窃喜，幸好没有因想念妈妈而不喜欢上学。

一天，女儿对小龙猫说："你在宁德要听婆婆大大的话，他们照顾你很辛苦。"

小龙猫竟然回答："大大没有照顾我，都是婆婆照顾我。"

我听罢大惊，赶忙与小龙猫来一场循循善诱的交谈：

“大大每晚陪你做奥特曼打怪兽，怎么没有照顾你啊？”

“做游戏不算照顾，你没有给我喂饭、洗澡、热牛奶、讲故事、穿衣服，大大就是没有照顾我。”

“那我有时也有给你喝水、讲故事、擦屁股啊？”

“有时不算。”

“那大大每天开车，接送你和婆婆上幼儿园，肯定可以算照顾你了。”

小龙猫想了想，对此终于表示认可。后来见人就说：“大大在宁德除了开车，什么事都不做；婆婆除了不会开车，什么事都做。”

小小年纪的、快乐的小龙猫，实不可欺。

2016 年秋

小龙猫北戴河游乐记

一天坐了 5 种车

2017 年盛夏，我有机会受邀中国作协北戴河创作之家 10 日休假，便与妻携外孙、四岁半的小龙猫前往。

那日，从福州乘高铁至北京南站，全程 7 个多小时，下午 5: 45 到达，即乘地铁至北京老火车站，搭乘 7：00 往北戴河的绿皮老火车，9：22 到达，再乘出租车至创作之家。

一路劳碌奔波，不断换乘，小龙猫皆处于兴奋之中，晚上 11：00，仍不想睡，高声宣布：我们今天坐了 5 种车。

统计十分准确。

早晨，我与妻从宁德到福州高铁站，小龙猫由他父母从福州送来，8：30 会合。小龙猫一下车就向我们张开双手扑来，高呼：大大、婆婆，去北戴河看大海啰！

在高铁上，小龙猫看着窗外风景，不时数着：高山、大河、房子、田野……风景看腻了，便与我们换座位，一会儿靠窗，一会儿靠走道。乘我们上洗手间，极快“抢占”我们位置，以此为乐。上车不久，就与服务员混熟了，还会主动与人家聊天。这个年龄段的小男孩，好动，喜欢提问，即“十万个为什么”。闽东有俗语“孩子椅（子）高让人疼，桌高惹人怒（烦）”，小龙猫已经桌子高了，偶尔开始展露“惹人怒”的苗头。

在北京工作的外甥卢晟告知，北京南站到北京老火车站，乘地铁是最佳选择。他事先购了地铁票，等我们一出站便上地铁，省去排队购票时间。地铁驶到宣武门站，还需换乘，这条老地铁线没有扶手电梯，幸亏卢晟年富力强，扛着大行李箱上上下下长阶梯。小龙猫第一次乘地铁，背着一个小双肩包，拉着一个小行李箱，好奇得很，一路紧跟我们，有如一个老客。地铁不太挤，但也没有座位，他站在我们中间，仰脸而望，眨着小眼睛，没有喊累。

后来总结小龙猫北戴河期间表现优点有 6 条（经过他认可），第一条即每天坚持走路，都跟得上大人，从来没有喊累。

卢晟送我们到了北京站，刚好通知检票上车，好惊险。这回我们搭乘的是 T（特快）字头的绿色老火车，软卧票，小龙猫不足 1.2 米高，不需购票。他一上车，发现火车竟有床铺，还是上下铺，极其兴奋，在铺位上下左右攀爬打滚，乐此不疲，不时撞了头，毫不介意。

小龙猫总结一天乘坐的 5 种车：小轿车、高铁、地铁、老火车、的士，最后补充宣布：今天坐的车，最喜欢老火车，评它第一名。

最喜欢的还是海滨沙滩

到北戴河的第一件事，就是带小龙猫去海滨沙滩，因为之前告诉他去北戴河看大海、玩沙滩，所以他第二天醒来就问大海和沙滩在哪里。

创作之家距著名的老虎石沙滩约 1000 米，15 分钟步行即可。傍晚，我们顶着灿烂阳光前往，好在这里的最高气温不上 30 摄氏度，而且凉爽海风，习习拂面，十分惬意（福州地区 38 摄氏度）。徒步 500 米，一个拐弯，见到蔚蓝大海，“哇！我看见大海了，是我第一个看到的。”初见北方大海，小龙猫高兴地跳起来。之后每天走到这里，都要欢呼雀跃，宣布是他第一个看见大海。

于是找到小龙猫第二条优点：眼睛明亮，第一个看见大海。

老虎石沙滩海水清澈，滩阔沙软，就是游人如织，浴场与沙滩，难觅一块稍为宽松的营地。但去了几趟，发现热闹也是一道风景，也蛮有利的。比如，我游了一趟泳，躺在沙滩上小憩，呵护着小龙猫玩耍，旁边坐着一位彪形大汉，就替我挡住了西边刺眼的阳光。小龙猫更不在意人多，在人群中穿梭自如，经常找到志同道合的小玩伴。他玩沙的兴趣似乎比玩水更浓，5 元钱一套玩沙工具派上大用场，用铲子挖坑、塑料桶提水、耙子造型，精心打造出碉堡、城墙、护城河，忙得不亦乐乎。

女儿为小龙猫买的一件泳衣，胸前后背有如炸药筒捆上一圈，浮力甚好，在海水中玩耍自如。小龙猫为玩水发明了专用动词“踢浪”，即迎着浪花，腿抬得高高地踢着浪花，快步冲向海里，最后拥抱大海，大呼小叫，很是开心。

玩沙玩水几乎每天下午必去，返回的时间总是一拖再拖，“再玩 20 分钟”“再玩 8 分钟”“最后玩 5 分钟”成了小龙猫讨价还价的口头禅。

有一天创作之家组织游览“山海关——老龙头”景区。到了老龙头，又见到沙滩，小龙猫马上脱掉球鞋，欢呼雀跃，径奔海滩。由于团队游览时间有限，我们只好限制他：追着海浪踢 3 次水，必须撤离。这回他不高兴了，赖着不走，只好被强行从沙滩拖上来，又不配合冲脚穿鞋，浪费了一瓶矿泉水，还误了时间。之后，一路和我们闹别扭，公开宣称：今天是最不开心的一天。

休假结束前的那个傍晚，小龙猫在老虎石沙滩捡到 3 个小贝壳，视为宝物。他面对大海喊道：北戴河，我明天回去了，我会想你的！

海洋公园的乐趣

圣蓝海洋公园位于北戴河南面30多千米的昌黎县境内。那天上午，创作之家组织游览，一辆大巴才乘坐10多位游客，其中儿童4个。就如我们，陪同儿童的皆是“隔代亲”。

整个上午几乎都在下雨，好在不影响两个演出活动，一个是观看4G电影《海洋世界》，另一个是观看海狮与海豚表演。小龙猫对此都很兴奋，但相比之，他更喜欢观看电影。

4G电影院只有70个座位，座位有如飞机头等舱，观看时需系安全带，戴专用墨镜。电影一开始，你的座位就如一艘潜艇，前俯后仰，左右摇摆，疾驰于深海之中。接着，鲨鱼张开血盆獠牙，迎面而来，撞击你的潜艇剧烈抖动。鲸鱼脊背喷出美丽泉瀑，水花四溅，撒落在你脸颊脖颈，凉意阵阵。嘴巴如长剑的怪鱼东冲西撞，捣毁水下宫殿，眼看着大柱倾斜，宫殿轰然倒塌，你的潜艇被掩埋于瓦砾之下，顿感惊恐。忽倏又冲出重围，驶向珊瑚摇曳，鱼儿成群，色彩斑斓的海洋世界……

15分钟的电影播毕，小龙猫仍沉迷于海底世界，意犹未尽，张口第一句话：“我要再看一遍！”

近千名游客观看的海狮和海豚表演，应该是海洋公园的重头戏，排队和等候花费了45分钟。表演自然精彩，海狮笨拙可爱，海豚伶俐聪明，和驯兽员在清澈如镜的水池中游戏，赢得游客阵阵喝彩，小龙猫也不时手舞足蹈，效仿它们的动作。但表演结束后，小龙猫还是问我们：“能不能再去看电影？”

广场上伫立一尊钢铁制作的机器人，小龙猫远远望见，就大呼“大黄蜂”，要近前亲近，但雨越下越大，我们劝他室内演出看完了再说。演出一结束，他马上惦念起大黄蜂，雨未见歇，我们只好撑伞前往，雨中探望大黄蜂，并与之合影为志。

公园商场吸引儿童的玩具不少，“南美蜗牛”销售火爆。那蜗牛色彩艳丽，每只都不同，简直是“红绿黄橙青蓝紫”的诠释。螺壳拇指一般大小，紫白条纹，与蜗牛肉身交相辉映。两只售价32元，装在小铁丝笼中，蜗牛肉身吸附笼壁，一动也不动，煞是可爱。售货员说每天给它们换点清水，喂点菜叶即可。小龙猫喜爱之极，大巴车上，双手抱于膝前，一路呵护到创作之家，晚餐不忘节省两粒小西红柿，放入笼内喂养。但有意思的是，任凭如何挑逗，吸附在铁丝壁上的蜗牛就是一动也不动。第二天起床，发现两只蜗牛掉落在笼底浅水中，肉身全部缩入螺壳内，任你拨来拨去，终究一动不动，旁边的西红柿，完好无损。我们认为蜗牛死了，小龙猫很是伤心，到食堂早餐，逢人便说，我的蜗牛死了。但奇特的是，不知啥时候，它们又吸附到壁上了，小龙猫转忧为乐。午餐时，又逢人便说，我的蜗牛是假死。

农业观光园的“农事”

北戴河近郊有个农业观光园，创作之家负责人介绍其特色时，强调可以见识长成4米长的丝瓜。

小龙猫走到瓜棚下，一语形象概括：好可怕呀！像一条条老蛇。游客们哄堂大笑。童言无忌，确实如此，那铁架瓜棚高达五六米，一条条油绿发亮、扭曲如蛇、密密麻麻的丝瓜垂在你眼前，毫无美感而言，只有一种让你瘆得慌的感觉。至于4米长的那条王者，则专门制作一根铁管，让王者斜躺着，以免瓜藤经受不住重负。南瓜也如此，一个个蜡黄光鲜，大得吓人，小龙猫与之拍照，拍出的南瓜，怎么看，也不像可以吃的南瓜。

科技成果的农产品，却让人联想不到美味佳肴。

玉米广场颇有农家的丰收韵味，可以联想到田野美食。广场的背景墙是一个巨大的三角形，由一个个金灿灿的玉米棒子镶嵌，中间贴一张红色的“丰”字。广场四周，垒放着几十个玉米垛子。暖意融融，喜气洋洋。创作之家的食堂，早晚餐都有玉米粥，小龙猫最为喜欢，有一餐喝了3碗。我告诉他，玉米粒剥下捣碎了熬成粥，就是他喜欢喝的玉米粥。一定记住了，不能五谷不分。就像他妈妈，小时候到农村，看到水泥坪上晒的稻谷，惊呼：好多瓜子啊！

有一桩农事，被演绎成快乐有趣的活动。那是一架传统的木制水轮车，安装在小溪之上，水轮上有几十个竹筒，转动起来将溪水一筒筒打上来，倒入一个水槽，流到水田。大水轮转动的动力是通过人力不断踩动一个小铁轮来完成。小龙猫一试就成，越踩越有劲，小铁轮转动快了，也越踩越轻松，溪水哗啦啦流到水槽，流进田野。看着自己的劳动成果，小龙猫很有成就感，“劳动”得满头大汗，舍不得“收工”。我们夸他是个全劳力。

鸽子窝也成了儿童乐园

鸽子窝是北戴河著名风景区，位于海滨最东端，以观海上日出为盛景。1954年夏，毛泽东主席在此写下《浪淘沙·北戴河》的不朽诗篇。25年前的盛夏，我到北戴河学习，适逢纪念毛主席100周年诞辰，这里刚刚落成一座花岗石雕塑的毛主席全身像：

面朝大海，一片汪洋，极目远眺，溯古问今，身着风衣，衣裾飘然。

那尊伟人形象，铭刻在心，令我渴望再度前往拜谒。

那天上午，我们带着小龙猫前往鸽子窝公园，公园变化之大，令我惊叹。首先是规模扩大数倍，不只是当年的一座观海小山头了；其次是游客如潮，儿童乐园成为公园主题之一。在通往毛主席雕像的途中，小龙猫一眼望见一尊五六米高的机器人，便高兴地呼喊“擎天柱”，朝它奔去。在我眼里此类钢铁制作的机器人几乎没什么区别，但小龙猫掰得清清楚楚，而且对我称它们为机器人很不屑，因为他认为“擎天柱”就是“擎天柱”，“大黄蜂”就是“大黄蜂”，不能都叫机器人。

这尊“擎天柱”平易近人，可以让孩子们抱着它的大腿照相，只可惜动不起来，但尽管如此，小龙猫还是在它身边盘旋许久。

毛主席雕像前有观海长廊，是观沧海，赏红日喷薄欲出，看海上渔帆点点的绝佳地。我想起当年观赏“红日浴海”奇景，便兴致勃勃地描绘：

当红彤彤太阳升出海面时，海水里也有一轮太阳，粘在升起的太阳下面，仿佛要让它带出海面似的……

但小龙猫没有兴趣听我的演说，他的注意力显然在一片开阔沙滩上，那片沙滩是北戴河著名的大潮坪，可谓“沙软潮平”，密密麻麻有几千人在踏浪、嬉戏，我们只好再一次带他走进沙滩。

奥林匹克公园的提问

北戴河奥林匹克公园建成于2008年北京奥运会之时，公园旁边是一条3000米长、90米宽的奥林匹克大道。据导游介绍，这些都是全国唯一的。

奥林匹克公园最大的亮点在于雕塑。广场中心有一尊抽象的和平鸽雕像，高达20余米，钛合金材料制造，银光闪闪，展翅欲飞状。旁边有一幅花岗石垒砌的、仰角30度的“梦”字，红艳艳。但令人流连忘返的还是奥林匹克浮雕墙，它长达300多米，采用珍珠黑花岗石雕刻，展示了奥林匹克第1届至29届的发展史，和许多奥林匹克知名人物以及30多位历届奥运会获得冠军的中国运动员肖像。还有一些著名运动员的手模印、脚模印、签名等。

小龙猫发问：我也可以印上手模、脚模吗？

答：不可以，只有世界冠军才可以。

问：为什么只有世界冠军才可以？

答：因为世界冠军是英雄。

问：为什么只有英雄才可以？

是啊，为什么呢？这种穷究有如世界观、价值观的提问，无言以对，只能对小龙猫说：快点走，跟上队伍。

怪楼令人担忧的演出

怪楼是个公园，只是在松树成林、风景尚好的公园里盖了幢奇形怪状的楼，就连公园也冠名“怪楼公园”，名正言顺地出售门票。

怪楼外形抄袭了俄罗斯洋葱头建筑创意，内部照搬童话世界几个故事场景，吸引的主要自然是儿童少年。小龙猫玩得不亦乐乎，但半个小时也就玩遍了。

公园里一个专设剧场的演出十分火爆，有点类似京城天桥杂技场一班身怀绝技的演员。但不知为何，皆打扮成远古蚩尤部落的男男女女，群魔乱舞一通。所有的节目，都令人惊心动魄，上刀山、踏火海、碎玻璃上跳舞、张口吞咽燃烧的火炬，等等。这些均乃中华传统杂技，也有现代的，在一个铁笼子里疾驰摩托车，从一辆、二辆，最后三辆并驰，险恶丛生，环环相扣。观看过程，观众比演员还紧张，不时地呐喊、尖叫，小龙猫也不例外。

表演结束，我问小龙猫：“哪个节目最好看？”

答：“吃火。”

我吓了一跳，赶紧说：“我认为是铁笼里跑摩托车。”

答：“那吃火和铁笼摩托车都第一名吧。”

我严肃地对小龙猫说：“今天看到的所有表演都不能模仿！”

问：“为什么？”

“因为他们都有防护设施，比如吃火，嘴巴戴着不怕火的防护套。”我自作聪明地回答。

“那我怎么没看见，你骗人。”

无语。后悔带小龙猫来看什么蚩尤部落表演。

创作之家也是座小乐园

与毗邻的全国总工会疗养院相比，创作之家似乎只是依傍着大户闺秀的小家碧玉，面积不上 10 亩地，约占人家的 l/10。但小家碧玉也是晶莹剔透的碧玉，规划齐整，宽松有度，庭院幽静，荷花飘香，松高十丈，核桃垂地，颇有古韵新声。

几株高挑的松树有如谦谦君子，树下设有健身器材，小龙猫喜欢的是梅花桩，第一天早晨就在几十根梅花桩上跳跃自如，后来就练就了“金鸡独立”“大鹏展翅”等等显摆姿势。

一株老核桃树伫立庭院，树干粗壮，枝繁叶茂，树冠如盖，造型尤佳。适逢核桃挂果季节，青青果形有如南方的青杏，我乃第一次见识，何况小龙猫。树干周围摆放几张白色圆桌、白色靠椅，挂果的枝丫低垂到地面，形成绿色围屏，步入桌椅只能轻轻撩开枝丫，真是一道天然的园林风景。这里夜晚成了文化沙龙，早晨就是孩童嬉戏的场所。小龙猫钻入枝丫之中，手捧新果，留下一张标志性的影像。

创作之家的两幢大楼，包括食堂，进出大门均是自动玻璃门，靠感应开闭，于是我们每次进出，小龙猫必跑在前，大喊“芝麻开门”。每次话音一落，大门敞开，有喊必应，十分灵验。喊的次数多了，连服务员见到他，就喊“芝麻开门”。

创作之家图书馆收藏许多书籍，参加休假的作家每人要捐献 2 本代表作，阅览室陈列了全国知名的文化类刊物。那天，我要去图书馆看书，小龙猫一定要跟随。我们与他约定，如果去了，只能乖乖看书，不能大声讲话。他倒是蛮听话的，在阅览室认真翻阅一本画册。外婆为他小声讲解，规规矩矩待了一个多小时。我们当即为他评第三条优点：

在图书馆认真看书，不大声说话。

休假生活颇有规律，用餐时间准时，小龙猫习惯了集体生活作息，每天都会午睡一个多小时，所以我们给他评定的第四条优点：每天都会午睡；第五条优点：每天都有拉大便。这些都是很重要的优点，因为我曾经问小龙猫，你最不喜欢的是哪些事？他脱口而出：睡觉、吃饭、拉大便。有最不喜欢的事当然也有最喜欢的事，试问之，他想了想，也说 3 件：玩、看 aipai（录有许多少儿节目，睡前必看一两集）、打怪兽（和外公做奥特曼打怪兽游戏）。

休假结束，我们给小龙猫归纳所有优点，他提出，还有第六条：我很听婆婆的话。总结缺点，提出两条：不好好吃饭和不听大大（外公）的话。他坚决不同意第二条，理由：我已经很听婆婆话了。

尾 声

新学期到了，小龙猫升级为大班。开学前一天晚上，我们为他准备书包、生活用具等，他突然认真地对我们说："婆婆、大大，我不想上学了，你们还是带我去北戴河玩吧！"

上学的第三天，小龙猫在去学校的车上叹了一口气：哎！上学好累啊。我们严肃地教育他要如何爱学习，做个好孩子。

回答：我除了不爱学习，其他还是很好的。

2017 年夏

小龙猫长隆游乐记

序　曲

确定了我们仨去长隆野生动物园游玩的日期（2018年5月），小龙猫那一周明显兴奋，不时询问到长隆能看见什么、玩什么。我不失时机拉拢他：你看，大大最爱你了，带你去长隆玩。

答：大大不是最爱我。

问：为什么不是？那大大最爱谁？

答：我妈妈。

问：为什么是你妈妈？

答：因为妈妈是你的孩子。

小龙猫的逻辑思维不仅合理，而且无懈可击，因为他认为自己的妈妈最爱的是他，推而广之，所有的爸爸妈妈都最爱自己的孩子，所以结论是：妈妈是大大的孩子，大大最爱的是他妈妈。

这孩子长大后可以去读哲学专业。

龙猫好龙

广州番禺野生动物园名声在外，可以看到许多珍稀动物。但小龙猫偏偏最喜欢恐龙园——偌大公园里唯一的假冒产品。

一踏入恐龙园，茂密的桫椤林中便传来恐怖的嘶鸣声，小龙猫马上说，这是霸王龙的叫声。也就几百米长的一条小路，蜿蜒于丛林深处，集合了侏罗纪、三叠纪、白垩纪，6500万年前灭绝的、至少统治地球达1亿多年的生物。现代的高仿技术把这些庞然大物克隆得栩栩如生，双腔龙、剑龙、霸王龙、雷龙、禽龙、马门犀龙、三角龙，等等。它们或在路角等你，或潜伏于密林中，让你不时地吓一跳。有一种名叫“双冠龙”的，冷不防从嘴里喷射出一条水柱，惊得大家四处躲藏。小龙猫说，真正的双冠龙口水是有毒的。园内有一幢小木屋，一个戴着钢盔的机器人站在窗口，挥动着双手，为游客讲解恐龙知识，一口童音。小龙猫说，他愿意做那个机器人。

我们订的是两日游览票，第二天，小龙猫提出再去恐龙园。因为游览恐龙园，行走路线不能逆行，我说，昨天大大、婆婆走得太累了，今天走不动了，还是乘小火车吧，可以到非洲草原看看长颈鹿。他同情地看看我们：“那好吧。”表现出一副很无奈的同意状。

两天的野生动物园之行，小龙猫把喜欢的动物排了座次：恐龙、长颈鹿、斑马、羚羊、角马、大象、白虎……我问他为何没有把熊猫、考拉列入？他说，它们太懒，都在睡觉。

那天晚上，我逗他，说，公园决定招收小孩晚上陪恐龙睡觉，欢迎你报名。他一听，眼睛瞪得滚圆：“真的吗！那大大、婆婆和我一起去吧。”我继续忽悠：“公园规定大人不能进去，因为恐龙只喜欢小孩。”“那我一个人不敢去。”小龙猫露出不好意思的表情。

我笑着讲了“叶公好龙”的成语故事。小龙猫听了哈哈大笑，竟会调侃自己“龙猫好龙”。当他看到我写日记时，一本正经地说：大大，你不能把我的“龙猫好龙”写进文章。

雨中“夜探”动物

因为夜晚往往是野生动物最为活跃的时间，所以“夜探”是长隆动物园的特色。我们早早订了票，不料当晚下雨，中雨大雨，下个不停。我电话询问：能否改期？答复：按计划进行。

7：20从酒店大堂出发，一辆有10多个位置的电瓶车只乘坐我们仨，服务人员2名：司机和导游。导游小曾解释：今晚本来9名游客，但华南地区大暴雨，有两家人共6位游客预订了“夜探”票，飞机在南宁起飞不了。所以，这趟电瓶车成了我们专车。

电瓶车冒着哗啦哗啦大雨，行进在动物园里。司导很敬业，司机为我们不断拭擦淋湿的座椅和上下车打伞，导游热情讲解。穿着雨衣的小龙猫快乐无比，专门挑着积水踩，检验水花溅得高不高。小曾是长沙人，去年毕业于华南农林大学，十分了解各类动物习性，给我们仨上了一堂科普课。

火烈鸟根本不在乎下雨，几百只聚集一起，粉红色的、深红色的，湿漉漉的更加艳丽。它们鹤立于池塘中，似乎很享受这场沐浴。早先只知道有粉红色的火烈鸟，不知还有深红色的，原来粉红色的来自非洲，深红色的来自拉丁美洲。

不怕雨的还有非洲秃鹳，电瓶车经过“非洲草原”，只有它们呆若木鸡，排列整齐，伫立雨中。秃鹳俗称“垃圾鸟”，主要以腐烂的动物尸体为食物，是草原称职的清洁工。

考拉园是“夜探”的重点。有一只考拉终于在小龙猫面前为自己懒惰正名，它坐在树杈上认真吃着桉树叶，又灵活地滑下树干，跑到橱窗前招招小手，让小龙猫看见可爱的真面目，就像一只玩具熊，胖乎乎的身子，毛茸茸的大耳朵，目光亲切的小眼睛，带着天真、惊讶，犹如黑橡皮胶做的大鼻子，非常滑稽。

考拉是澳大利亚国宝，是世界上最能睡的动物，每天睡觉 18 至 20 个小时。它只吃桉树叶，因为桉树叶营养特别低，只能提供很少的能量，所以睡觉是为了节省体力。小龙猫听了小曾叔叔讲解，也就原谅了考拉的懒惰习性。

长隆野生动物园是考拉在中国唯一的居住地。

乘小火车游览

小龙猫 2018 年五一节量了身高，1.18 米，体重 20.8 公斤，5 岁 5 个月的年龄，这两项指标都在同龄人中上水平。值得高兴的是，他精力充沛，体力胜过我们俩。第一天乘车、乘飞机，晚上观看马戏团，第二天游览野生动物园，全程徒步，计步器一天达 1.9 万步，晚饭后又“夜探”，我们感觉挺累的，他却毫无倦意，常常走在我俩前面，从不喊累。晚上洗完澡，还要在两张床铺之间练跨越，还有剩余精力可蹦跶。

第三天上午再进动物园，我俩仍有疲劳感，只能选择乘小火车观看动物。小火车好几列，每列有五六节车厢，可载客百人左右，一趟行程 40 分钟，经过“五大洲”观看动物，还有列车员讲解，轻松悠闲，适合老人小孩游览。

小龙猫喜欢“非洲草原”。这一片草原动物最多，富有特色：长颈鹿、大象、角马、斑马、羚羊、秃鹳，等等，它们相安无事，和平共处（因为狮子、猎豹等被单独关入园子），一派宁静祥和景象。

长颈鹿是公认的动物世界里的“高富帅”。这里的长颈鹿多达二三十匹，聚居一起，谦和文雅，彬彬有礼，优哉游哉，一个君子之国也。有的相互之间脚与脚相靠，头颈相交，似乎在温柔细心地交流。

小朋友可以喂它们，购买一串树叶，隔着一米高的围栏，招摇着树枝，它们便迈着优雅的步伐，让 6 米高的伟岸身材慢慢展示到你面前，大眼睛温情脉脉。小龙猫高举树枝，我尚未对准镜头，一串树叶已被长颈鹿一口吃下。小龙猫说，我还没看清楚它怎么吃的。只好再买一串树叶，这下有经验了，分成 3 枝，一枝一枝喂，让长颈鹿馋得口水都滴到小龙猫衣服上。

乘缆车俯瞰动物

空中缆车有 3 条线路，缆车前后栏杆通透，底部镶嵌玻璃，坐在缆车上俯瞰动物园，也是别有一番景象。

小龙猫眼力很好，常常最早发现脚下的动物。夸奖之后，他就更注意观察，往往从大树下发现长颈鹿，丛林中发现猴子，池塘里发现河马，等等。你越夸奖，他就越来劲，巴不得把所有动物都找出来。有这么一句话：孩子的能力是表扬出来的。很有道理。

俯瞰景色最美的应是天鹅湖。当上百只白天鹅、黑天鹅往一处游，形成不断变化的方阵，掠起一湖碧水阵阵涟漪，就像是团体操表演，赏心悦目。

天鹅湖畔喂养天鹅，也是小龙猫喜欢的项目。饲料是面包，不知为何天鹅那么喜欢，一投食便蜂拥而至。

大马戏演技精湛

到长隆的游客，大多是“二大一小”，这大的，以父母居多，但爷爷奶奶外公外婆也不少；小的，以幼儿园小朋友为主（中小学生不能旷课，所以寒暑假中小学生特多），小至襁褓之中。晚上的马戏演出，我们一转头，看看皆是“二大一小”的观众席，也是一道风景。

我们选择出游时间恰到好处，春季，动物活跃，气候适宜，又避开了五一节和周末，不至于一出房门，满眼风光皆乃游人如织。今晚的马戏剧场，观众也就坐了一半座位（阶梯形的剧场可容纳 7000 人）。现在属于旅游淡季，皆是打折的价格。

长隆对待小朋友可谓关怀备至，酒店房间配有儿童浴袍、拖鞋、座椅、画报，甚至连儿童马桶坐盖都考虑了，可随时嵌入与取下。大堂与餐厅门口有工作人员装扮的熊猫、白虎等宠物和你拍照。白虎餐厅用餐，落地窗一边可观赏3只大白虎，另一边则是一群火烈鸟。马戏开演前，小丑们手持一大串气球，走到小朋友面前，和你比赛拳头剪刀布，你赢了，奖励一个气球；输了，安慰一个气球。小龙猫得了一个气球，据他说是赢的。

马戏团演员大都是金发碧眼的老外，确实是身材姣好，艺高胆大，技艺炉火纯青，如高空荡绳、跳水、飞人，摩托车在钢圈里疾驰，2辆、3辆，直至6辆，骑着骏马奔驰，站立马背上、横卧马肚下，等等，赢得观众阵阵喝彩。但最受捧场的是人与大狗熊钻圈游戏，那狗熊乖巧得让我有一阵子甚至怀疑是人扮演的。还是小龙猫眼尖，说，是真的，你看，还喂它吃东西。

小龙猫还喜欢幽默搞笑节目。有一位男观众受邀上台互动，被“挟持”到跳水台，逼他跳水，不敢，做惊恐状，最后被小丑大叔搂着一起跳水，赢得哄堂大笑，小龙猫笑得很欢。

横琴酒店更温馨

珠海长隆相距广州番禺长隆130多千米路程，设有免费专线大巴。我们第三天下午3：30前往珠海。

下榻横琴酒店11层楼，可眺望窄窄的海湾和对岸的澳门，可俯瞰酒店内一个偌大的游泳池和亭台楼阁、草木葱茏，可在阳台吸支烟、喝杯茶、呼吸呼吸新鲜空气。我对横琴酒店评价高于番禺长隆酒店，只是有点纳闷，这么大的泳池，怎不见有人游泳？第二天才知道，原来那不是泳池，是酒店的专用码头，可由此乘游船穿越人工运河，直抵“海洋王国”，航程10多分钟，65岁以上老人与儿童免票。第二天，游览“海洋王国”返程，我们仨就乘上画舫式的游船，一览两岸风光，有如穿越威尼斯水城。

房间的两本画册，一本“海洋王国”，一本恐龙园，阅读完可以带回家，小龙猫很是喜欢。床头柜同样放着两个纪念品——有图案的钥匙扣。我问小龙猫，你现在有4个钥匙扣，准备送谁？答：奶奶爷爷一个，婆婆大大一个，妈妈爸爸一个，我自己一个。问：那我们在马戏团买的两把扇子，你怎么送？答：奶奶爷爷一把，婆婆大大一把。

小龙猫近来愈发口齿伶俐、才思敏捷，比如，我见到他不讲卫生时，拿他经常唱的一首歌调侃：小邋遢、小邋遢，小邋遢是小龙猫，人人讨厌他。他马上反击：老生气、老生气，老生气是大大，人人不爱他。问：那婆婆也是老生气吗？小龙猫大声唱：老漂亮、老漂亮，老漂亮是婆婆，人人都爱她。

他自称是妈妈和婆婆的马屁精。

“海洋王国”更好玩

“海洋王国”比起野生动物园，地盘显然小了许多，但布局紧凑，创意新颖。5个片区：海豚湾、雨林飞翔、海洋奇观、极地探险、海象山，其中10多个动物展馆和游乐设施，围绕着一个名叫“横琴海”的湖泊。

入口后经过一个穹顶，惊奇发现头上是一个巨型LED，名曰“深海世界”。小龙猫4次进出这里，都要久久地仰脸观看深海五彩缤纷的生物，不舍离去。

10点进入园区，便去5D城堡影院，观看《拯救海洋王国》科幻片。戴着特制眼镜，坐在跟随剧情不断晃动的沙发，让你身临其境，险象环生，一会儿狂风吹脸，一会儿雨淋脖颈，甚至千万只螃蟹爬到你脚面，毛骨悚然。我俩被折腾10多分钟，晕头转向，至于电影内容，不知所云。出场后只好问小龙猫，电影演什么？答：两只小老虎在小精灵带领下，去拯救“海洋王国”啊。喔，还有一只鹦鹉跟着。

海豚表演和白鲸表演很受欢迎。演出阵容庞大，都是8只动物和8个驯兽师一起表演，并邀请各4位观众参加，用电视屏幕随意选定观众。小龙猫把手举得很高，大呼：选我、选我！可惜，我们仨连现场直播镜头也没混上。小龙猫说，我好想去摸摸它们、亲亲它们。

参观了北极熊馆、企鹅馆、海象馆，体验了雨林攀爬绳索桥，观看了化装大巡游和音乐喷泉。到了下午4点，游客们纷纷汇集横琴海四周，一睹惊心动魄的水上飞大会演。10多辆摩托艇开先声，在湖面穿梭飞跃，轰鸣阵阵，浪花飞溅，而后8名飞人，脚蹬一副靴子式的发动机，喷出2条水柱而腾空，高达10多米，在空中行走翻转自如。湖泊中间一座小岛，不时喷出火焰，配合摩托艇与飞人表演，令观众阵阵喝彩。

广播声中介绍，飞人皆来自法国，专业水平世界一流。法国飞人水平确实高，但我更欣赏他们的风度气质，每一个演员始终面带笑容，不断地向观众挥手致意。表演前，小龙猫不慎将气球丢到摩托艇上，一位高个子演员特地走过来捡起，递给小龙猫。小龙猫说：谢谢！他笑着回答：不客气！显然是标准的北京口音。

最喜欢鲸鲨馆

小龙猫最喜欢的还是鲸鲨馆。“海洋王国”最高的建筑就是这条海蓝色的鲸鲨，高达20米左右，它位于园区中轴线的最后方，前面是横琴海，远远眺望，就如一条鲸鲨从海上跃出。堪称“海洋王国”的地标。

鲸鲨馆内，“世界最大水族馆展示窗”和“世界最大亚克力玻璃”，均获得吉尼斯世界纪录。这块玻璃窗长39.6米，高8.3米，厚竟达0.65米，晶莹剔透。窗内湛蓝海水涌动，巨大的鲸鲨在你面前穿梭，鳐鱼扇动双翅，上千条大鱼小鱼在自由游弋。

鲸鲨是世界上最大型的鱼，平均身长有9米左右，最长的可达20米。

水族窗里有2条鲸鲨约10米长。鲸鲨几乎没有天敌，很长寿，有些可达100岁，脾性温和，会与潜水人员嬉戏。

小龙猫站在巨大的玻璃窗前，久久不舍离开，仔细数着游来游去的鲸鲨，告诉我们，一共有6条。我俩怎么数，也只有4条。他说，还有2条小的。玻璃窗里面的空间一定很大，因为鲸鲨离开我们视线后，好一阵子才重新出现，我们相信小龙猫的眼力。

午餐在企鹅馆附近吃汉堡包。我说，午餐后看海象吧。小龙猫却说，让我再看一次鲸鲨。于是，又走了一趟鲸鲨馆。这回，我俩算是看全了大小6条鲸鲨。当然，小龙猫指点有方。

第二天（返程当天），我们问小龙猫，还有上午半天，去水上乐园玩水还是再去“海洋王国”？回答直截了当：再去看鲸鲨。

那块巨大玻璃窗前的场地相当空旷，旁边还设有咖啡厅。经营者考虑得真周到，大人们可以坐着慢慢品饮咖啡，小朋友爱在玻璃窗前待多久就多久。我随手翻阅桌面上的画册，惊奇发现，这里还可以设立帐篷营地，组织游客夜晚在鲸鲨陪伴下安然入眠。

没敢把这条好消息告诉小龙猫，因为下午返程机票已经订好。

2018年5月

小龙猫三亚游乐记

小龙猫 2019 年下半年就要回福州上小学了。都说小学生学习任务重，不好请假，想游乐只能上幼儿园时翘翘课，所以就有了阳春三月的三亚之行。这时节又是海南岛旅游淡季，许多大酒店在打折，女儿彤上网订了凤凰岛悦佳酒店，让我们俩老带小外孙去游乐一趟椰风海韵。

不亦乐乎切芭蕉

不知什么时候开始，福州飞三亚航班取消，只能飞海口，而且航班都比较早。我们订的是 7：20 的厦航。那天清晨从宁德出发，4：30 闹钟叫醒，我先将行李拿到楼下门口等候司机。5 点整，小龙猫一个人“噔、噔、噔”下楼梯，抱着一只布艺小恐龙，精神抖擞，全无一丝刚被叫醒的朦胧状态。本想劝他出远门就不要带小恐龙，但欲言又止，为了保持他的良好状态，不能节外生枝。

小龙猫在往长乐机场高速路上睡了近一个小时，上了飞机就抢占窗口位置，沿途频频观景，飞临海口，见到阳光、大海、椰子树，精神更是抖擞，大呼：我看见大海了。下了飞机，迎来夏季，赶紧脱衣换夏装。第一次见识椰子树，仰头望着结在树上的椰子，就提了一个让我们很难准确回答的问题：“椰子丢下来砸到头怎么办？”

现在的交通设施真是越来越便利，越来越人性化，海口机场内就设有高铁站，但前一晚上网查询，海口机场至海口高铁南站需要20分钟车程，到了机场才知道，根本不用打车去南站，机场高铁站走环岛哪个站都搞定，所以又明白一个道理“网上得来终是浅”。这不，新问题来了，预订的12：58往三亚的高铁，时间太过宽裕，好在可以去售票窗口申请改签，但只能提前一个小时，因为再早的车次只有站票了。

高铁1个小时45分到达三亚，酒店派车接站，15分钟到达凤凰岛，因为前几天在电视广告上看到凤凰岛5粒凤凰蛋（5幢楼奇异造型，一下子记住），小龙猫远远就喊道：“我看见凤凰蛋了。”

酒店大堂最具热带风情的是，摆着一大串芭蕉于吧台前，显然刚从树上割下不久，根根橙黄鲜亮，一串起码有上百根，煞是玲珑可爱，旁边放一把小刀，让游客自切自用。小龙猫忙得不亦乐乎，切一根，剥一根，吃一根，连吃4根。我郑重告诉他，这里就像自助餐厅，切下的，只能吃完，不可以带走，这也难不倒小龙猫，他马上要求：“大大再吃一根，婆婆再吃一根。”

因太早起床，晚餐后我们就犯困，小龙猫仍精神抖擞地问：“可以不可以再去大堂切芭蕉？”

最快乐是跳水

之所以选中凤凰岛悦佳酒店，主要是看上无与伦比的游泳池。半圆形的泳池其实不大，无非半个篮球场面积，但视觉上给人的冲击力太大了，几乎让人感觉拥有整个三亚海湾，这即是创意者的高明之处，让泳池水面与近在咫尺的海面处在一个水平面上，便有了这种效果。

于是这家泳池成了婚纱照的理想取景点，每天皆有三五对新人在此增添风景。我很喜欢斜靠在泳池圆形之端的沙滩椅上，眼睛越过两旁弧形池边高高的椰子树，和开得正艳的三角梅，以及搔首弄姿的新人们，眺望前方三亚湾。几天来一直思考一个问题，眼前两种不同的蓝色，即泳池的浅蓝色和大海的蔚蓝色，是因为视觉远与近的缘故还是水质的不同？眺望着、思想着，有点昏昏欲睡。

小龙猫兴奋地迈进泳池，拉开蛙泳姿势，准备把脸潜入水中，但突然奇怪的事情发生了，竟把半年前学会的游泳本领忘记了，一下子找不到感觉，不知如何开始发力。看他着急的样子，我也着急，只是催促他往前冲，他更是手足无措，大约僵持了5分钟，窘迫得差点流出眼泪。我也停止催促，让他自己适应，他独自又呆站了约2分钟，终于把脸潜入水中，开始手舞足蹬，先是节奏紧张，但慢慢地就舒缓了，10多分钟后，完全找回半年前在泳池游刃有余的境界。

这件意想不到的糗事，让我们仨几次回想起来皆开怀大笑。我们取笑小龙猫：学会的本领怎么可能忘掉呢？比如你学会了骑自行车，没有一次忘记了啊！小龙猫先是不好意思，之后干脆否认：我根本没有忘记。

几乎每天泡在泳池一两个小时，小龙猫的胆子也越来越大。凤凰岛泳池由浅至深，浅的地方他可以站到池底，深的地方就沿着池边游，游累了手扶池边歇一歇。泳池里还有喷水按摩的靠椅，时不时爬到上面玩乐。在同年龄段的小孩中，小龙猫算是游泳佼佼者，所以从不屑使用救生圈，酒店房间与泳池皆提供花花绿绿的救生圈，他统统嗤之以鼻："太幼稚了，我不用。"

海棠湾威斯汀酒店也住了3天。这里的泳池更大，成了酒店园林式的水景，蜿蜒直至海滩，池中有岛，池旁有人造沙滩。这个泳池水深1.3米以上，对小龙猫而言全是深水区，但他毫无胆怯之心，不仅沿着池边游，还向岛屿冲击。虽然蛙泳泳姿仍不规范，但游泳距离越来越长，体力明显增强。上岸回到房间，马上让他冲热水20分钟，冲到浑身冒热气，第一天有点鼻塞，次日也就好了。

此行收获最大的是，学会了跳水。威斯汀酒店泳池水漫到池边，岸边与水面没有高差，最适合孩童学跳水。我示范了两次，小龙猫却不敢跳，我也没勉强他。第二天，他突然自己跳进池里，出水后大呼：“大大，我学会跳水了！”而后，一次又一次，跳下水，爬上岸，又跳下去，乐此不疲，拦也拦不住，共跳了10多趟。虽然跳水姿势是胸膛入水，达不到标准要求，但有了这个基础，以后规范起来也不难。

但小龙猫不承认是大大教会他跳水的，声称：我是第二天自己学会的。

休假结束后问他：“海南岛旅游最快乐的是什么？”

答：“跳水。”

这里是玩沙天堂

喜欢玩沙确实是孩童天性。凤凰岛风光无限，不足的是没有沙滩，为此，只好特地带小龙猫出岛，到三亚湾玩沙。

玩沙的成本最低，花20元钱便可在地摊买一套设施齐全的塑料制品：水桶、沙铲、喷水壶、沙盒等。还有提篮小卖的海螺壳和品种颇多的海南水果，一袋海螺壳二三十粒，也是20元。买了玩沙设施再加上海螺壳，小龙猫大喜过望，大忙起来，挖沙坑、种海螺、提海水、浇海螺，而后再把螺壳一个个挖出来，洗干净，摆在垒起的沙台上，亮开嗓子：“卖螺、卖螺，一粒2元钱。”

从春节至今，一个多月时间，福建与南方数省，皆是寒雨绵绵，太阳成了稀罕之物。三亚之行，总算躲雨成功，见到了久违的明媚阳光。我找了一张沙滩椅躺下，沐浴阵阵椰风海韵与灿烂阳光，享受着小龙猫和他婆婆逐浪沙滩，提水湿身的欢声笑语，感觉到此行实在英明，祖国真是地大物博，西方不亮东方亮。

海棠湾沙滩比三亚湾更漂亮，因为地处海南岛东面，水更蓝，浪更高，沙更白，除了不适合游泳，最是大人观景和孩童玩乐的好场所。迎面雪白的海浪一排接一排，一浪高一浪，呼啸地涌上沙滩，选准时机前进与后撤，一不小心被浪头打湿裤裙，甚至浇个落汤鸡是常有的事。小龙猫干脆穿着泳衣泳裤去玩沙，玩得尽兴，撤退时包上浴巾回房间冲热水澡。所以还是住有沙滩的酒店好。

小龙猫自从玩了一趟沙滩后，每个晚上多了个必须 3 个人参与的活动——卖螺壳。他先是一粒粒按大小排列，按能否听到海浪的声音（这是地摊商贩传授他的秘密）排列，而后规定买卖双方必需的问答：

卖螺啦，卖螺啦！有买螺的吗？

我要买螺。

买几个，大的几个，小的几个，能听到海浪声音的几个，不能听到海浪声音的几个？

必须逐一回答。最后现金付款还是刷微信付款也必须明确。

三亚回来后，小龙猫又多了个理想：长大后卖海螺壳。

第一次“逃票”

决定参加亚龙湾鸟巢雨林公园一日游，向导游交付了两个成人和一个儿童的费用，小龙猫六岁半，净身高 1.23 米，需要购半票了。进公园门口时，检票员问：这个儿童超过一米二了吗？我欲回答，导游抢答：“穿着鞋超了一点，脱了鞋还没有。”于是“逃票”成功，我与妻相视苦笑，导游显然是“惯犯”。

这位来自东北的小伙子热情洋溢，服务周到，过了检票口对我说，等下走玻璃栈道和藤索桥等自费项目，由我统一购票，可打折，你的小孙子不要买票，其他家庭两个儿童也一样。看来我们已被绑架成“同犯”，若要坚持原则，觉得拉不下情面，既沦为“同犯”，心中又不畅快，实在无语。

空中玻璃栈道长达500多米，曲折于峰石之中，凌驾于雨林之上，连接数个观景圆形平台，可极目远眺美丽的亚龙湾，星星点点岛屿和与蓝天相接的海面；可搜寻密林深处鸟巢式的小木屋，那是电影《非诚勿扰之二》拍摄地；可透过玻璃俯瞰脚下雨林树梢，让你有点战战兢兢的感觉。小龙猫没有任何“恐高”细胞，一路如履平地，蹦蹦跳跳，走到一段五彩缤纷的路面，路面即大屏幕，游弋着各种热带鱼，他干脆一屁股坐下，与“鱼”同乐。

行走藤索桥也不怯懦。藤索桥吊在高达百米的峡谷之间，摇摇晃晃，许多成年人尚需手扶两旁绳索，小心翼翼行走，小龙猫走在外婆前面，向后伸出一只小手：“婆婆不要怕，我来保护你。”

但小龙猫最感兴趣的还是在山顶观看高空滑索。这里的滑索分设为四五站平台，滑客吊在绳索上，蹬直双腿，张开双臂，像鸟一样，从山顶一站一站向山下滑翔。小龙猫年龄与身高均未达标准，不能参与，他很遗憾，只好久久站立观景平台上，看着大人们一个个从眼前飞跃而下，帮着大声呐喊，直到全部滑客滑完为止。

海上巴士的乐趣

凤凰岛上设有海上巴士的码头，我们下榻的D楼一眼便瞧见码头上停泊的“南海”邮轮，那是近年刚开通的往西沙群岛旅游航班。每晚三亚湾霓虹灯闪烁，海面上的邮轮游艇交相辉映，也是一道风景。

海上巴士是一艘可载客200人左右的游艇，开辟的观光航线，可在海上眺望鹿回头、西岛、东岛、南海观音、天涯海角等景点，在船上欣赏歌舞节目，全程2个小时。

海上巴士的广告栏摆在酒店大堂，很是招揽游客，连小龙猫也被吸引，用小手指点着一张张画面：白色游艇、红旗飘扬、海浪翻卷、鸥鸟翔集、岛屿沙滩、海天一色，于是频频发问，跃跃欲试。我们只得决定出海一趟。

海上观光确实别有一番风味，但小龙猫除了南海巨大的三面观音像能吸引眼球，跑到甲板观看一番外，对其他景物没有太多感觉，倒是船舱内的演出活动让他兴致勃勃。

最好奇的是观看演员吹奏树叶，一片树叶竟然可以吹奏出如此美妙动听的歌曲，匪夷所思，于是便缠着我问：为什么树叶可以吹？用什么树叶吹？是不是所有树叶都可以吹？你会不会吹？为什么不会吹？问题没完没了。

最好玩的是和小丑演员比赛“锤子剪刀布”，赢者可获得一个气球。小丑沿着船舱通道，走到每个游客座位前，和你比赛一次，小龙猫赢了，意犹未尽，便跟在小丑身后巡游。最后小丑念他勤快热情，又奖励一个气球。

很有成就感地提着两个气球回酒店，遇到服务员便说：“气球是我锤子剪刀布赢来的。”

2019 年春

小龙猫草原游乐记

最喜欢的两项活动

2019 年暑假是小龙猫在宁德上幼儿园的最后一个假期，问他最喜欢什么样的旅行，回答很干脆：坐老火车和到草原骑马。

因为曾经搭乘两次绿皮火车，虽才三五个小时车程，但对软卧可以爬上爬下和悬空跨越的床架尤感兴趣；也因为曾坐到高头骏马背上照过相，但马没有行走，也不在草原，自认为“太幼稚”，因此，脱口而出的两项活动是在小脑袋瓜里贮藏很久了。

我于 5 月份就预订了 7 月上旬从杭州出发，搭乘绿皮火车，一路至东北漠河、北极村、满洲里、呼伦贝尔大草原、长白山天池等地，为期 14 日，有 7 个夜晚在火车上留宿的专列旅行，为此还动员小龙猫他妈也参加，凑齐一个包厢人数，其乐融融。报名后一个多月里，小龙猫充满期待，掐着手指等行期。谁料，出发前 5 天，旅行社突然取消这趟专列，理由是暑期运力紧张。小龙猫得知这一坏消息，大为伤心，我们只好告诉他这两项活动都可以弥补，改为到坝上草原骑马，从北京坐老火车回福州，还可以顺便到北京看看出生才 5 个月的小表弟。

小龙猫破涕为笑。

踏花归来马蹄香

坝上草原泛指河北最北端与内蒙古交界处、陡然升高、海拔达1500米左右的地带，其间有塞罕坝国家森林公园、御道口草原森林风景区和红松洼国家自然保护区。这里的森林与草原有机结合，兼具南秀北雄之美。森林以东北松与白桦林为主，疏密相间，疏可驰马，密不透风；草甸壮阔无垠，重现“天苍苍，野茫茫，风吹草低见牛羊”的意境。

我们来的正是最好季节，蓝天白云，天高云低，绿草茵茵，百花盛开，珍珠水泊，彩蝶纷飞，牛羊成群，骏马奔腾。此景此情，眼前自然浮现出一个经典画面：“踏花归来马蹄香。”

小龙猫迫不及待跨上马背，他妈陪骑，一人一马一保镖，我们望着他们渐行渐远的背影，竟然在保镖牵引下放马奔驰，不免担心。半个小时后，母子凯旋，小龙猫兴奋地对我说：“大大（外公），我们的两匹马走一步拉一下大便，走一步拉一下大便，根本不是踏花归来马蹄香，而是踏大便归来马蹄臭。”

闻者皆笑弯了腰。

为草原活动排座次

3天的草原之行，小龙猫认定排名第一是马术表演，自动把一直高举的骑马第一的旗帜降为第二。塞罕坝小镇附近有一个叫“追梦坝上草原”的游乐中心，套票380元（儿童半票），除了骑马、射箭、荡秋千、喂小羊、滑沙、滑草、进蒙古包喝奶茶外，名曰《部落传说》的实景演出最为吸引人。

表演场所颇为气派，舞台犹如一顶蒙古王爷帽子造型，金碧辉煌，高踞正中；舞台前面是长条形的辽阔沙场，黄沙漫漫，连绵起伏。上百名男女演员，20余匹高头骏马，10个节目，50分钟的表演，有古战场金戈铁马对阵厮杀，有游牧民族抢婚的场景重现，有铁骨柔肠的草原舞蹈，有孔武雄浑的蒙古族摔跤，更有套马、驯马、单人单骑、单骑多人、多骑多人的马术表演，马背民族无比英勇，骑技绝伦，高潮迭起，不断引起观众欢声雷动。小龙猫全场持续兴奋，后来干脆跑到观众席第一排的栏杆前，为每一位演员欢呼雀跃。

我们也认同马术表演最为精彩。

成年人有时与儿童的审美情趣，甚至饕餮口味也高度一致，比如小龙猫把吃烤羊肉串排入第三名，老夫也认可。这里的食材主要是羊肉，烤全羊、烤羊腿、烤羊排、烤羊肉串、羊肉饺子，等等。但自从第一餐尝了烤羊肉串，就上瘾了，后来每餐必烤 6 串（每串 15 元），小龙猫 2 串，老夫 2 串，两位女士各 1 串。那一块块两指见方、瘦肥相间、油脂欲滴、香气四溢的劳什子，确实诱人。

当然，有时审美的侧重点不同，当走进乌兰布统稀树草原时，无人不被油画般的画面所陶醉，唯有坐在满眼金莲花的草坡上，四下久久眺望，才是首选。小龙猫不声不响地潜入草丛，一根又一根地采摘野花，不一会儿，一束在握，金黄为主，红绿青蓝相间。

登上康熙练兵台，放眼四野，林海茫茫，松涛阵阵，由近及远，新绿、翠绿、黛绿，重重叠叠，在蓝天白云下层次分明。当年康熙手下的精兵悍将，莫非都幻化成了森林方阵？远方的风力发电机沿着山脊摆开，有如行驶在绿色海洋中的白色船帆，壮观至极。小龙猫的兴奋点在认真数数，许久了，才告诉我们：我数了 300 多台，还没数完。

撞上篝火晚会

司机小李告诉我们，坝上旅游旺季就夏季 3 个月时间，各个酒店、民宿精心策划，招揽游客。我们下榻的凌云酒店有个偌大的广场，每晚都举办一场篝火晚会。来到塞罕坝镇的第一天，夜幕拉开之时，却下起雨来，篝火晚会只能取消。小龙猫站在大堂，望着雨丝，留在小脸蛋的是万分遗憾与不舍。

第二天在草原玩了一整天，在内蒙古小镇乌兰布统晚餐后回到酒店，天已渐黑，我们感觉十分疲劳，巴不得赶紧冲澡休息。当踏入酒店大门，忽见篝火冲天，音乐顿起，小龙猫本来历经一天羊肠小道的车旅劳顿，已是昏昏欲睡，但此刻兴奋开关重启，顿时圆睁双眼，张开双臂，迎着篝火跑去。

围着篝火，主持人引导游客双手搭在前者双肩，双脚左右摇摆，又舞又歌。小龙猫也不怯场，参与了圈舞。坝上旅游，多是京城与附近的自驾游，也是孩子们的暑期聚会，小龙猫不一会儿就融入了同龄人的嬉戏队伍。后来回到房间，他又吃了 6 个我们打包的羊肉饺子。

不到长城非好汉

金山岭长城位于河北与北京的边界，长城脚下有四合院民宿，距离长城景区才 5 分钟路程，小龙猫他妈在手机上预订了这家民宿。

选择傍晚 5 点登长城是最佳时间，游客稀少，阳光不烈，可以充分一览长城离开人满为患的苍茫，还可以站在高耸的城楼上等候夕阳西下。

意外的收获是，小龙猫在金山岭长城遇见了老熟人——戚继光。宁德市有个继光公园，他曾多次游玩，对公园内戚将军骑马抗倭雕像自然熟悉，金山岭长城也矗立一尊马背上的戚将军雕像。小龙猫评价：还是这里的戚继光厉害，雕像前摆着 6 门铁炮。

旁有石碑镌刻：明隆庆元年（1567），明穆宗特将戚继光从东南沿海调任蓟镇总兵，统领山海关至居庸关一带防务。金山岭长城即为戚继光所督修，将军楼据传是他当年组织 16 万兵士大演习的指挥部。

有一座城楼可走到关外，关外一个小卖部老板竟然是中国摄影家协会会员，他拍摄的长城作品悬挂于此，成了最好的促销广告。他告诉我们，不少“驴客”打着背包从城墙上徒步到司马台长城，一天时间足够。小龙猫说，这里买的老北京冰棒（纯粹的冰与糖的结合）最好吃，我也要徒步长城，但背包里要专门装冰棒。

日落时的长城壮美之极，令人胸襟舒畅。小龙猫和他妈在城楼上不断跳跃摆拍。他跳累了，干脆躺在步道上歇一歇，宽大的砖面不热不凉，十分惬意。

我对小龙猫说“不到长城非好汉”，你现在已经是好汉了。小龙猫答：我是第二次当好汉了，前两年我登过山海关老龙头长城。接着信誓旦旦：明天早早地，我要到长城看日出，当第三次好汉。（可是第二天太早了，自然醒不过来。）

搭乘20个小时老火车

北京至福州的45次、46次特快列车，是当年现代化交通的标志，不知何时起，被称为“绿皮火车”与“老火车”，视之落伍了。幸好至今还保留每天一趟，往返于北京、福州。

小龙猫这两年搭乘过北京至北戴河、昆明至建德的老火车，情有独钟，所以他喜欢的旅游项目，坐老火车甚至摆在草原骑马之前。吾辈对绿皮火车也有情结，况且退休了，可以奢侈地浪费时间，何况软卧车票比高铁的一等座便宜。我俩与小龙猫一拍即合。

由于小龙猫他妈还需在北京逗留两天，不能同行，我们仨的车票分为两个车厢。上车一看，一个车厢是一对老夫妻，另一个车厢是三口一家子，原想上车后换座的念头泡汤了，我们仨只好分乘两个车厢。这非但不影响小龙猫情绪，他反而觉得有两个车厢串门，更有趣。

一节列车10个软卧厢，竟有六七个孩童，孩童们很快混熟了，过道就成了他们游戏的场所。原想对小龙猫指点一下华北平原的庄稼，他毫无兴趣，倒还记得先前讲过的黄河长江，说，等黄河到了，他要看看。进入山东境内，我说黄河很快到了，但左等右等，没有见到。小龙猫问列车员：黄河到了吗？列车员回答：不知道，我们这趟列车好像没有经过黄河。我躺在卧铺上，差点笑出声：穿越南北的列车，竟然可以不要经过黄河？但我不忍心教导服务员，因为她服务态度极好，起先还为小龙猫的 aipai 连接他外婆的手机“热点”，娴熟操作，开启了动画片视频。年轻人有年轻人的优势，不一定非得记住黄河在哪里。

真是奇了怪了，此行就是把黄河给漏过去了。想起早年间搭乘这列“特快”，三天两夜待在车上，播音员时不时地介绍经过的城市与景点，连淮河都介绍，岂能错过黄河长江。每一个站台停车，提篮小卖即拥到窗前，比如蚌埠烧鸡、江南菱角，等等，充满生活气息，如今都不见踪影了。几番提速，现在全程才 20 个小时，停靠站也越来越少，绿皮火车的魅力也在逐步消失。只有老烟客最为满意的是，两节车厢交界处，仍镶嵌着铁制烟灰盒，仍可以在此吞云吐雾。

小龙猫漏过了黄河，长江也没看上，因为列车经过南京大桥已是深夜，他已进入梦乡。从下午 4 点多上火车到入睡，据小龙猫自己统计：爬了 12 次上铺，交了 3 个朋友。

我们两个车厢的老人，都是“孙经理”，一位 70 岁的奶奶带着 8 岁的孙子去福州女儿家玩，因孙子身高未达 1.2 米，祖孙俩竟挤一张卧铺。她告诉我，她与老伴都是武汉人，老伴在福州帮助女儿女婿，主要负责买菜煮饭和接送外孙女上下学。今年外孙女上高中，不用接送，老伴轻松了许多。她自孙子出生，就在北京照顾帮助，一晃 8 年，孙子跟她可亲热了。

幸好小龙猫他妈不在车上，否则，肯定说：老唐同志，你得努力向人家学习啊！

我也应该对客居北京的老姐姐、老姐夫说：你们还是很幸福的，可以一起当“孙经理”，按理应该留一个在福州帮助女儿。

2019 年夏

瞒着小龙猫去旅游

广东的福鼎商会邀请我参加辛丑年会，我很高兴。时逢大雪季节，闽东寒意阵阵，南粤温暖如春，借此机会，何不名正言顺重启自驾游，走一趟广东与海南岛，享受冬日暖阳。

外孙小龙猫 3 年前去福州上了小学，我与妻便经常自驾游，这本来名正言顺，但前段时间小龙猫对他妈妈发了一通牢骚，让我们有点莫名其妙地心虚：

“为什么大大婆婆（外公外婆）每天都在玩，全国各地玩。我读书多么辛苦，爸爸妈妈工作也很辛苦，他们为什么可以每天玩？我为什么不能像大大婆婆一样！”

小龙猫妈妈回答：“大大婆婆小时候读书很努力，年轻时工作很辛苦，现在退休了，当然可以每天玩。”

小龙猫不相信，反驳：“反正我从来没有看见他们工作过……”

哈哈！有理说不清。所以此番自驾游，只好让女儿告诉小龙猫，大大婆婆这一次是去广州开会。

爱好旅游是有遗传基因的。记得女儿当年在古田第一小学读一年级，她喜欢那里的老师和同学，我们将她转学宁德，担心闹情绪，便哄她，宁德有大海，你还没见过大海；还有南漈公园，比古田塔山漂亮多了，可以经常去玩。女儿春节过后转学到了宁德，恰逢春雨淅沥，连日不晴，难以出游。她吵吵嚷嚷，说我们是骗子。被逼无奈，只好 3 人一起穿上高筒雨靴，冒雨游南滦，留下一张全家照，至今看了都发笑。

女儿高考前一年元旦，我们几个老朋友一起去浙江石塘半岛，迎接新世纪第一缕阳光。大家都带着孩子去，我担心影响女儿备考，瞒着她。事后她抱怨，就是因为没有沐浴到 21 世纪第一缕阳光，所以考不上 985 和 211 大学。

女儿填报高考志愿时问我什么专业最适合她。我说，在高校花名册上认真找一找，看看有没有游山玩水或吃喝玩乐专业。这一句玩笑话倒是说准了，女儿大学毕业后，在某报社副刊负责休闲与美食专栏，忙得不亦乐乎。

女儿上大一那年暑假，要求一个人去北京参加新东方英语培训，说要励志考研，让我们好生欣慰。但她到了北京，经常翘课，热衷游玩，买了一张北京所有博物馆的套票和公交车月票，居然游览了大大小小几十个博物馆。我恍然大悟，只能夸她小小年纪，便可获得“主题旅游达人”称号。

小龙猫好玩基因青出于蓝。上幼儿园时，我们奖励他最有效的礼物，就是承诺外出旅游。上大班时也曾翘课，去了一趟番禺野生动物园与珠海海洋世界，回到家中，他告诉我们，不想上学了，还想去玩。他婆婆教导他要爱上学，做个好孩子。他回答：“我除了不爱上学，其他还是很好的，是个好孩子。”

是啊，童言无忌，一语惊人。凭什么好孩子的标准必须爱上学？

认真想想，小龙猫说他上学很辛苦，是大老实话，我感同身受。自从他到福州上小学，我们才陪读一周，就陪不下去了。且看现在小学生的日程表：早晨 7：00 准时起床，早餐时间必须抓紧，他妈妈还强调一定吃什么，不能吃什么。7：40 准时送他上学，看着他背一个大书包，好心疼。中午放学，委托“托管”接回，午餐时间相对宽松，但他不愿意午睡，几次较劲，我们以失败告终。下午1: 40又得送他上学，傍晚“托管”接回，在托管班做作业。晚上除检查他作业外，还有许多课外项目，比如功课“猿辅导”，每次一个半小时督促他在网上学习。还有网上“英语班”“绘画班”“写字班”。体能训练，每周各两个晚上“篮球班”和“滑轮班”。

周末，我们带小龙猫爬了一趟乌山，他妈妈赞誉有加，接着布置作业：“大大是个作家，可以教你写作文。下周末和下下周末去登于山和屏山，可以写3篇作文，总题目叫《三山是福州的标志》。”

如此这般，简直让人哭笑不得。这样的陪读，实在让“隔代亲”为难。当然，我得承认自己没有足够耐心与责任心，但首先令人深恶痛绝的是，当前的小学教育现状，就是愈演愈烈的一张“内卷”。有一位抨击者比喻得好：“有人让前排的孩子站起来听课，结果第二排、第三排，以至所有孩子都站起来听课，好像教育质量得到高度重视与提高……”

我曾在小龙猫面前回忆他妈妈上小学时的情景，感慨地说：“当时行署大院小孩从来不用大人陪着上学放学。小学生都把宿舍钥匙挂在脖子上，放学了自己回家开门。如果爸爸妈妈还没下班，自己就端着一块大碗上食堂买饭菜。你妈妈最喜欢买肉包，还可以一心三用，手捧一块大碗，一边走路一边吃肉包。我有几次早晨走进办公室，同事对我说：‘又看见你女儿把大院门口石头护栏当滑梯滑，滑了一趟还要滑第二趟。上学又要迟到了。’”小龙猫听了哈哈大笑，他妈妈不高兴了，私下对我严肃地说，小龙猫在场时，不许说她小时候的糗事。要说就说她从小如何努力学习，是个“学霸”。

所以至今，小龙猫心目中，他爸爸妈妈和婆婆一直是“学霸”，只有大大不是。

2021年夏，终于听到教育部极其严厉地宣布中小学生“双减”目标与措施，我为小龙猫深深松了口气。但他妈妈说：老唐同志，任重道远，咱们还不能松气。

我始终相信基因的力量无比强大，同时信奉“谋事在人，成事在天”的哲理。比如，我历来害怕数学课，努力了，进步还是不大。女儿也是数学课读不好，要怪只能怪我的基因。基因这东西很奇怪，一般是谁不好的，就传承谁的。女儿的妈妈一直是数学课代表，中小学名副其实“学霸”，可女儿并不传承她。值得高兴的是，小龙猫挺喜欢数学，数学成绩经常比语文好，略感庆幸，也许他外婆的良好基因终于发挥作用了。

其实，爱好游山玩水是大多数人的天性，“读万卷书，行万里路”是最具正能量的解读。

所以，小龙猫对大大婆婆的愤愤不平是有道理的。

2021 年 12 月

游学曾巩文化园

一

退休后，外出旅行已成为我与小龙猫外婆的常态，为此，小龙猫经常愤愤不平，认为，他最不喜欢的是没完没了的上学读书；最喜欢的是像我们一样，没完没了的旅行。于是，我与他外婆只好每个寒暑假都陪他旅行一趟，作为补偿。

今年寒假旅行的目标是以长沙市为中心，拓展到周边地区，行程 8 天。小龙猫挺厉害的，会自己做攻略了，比如橘子洲头伟人雕像、湖南博物院马王堆墓汉墓文物陈列、岳麓书院、韶山毛泽东故居，包括太平街夜市和每天必吃臭豆腐，等等，谋划得头头是道。

我们喜欢自驾。从福州至长沙路程 800 多公里，中途应选择投宿一站，附带游玩半日。我建议抚州市南丰县，那里有两大特产：南丰蜜橘和唐宋八大家的曾巩文化园。小龙猫妈妈十分赞同小学生去沾沾大师文气，称之“游学”。小龙猫一听不高兴，发牢骚：“我寒假的目标是游玩，不是学习，不准出现任何‘学’字。”

我只好告诉他，那个文化园其实就是游乐园，游山玩水为主。还有，唐宋八大家中，只有曾巩在福州当过市长，做过许多有益于老百姓的事，咱们游览过的乌山，如今还保存着他写的《道山亭记》碑刻。咱们是福州子民，应该顺路去看看老领导。

行车一路顺畅，午餐在闽赣边界的泰宁高速路服务区。现在咱厉害的国不仅高速公路四通八达，而且许多服务区修建得有如旅游区，尽展各地风味美食。小龙猫对泰宁辣子鸡赞不绝口，我对红烧鸭血甚是认可。我告诉小龙猫，此行的江西与湖南，皆乃无辣不欢之地，泰宁毗邻江西，深受影响。小龙猫竟然不怕辣。我夸之，引用伟人毛泽东语录："不吃辣椒不革命。"

二

驾车下丰城高速路口，导航曾巩文化园，3 公里车程。13 点半到达文化园门口，让我们仨眼睛一亮。我脱口赞叹：又是一个大手笔的仿古园林！

面前矗立一座巨大的、花岗岩石精雕细刻的、六柱五门的石牌坊，堪称巍峨壮丽。牌坊横匾上"曾巩文化园"五个大字古朴苍劲，为中书协顾问欧阳中石题写。正门居中的楹联："怀仁践德崇儒术，明道析言著文章"，料是概括了曾巩一生成就。

石牌坊右前方是一块 10 多米长的卧石，镌刻着"唐宋八大家"浮雕，可与石牌坊相互映照，相得益彰。

石牌坊之后是个大广场，广场中央伫立一尊高达 6.35 米的曾巩青铜像：头戴先生帽，身着宽长袍，手执书卷，神态严谨，诲人不倦，俨然是一位威严师长。这确实符合吾辈心目中曾巩形象。

铜像背后是一面景观墙，镌刻《局事帖》，这是迄今为止发现的唯一一件曾巩遗世作品。专家认为，是曾巩在通判越州任上写给同乡故人的一封信："局事多暇。动履褆福。去远诲论之益。忽忽三载之久。跧处穷徼。日迷汩于吏职之冗，固岂有乐意耶……"全文共 124 字，展示了曾巩的宦海生态、文学功底和书法造诣。2016 年，《局事帖》

公开拍卖，以2.07亿被华谊兄弟传媒董事长王中军收入囊中。称得上一字千金。

园内辟有一条“学道”，两旁矗立着曾氏家族名人石雕像，第一位是南丰曾氏开基祖曾洪立，唐昭宗朝代的南丰令。接着有曾巩的祖父曾致尧，大平兴国八年（983）进士；曾巩的胞弟曾布，与曾巩同榜进士，王安石变法的得力助手，宋徽宗朝官至右丞相；曾巩的最小胞弟曾肇，宋治平四年（1067）进士，《宋史》云：“肇以儒者面有能吏之才”等等。曾氏在南丰真是名门望族。

曾巩文化园创意颇佳，如，山水间错落有致地架起7座桥，分别以曾巩做过官的7个州命名，齐州桥、襄阳桥、亳州桥、明州桥、福州桥、越州桥、洪州桥。7座桥显然蕴涵着各地特有元素。

又如，用印谱形式，在大石碑上镌刻曾巩散文《墨池记》。园内有一方形水池，相传为曾巩小时候读书洗笔砚处，壁上“墨池”两字，相传为朱熹所题。曾巩所作名篇《墨池记》，灵感就来于此。现今只要读完九年级义务教育的学生，都读过《墨池记》。据悉，20世纪20年代的中小学国文读本就收录这篇课文。该文从传说中的王羲之墨池遗迹入笔，撇下“墨池”之真假不着一言，而是巧妙机智地借题发挥，切中主题：“则其所能，盖亦以精力自致者，非天成也。”重点论及王羲之成功取决于后天的不懈努力。实为一篇文情并茂而又议论风生、结构严谨、笔法活脱的优秀作品。

据悉，2019年，为迎接曾巩诞辰千年，当地耗资两亿元，在原有曾巩纪念馆的基础上，扩大建成占地计746亩的大项目。现为AAAA级景区。我们来访之日，阳光明媚，湛湛蓝天。登魁星楼俯瞰周遭，文化园尽收眼底，旁边的盱江绿水长流，隔江相望丰城县城，老城新楼，也是一道风景。

三

曾巩纪念馆为宋朝建筑风格，厚重大气，精雕细琢，古朴儒雅。曾巩一生事迹编排繁简有当，特色鲜明。

大厅伫立一尊曾巩塑像，背景是王安石对他评价的两句诗："曾子文章众无有，水之江汉星之斗。"诗的背景有故事，隐藏了曾巩焦头烂额的科举之路。曾巩 38 岁才考中进士，远不如苏轼兄弟和王安石，他们皆 20 岁左右，一考即中进士。曾巩屡试不中。那年又一次落榜归来，邻里有人写诗嘲笑曾巩两兄弟："三年一度举场开，落煞曾家两秀才。有似檐间双燕子，一双飞去一双来。"甚至诽谤曾巩不孝不悌。曾巩苦恼之极，写信给好友王安石诉说心事。王安石写诗《赠曾子固》，上述两句即是诗的首联。这对于身处困境的曾巩，无疑是最有力的声援。

有意思的是，曾巩兄弟与苏轼兄弟是同榜进士，但后人津津乐道的是苏轼与苏辙两兄弟的同榜光荣，而曾巩与曾布两兄弟同榜光荣似乎给忘了。也难怪，那一榜的学霸，后来牛气冲天者太多了，有以"横渠四句"（为天地立心，为生民立命，为往圣继绝学，为万世开太平）名满天下的张载，有著名理学家程颢，有曾献《平戎策》，北宋不可多得良将王韶，等等。

有人戏言，曾巩在唐宋八大家中，知名度最低。而他最高光的一次，是让苏轼因他丢掉了进士第一名的桂冠。此说确实是欧阳修老师亲口告知天下的。吾辈认真思考一下，欧阳修老师赞叹："这么漂亮的文章只能出自我的学生曾巩之笔！"不啻是对曾巩最高评价。

《曾巩传》对曾巩诗文评价很高："立言于欧阳修、王安石间，纡徐而不烦，简奥而不晦，卓然自成一家，可谓难矣。"

现代大学者钱锺书在《宋诗选注》中如是评价曾巩诗："在唐宋八大家中，曾巩的诗歌远比苏洵父子好，绝句的风致更比王安石有过之而无不及。”对钱大师的这段评价我看了一遍又一遍，特别是“远比苏洵父子好”，而不只是“远比苏洵好”，还是“远比苏轼苏辙好”，让我百思不得其解，说曾巩散文最好，还有情可原，诗歌怎么可能比苏东坡好呢？！

纪念馆展示出曾巩多首诗，姑且列举两首，其一《咏柳》：

乱条犹未变初黄，倚得东风势更狂。
解把飞花蒙日月，不知天地有清霜。

其二《谒李白墓》：

世间遗草三千首，林下荒坟二百年。
信矣辉光争日月，依然精爽动山川。
曾无近属持门户，空有乡人拂九筵。
顾我自惭才力薄，欲将何物吊前贤。

我以为，这两首诗确实皆属上乘之作，但无论如何还是比不上苏东坡的诗，比如苏诗：“不识庐山真面目，只缘身在此山中”“若把西湖比西子，淡妆浓抹总相宜”。可谓妇孺皆知，深入人心。

曾巩绝句的风致也不一定比王安石有过之而无不及。比如王安石七绝：“春风又绿江南岸，明月何时照我还。”“不畏浮云遮望眼，自缘身在最高层。”也是口口相传，有口皆碑。

钱大师太偏爱曾巩，还因之贬苏王，让我有点生气。

四

曾巩宦游七地，皆有政绩，可与苏轼相媲美。先任越州通判，虽政不专出，而州赖以治。他罢输钱之弊，组织救荒，治理鉴湖，治绩显著。接着知齐州，执政方针始于“严简”，终于“慈恕”，将“剧郡”齐州治理得井然有序。后来在襄州、洪州、福州、明州、亳州都能游刃有余，12年后重回京师，奋励数载，终卒于中书舍人的任上。

我作为福建人，对曾巩在福州任上业绩，观看得最为仔细。熙宁十年（1077）春，曾巩授直龙图阁，移知福州军州事兼福建路兵马钤辖。在福州，他治理寺庙，化解治安症结，废除陈规，维护百姓利益。

有意思的是，他花费相当多精力，为福建荔枝立名。曾巩发现，杜甫和白居易的咏荔枝诗都说荔枝酸甜，实际上福州荔枝甜而不酸，原来唐人写的多是巴蜀荔枝。曾巩写了《荔枝四首》，颇有意趣，其一：

金钗双捧玉纤纤，星宿光芒动宝奁。

解笑诗人夸博物，只知红颗味酸甜。

曾巩收集福建所产荔枝三十余种，编写了《荔枝录》，并逐一评价，新增了一品红、状元红等优良品种，补写了蔡襄《荔枝谱》的缺漏。

曾巩还写了一篇《福州拟贡荔枝状》，上报朝廷。

按今天的话说，为福建荔枝树立品牌，策划营销，曾巩可谓不遗余力。

走了一趟曾巩文化园，感触颇多，东拉西扯写了不少。其实我们仨就是游学，虽然小龙猫现在因“学”字讨厌游学，相信他长大以后，一定会喜欢上游学。那时，阅读外公的《游学曾巩文化园》，谅能为之会心一笑。

2025年1月20日

最喜长沙烟火味

临近蛇年春节，我们仨在长沙游玩了一周，送小龙猫返程前夕，我要求他将游玩景点，按自己喜欢程度，做个排名。小龙猫排名顺序是：太平老街、湖南博物院、韶山风景区、橘子洲头、岳麓书院、靖港古镇、杜甫江阁、开福寺。他将夜逛太平老街排名第一。

意料之外、情理之中。小孩也喜欢长沙烟火味。

太平老街与“文和友”

长沙城池始建于战国时期，据说，一开建，太平街就躺在那里了，屈指一算，已达2000余年，留存至今的贾谊故居就是最权威的标识。那故居历朝历代均修缮过，导游说达100趟以上。

文化即人。如果追溯长沙城的文化渊源，贾谊应算源头之一。所以，理应拜谒一下贾谊神像，沾沾这位英年早逝、司马迁将他与屈原合写一个传记、号称“屈贾”的大文豪的文气。但小龙猫忙得不亦乐乎，能让他站在贾谊故居门前照张相，已很给老夫面子了。他完全沉浸在五彩缤纷、吵吵嚷嚷、人潮如织、烟火味浓郁的街市氛围中。

主街全长三四百米，宽七八米，临街店铺上百家。街区内，小青瓦、坡屋顶、白瓦脊、封火墙、木门窗。老式公馆则保留了石库门、青砖墙、天井四合院、回楼护栏。门店多是老字号，有传统工艺品、文化休闲产业、特色旅游产品，更多的是各式各样的传统美食和现代饮料。2017 年，太平街被评选为大众点评必吃街。

小龙猫在太平街排了三次队，老字号“黑色经典——长沙臭豆腐”的队伍最长。据我们观察，长沙城数量最多的店铺（包括小摊），属卖臭豆腐，其次是名叫“茶颜悦色”的奶茶。小龙猫在长沙实现了每天吃一次臭豆腐的愿望，于是哪一天的好吃，哪一天的很一般，都有定论。我在他影响下，也从不置可否到吃得津津有味。小龙猫最后认定，从太平老街排长队才吃上的臭豆腐，口味特别好，我可能老了，味蕾不敏感，但也只能赞同：“确实好！”

“茶颜悦色”也排队，这种带甜的奶茶，完全不适合吾辈口味，实在没办法点赞。有趣的是，人的口味会改变，我年轻时喜欢吃辣，随着年纪渐大，越来越吃不了辣，说明老了，革命意志衰退。小龙猫在“袁吉虎烤鸡”店排队买来鸡腿，我尝了一小块，就被辣得咳个不停，只能不停地喝奶茶。小龙猫夸它比肯德基鸡味道好。说明中国辣美食完全可以打败这个称雄世界的洋玩意。

那日中午，我们仨穿越到了 20 世纪 80 年代的长沙街区，在一家“澡堂”旁边的饮食店，用了一次午餐。其实，这个“穿越”是在海信广场摩天大楼里“文和友”门店实现的。长沙人的创意实在大胆，选用摩天大楼的一个角落，把 5000 多平方米的五层楼，打造成一个完全是 20 世纪七八十年代市井风情的长沙街区，以饮食店和日用品杂货店为主。电线杆竖立街道上，电线横七竖八，穿街入店，木板门店烟熏火燎得斑驳沧桑，却吸引不少游客前来打卡，热闹程度不亚于太平老街。吃饭必须领了预约号，在门口竹椅上排排坐，等着叫号。

吃饭是坐着长板凳，围着四方桌，一副七八十年代的小饭馆摆设。小龙猫认真剥着每一只小龙虾，不时麻辣得呵气叹息，不亦乐乎。我咀嚼着一个粗制陶碗里仅半两份量的蒸笼米饭，猪油酱油混合盖浇，仿佛咀嚼出 20 世纪 60 年代中期我作为初中寄宿生，母亲为保证我发育正常，让带上一小瓶猪油与酱油混合的营养液，用于浇在食堂蒸出的米饭的美妙滋味。

改革开放四十多年，中国几乎所有的大小城市，翻新了又翻新，扩大了又扩大，如果不是刻意保存，哪能见到当年的市井风貌？长沙“文和友”的仿古怀旧市井风情，成了文创一张品牌。

湖南博物院

我们此番下榻桔子酒店，主要为了方便参观湖南博物院，徒步十多分钟即可。湖南博物院火爆的程度已达到需要一个星期前网上预约。

火爆原因大概有三：一有珍稀的马王堆汉墓文物；二是咱们国家真的有钱了，不必心疼白花花银子；三是大胆选用了世界著名的日本籍建筑设计师矶崎新。三者不可缺一，让湖南博物院挤进了中国八大博物院名单。

湖南博物馆始建于清光绪年间，但新馆建成于 2017 年底，将“馆”更名为“院”。改了一字，似乎典雅了许多。宣称：有馆藏文物 18 万余件。

伫立馆门前专用平台上，眺望新馆，据说，要看“悬浮”的多边形屋顶，和整个建筑外形象征着“鼎盛洞庭”。我看不懂这个伟大寓意，只感觉很壮丽、很漂亮。但在网络上，俯瞰新馆全貌，说像“辛追夫人”的棺慢慢放入椁的形态，一目了然，即刻看懂了。

1972 至 1974 年在长沙马王堆发掘的三座西汉古墓，出土了 3000 多件珍贵文物和一具保存完好的古尸，有明确的墓葬年代和墓主（辛追夫人）身份，在中国考古学史上具有里程碑意义。

馆内所有展厅都围绕一个中心空间布置，这个中心空间就是 1 ∶ 1 仿造的马王堆遗址。从一楼至三楼的通高设计让人直观地想受到其宏伟。参观从上至下，不用担心漏看什么。

马王堆出土的木俑很多，有的面部描绘得非常生动，大小不一，服饰不同，代表着不同等级、职业、身份。

精美丝织物的展厅灯光特别暗淡，是为了减少灯光对其损害。导游说，像这 2000 多年前、薄如蝉翼的衣服，现代技术也不可能复原了，因为蚕宝宝在进化过程中长肥了，再也吐不出那么细的丝线。我调侃小龙猫："蚕宝宝都胖了，何况我们小同学。"

各式各样的漆器餐具让人大开眼界，书有"君幸食"或"君幸酒"铭文，是奉劝墓主进食、进酒的敬语。西汉贵族，食品之丰、食法之精、食器之美，让人惊叹咱大国美食真是源远流长。

最令人震撼的是四重套棺，古人的智慧说明，它们确实能保肉身不朽。辛追夫人被命名为"马王堆尸"，与木乃伊、尸蜡、鞣尸、冰人等古尸类型并称。

其实，另外整整一层展厅的"湖南人——三湘历史文化陈列"，也很值得观看。印象深刻的有：称为"宁乡铜器群"商代青铜器，精美绝伦。湖南是最早驯化野生稻地区，难怪会诞生袁隆平这样的大师。湖南人从饭稻羹鱼，到食尚香辣，品味生活，器以载道。从礼乐青铜，楚汉漆木，长沙窑瓷，到耕读传家的明清宗族村落；从花间一壶酒，到竹下半碗茶，无一不是湖南风俗信仰与生活方式的凝结。

韶山风景区

长沙至韶山 70 多公里车程，途中拐个弯，经过花明楼景区，一天内可拜谒共和国两位主席故里。

我 1993 年春季初访韶山，于今 32 年过去，记忆犹新有：参观毛泽东故居和滴水洞、在毛家饭店吃一回红烧肉，还与那位毛阿姨合影。今日重游故地，感觉韶山扩大了好几倍，游客中心大楼和停车场的规模气派，可媲美咱宁德市高铁站。游客中心距离韶山冲约十公里，需改乘区间车大巴，也可租用小车。

现在景区中心是毛主席铜像广场。广场建成于毛主席100周年诞辰的1993年底。江泽民同志为毛主席铜像揭幕。我告诉小龙猫，那天发生了奇异现象，太阳和月亮同时出现，本来只有春天开放的杜鹃花，这年12月却满山遍野绽放。小龙猫说违反自然科学规律，是我瞎编的。幸好小车司机是韶山人，马上为我辩护，对龙猫说："你爷爷说得千真万确，我是亲眼所见。还有更神奇的事，江泽民为毛主席铜像揭幕之际，6只蝴蝶围着主席铜像翩翩起舞，那是主席6位牺牲的亲人化蝶而来。"

听到这奇闻，小龙猫无语了。但我看他神态仍是将信将疑，只能告诉他：人类破解宇宙之谜的能力还是有限的。

毛泽东遗物馆于2008年底建成，展出毛主席遗物一千余件，分为五个部分。毛主席在中南海生活工作了27年零3个月，留下大量遗物。1990年，中央办公厅将毛主席遗物移交韶山故里。展馆还将中南海的菊香书屋完整复制，卧室中一张大床铺着吾辈感觉熟悉的线毯，因为那种花纹、颜色、质地的线毯就是20世纪70年代老百姓家中常用品。

床铺半边都摆着书。伟人注定是孤独的，伟人老了只能与书为伴，拥书而眠。好在书中自有颜如玉。

小龙猫认真数了一下，床铺一边平叠4排书，另一边留着睡觉的铺位充其量平叠3排书。得出结论：书占领毛主席床铺七分之四位置。

毛主席外出视察喜欢住在火车上。有一张视察日程表，1959年10月至1960年3月，计5个月有余，从北京至杭州，从杭州至广州，从广州回北京，在杭州与广州住的时间较长，但在沿途停靠的地市，多住在火车上。

毛主席日常生活用品很吸引参观者：一件打满补丁的睡衣，陪伴主席近30个年头，1972年接见尼克松时穿过的中山装，生前用过的3个香烟盒、6个烟嘴以及烟灰缸，还有多件书信及诗词手迹，等等。

水滴映射光芒，平凡隐藏伟大，遗物守望历史，思想传承未来。

“韶山毛泽东同志纪念馆”坐落于广场旁边，是一座呈现民族风格，巍峨厚重的建筑，以“中国出了个毛泽东”为主题编排，很值得一看。

参观毛泽东同志故居需要排队40分钟。我问小车司机：“今天参观的人算多吗？”答：“不多也不少。现在韶山没有淡季，每天差不多都有这么多人。”

感觉故居门口的池塘似乎太工整了些，不如当年原生态更亲切。我告诉小龙猫：毛泽东少年时淘气，父亲追打他，他就扑通一声跳入池塘，游泳逃跑。父亲无可奈何，只好在岸上生气得直跺脚。小龙猫听了哈哈大笑，特地走到池塘边，用手撩撩水，说：“非常干净，适合游泳。”

我当年参观滴水洞感觉神秘，小龙猫并不觉得神秘，无非是修建得很工整和坚固的地下坑道而已。

1966年6月17日至28日，毛主席在此住了11天，称之为“西方的一个山洞”，吟成一首《七律·有所思》：

正是神都有事时，又来南国踏芳枝。
青松怒向苍天发，败叶纷随碧水驰。
一阵风雷惊世界，满街红绿走旌旗。
凭栏静听潇潇雨，故国人民有所思。
伟人心事很重，有几人知晓？

参观完“毛泽东遗物馆”已过中午，门口有个伶俐小姑娘盛情邀请我们去旁边餐馆用餐。我询问当年毛家饭店安在哉？答：“毛家饭店太远了，要走很久。你们不就想吃红烧肉吗？我们家的红烧肉也是招牌菜。”

我告诉小龙猫，到韶山一定要吃红烧肉。因为毛主席认为自己用脑过度了，补偿的最好办法，就是吃红烧肉。所以他老人家聪慧过人。

花明楼刘少奇故居所占的地盘不亚于韶山。当你乘着电瓶车，穿行于樟木林中，感觉这片树林特别清爽宜人。刘少奇铜像广场、纪念馆规模小于韶山，刘少奇故居与毛泽东故居十分相似，但规模大了许多，应该是家底也厚了许多。

花明楼参观者不少，但比起韶山，显然少了许多。

橘子洲头伟人塑像

在橘子洲头树立伟人塑像应是国人心心所向，众望所归，1993年春天，我与几位同事初莅长沙，慕名游览橘子洲，争相各抒己见便是论证之一。在此地树立一尊青年毛泽东塑像，并以“独立寒秋，湘江北去”的诗词创意也是不约而同的观点，但大概谁也没想到，许多年后，橘子洲头不仅顺从民意，还创造了世界最大尊的青年毛泽东塑像，让国人为之震撼和赞叹。

塑像高度32米、长83米、宽41米，寓意毛泽东32岁时写下这首著名的《沁园春·长沙》，逝世时83岁，担任中国共产党领袖41年。塑像基座3500平方米，由8000多块巨石拼接而成，总重量约2000吨。这些巨石采自福建永定，俗称“永定红”。这种红灰色的石头，对光线照射的稳定性强，在阳光下呈红灰色，下雨时则呈现饱满的红色，是国人喜欢的颜色，寓意“江山永定”。

飘逸的长发、英俊的脸庞、深邃的目光、睿智的思考，这是一尊励志的青年毛泽东塑像。毛泽东时年32岁，乃一介书生，可谓身无分文，更无一兵一卒，却发出了“问苍茫大地，谁主沉浮”的天问。这个“大背头”长发，无疑最具特色，突显出一个青年诗人，诗人中的政治家，政治家中的诗人。

我们来访之时，不是节假日，但伟人塑像周边却是人潮如织，想和伟人塑像单独合个影，很难如愿。长沙城的地铁在橘子洲专设停靠站，乘地铁进洲岛是游客最便捷的选择。橘子洲长达 5 千米，宽约百来米，是位于湘江中间的一个大公园，也是 AAAAA 级风景区，可容纳很多游客，但人潮就是喜欢汹涌澎湃到伟人塑像周边。

小龙猫特别兴奋，显然是被巨大的青年毛泽东塑像给震撼住了。我们仨逛到洲之头，倚靠在栏杆上，俯视近在咫尺的湘江北去。

我向小龙猫讲述毛主席一生都爱好游泳和情系橘子洲的故事：毛主席年轻时就喜欢在这里游泳，新中国成立后，他每次回湖南，只要时间允许，都会重游橘子洲，或在洲头前的湘江游泳，或登临橘子洲，据统计，从 1955 年至 1974 年，达 8 次。毛泽东诗词集的第一篇，即《沁园春 · 长沙》。

小龙猫问："毛主席站过我们站的地方吗？"我答："应该站过。橘子洲就像一艘航空母舰，这里是船头，我们体验一下乘风破浪。"

岳麓书院

橘子洲设有专线旅游中巴至岳麓山。岳麓书院位于岳麓山脚，面朝湘江，是中国历史上赫赫有名的四大书院之一，也是世界上最古老的学府之一。北宋祥符八年（1015），宋真宗召见岳麓山长周式，御笔赐书"岳麓书院"四字门额，悬挂至今。岳麓书院占地面积 3 万多平方米，现有建筑大都为明清遗物，古朴典雅，是全国重点文物保护单位。

如果说岳麓书院与中国其他著名古代书院不同之处，那就是自从清光绪二十九年（1903）改制为湖南高等学堂，至今仍是湖南大学属下的岳麓书院，下设中国哲学研究所、历史研究所、中国思想文化研究所、中国书院研究中心等多个部门，培养了不少研究生和博士生。可以理解为：古为今用——古代建筑与历史供人参观瞻仰，传统思想精髓让人传承发扬。

岳麓书院大门的一副对联气魄大名气大：“惟楚有材，于斯为盛”，上联出自《左传·襄公二十六年》，下联出自《论语·泰伯》，源出经典，联意关切，道出了岳麓书院乃至古楚地湖南英才辈出的历史事实。

由此想到钱锺书先生曾说过“中国有三个半人”，不知是妙论还是谬论？据说，钱先生是针对近代历史，强调两广人、湖南人、江浙人、和山东人（“半个人”）主导了中国政治舞台。

诠释如下：中国人眼界最开阔的地方，非两广莫属。两广先后涌现了领导太平天国运动的洪秀全、领导戊戌变法的康有为和领导辛亥革命的孙中山。他们登高一呼，无不深刻影响了中国近代历史进程。而其他在中国近代史上有一席之地的两广人，更是数不胜数。中国近代革命，也最先在两广地区打响，比如北伐战争，最终席卷中国，由此奠定了国民政府统一中国。

湖南也一直是中国近代革命的发源地，“一群湖南人，半部近代史”。最厉害的是，湖南人很会打仗，“无湘不成军”。打下了大半个中国的太平天国，最终是由湖南人曾国藩带领的湘军给打败。湖南人左宗棠，率领湘军收复新疆，成为近代最著名的民族英雄。如果延续到现代，更不得了，仅中华人民共和国缔造者毛泽东一人，就足以说明湖南的重要性，更何况，十大开国元帅，湖南人占 3 个；十大将军，湖南人占 6 个；57 个开国上将，湖南人占了 19 个。

江浙地区历来以富庶闻名，江浙财团在近代中国大名鼎鼎，蒋介石正是倚仗江浙财团为底气，一手枪杆子，一手钱袋子，才能名义上统一中国。民国期间，出身江浙的名人灿若星辰，对中国近代史影响深远。

山东代表着孔子和儒家文化，这是我们中国人骨子里无法去除的文化和信仰。经历了战乱不休，人们希望由大乱变大治，而此时，当然是由儒家文化出马。所以山东人算“半个”。

钱先生的“中国有三个半人”一说，流传甚广，蛮有意思，但如果要求六年级的小学生小龙猫理解，为时尚早。

杜甫江阁

长沙城之美，离不开湘江相伴。杜甫江阁临湘江而建，是一座高6层的仿唐阁楼，2005年建成。这20年来成为市民的休闲品茗和怀古揽江阁，自然也是游客的打卡点。

杜甫一生颠沛流离，饱经忧患，晚年三寓长沙，曾寄居湘江边的小楼阁，自称“江阁”，最终逝世于湘江之上，并为这个城市留下诗作五十余首。2002年长沙市政府决定修建杜甫江阁，以示纪念这位诗圣。

那日傍晚，我们仨漫步江滨路，顺着湘江北去走向杜甫江阁，接着继续前行。隔江就是橘子洲，临江风景很吸引人，不知不觉走了三千米多，从眺望青年毛泽东的“大背头”，直至清晰看到他棱角分明的侧脸。西岸沿江其实是个狭长的公园，沿途有跳广场舞的、摆地摊的、卖臭豆腐的、旅拍的、绘画的，等等，熙熙攘攘，繁华程度不亚于上海外滩，也让你分不清哪一拨是本地人，哪一拨是外地人。返程时与出租车司机聊天，他告诉我：长沙是一座名副其实的旅游城市，外地游客很多，他们大都冲着毛主席故里来的。毛主席去世了还为长沙人民造福。

江阁里的杜甫雕像一下子抓住我的眼球。那位历尽沧桑、瘦如枯枝的诗圣，手握诗卷、衣袂飞扬、眺望远方、望眼欲穿，“心忧天下”的形象跃然而出。旁边标注：雕刻师雷宜锌。我以为，如果橘子洲头青年毛泽东雕像设计者黎明，可名列长沙雕像第一大师，雷宜锌可名列第二。

小龙猫已是小学六年级学生，学过不少杜甫的诗，如：“好雨知时节，当春乃发生”“两只黄鹂鸣翠柳，一行白鹭上青天”“国破山河在，城春草木深”“出师未捷身先死，长使英雄泪满襟”等等。

在江阁四楼的“杜甫在湖湘”展示厅里，他高兴地指着《江南逢李龟年》说：“这一首我也学过。”

岐山宅里寻常见，崔九堂前几度闻。
正是江南好风景，落花时节又逢君。

我为小龙猫解读：流寓湖南的杜甫遇到了漂泊江南的老朋友、朝廷第一音乐家李龟年，非常高兴；你在长沙也遇到老朋友、杜甫在这里写的你课本上读到的诗，同样非常高兴。

靖港古镇

从长沙市区沿湘江向南驱车30多千米，即可抵达靖港古镇。它是长沙唯一的中国历史文化名镇，因唐朝李靖在此驻军而得名。近代以曾国藩率湘军迎战太平军的“靖港水战”而闻名。旅游推介词颇时髦：漂浮在湘江上的《清明上河图》。

古镇比较大、停车场比较大、游客集散中心也比较大。庆幸的是，我们来访之日，游客不太多也不太少，正是游览古镇的黄金时段。穿越“合掌街”至码头，再沿着与合掌街并行的临河街返回，约一千余米。沿街小桥流水、乌瓦粉墙、大户人家、小店作坊，纸伞、风筝、制鞋、圆木、卤味美食遍布，造船、制秤、铁艺、湘绣等传统技艺传承至今，花鼓戏、皮影戏、舞龙舞狮、划龙舟等非遗项目皆有展馆。半日之内，确实可寻觅“穿透历史的老长沙烟火盛景”。林林总总，虽有独特之处，但在我眼中，与许多江南水乡大同小异，倒是有一个红色名人故居，让我与妻不禁回首少年时光，感受到“落花时节又逢君”的心境。

原来，20世纪60年代，我们佩戴红领巾时，由学校组织观看的电影《革命家庭》，女主角即革命妈妈就是以靖港人陶承和她一家人的事迹改编的。陶承故居门口竖立一块暗红色大石，镌刻着王震将军题词“一家为大家”。故居里展示了陶承一家的革命事迹。陶承第一次国内战争时期就协助丈夫从事地下革命工作，直至1943年到延安，先后经历了丈夫和两个儿子为革命牺牲的严峻考验，强忍失去亲人的悲痛，坚持为革命工作。她将亲历写成《我的一家》一书，发行600多万册，北京电影制片厂将之改编成电影《革命家庭》，荣获第一届大众电影百花奖和莫斯科国际电影节奖。革命妈妈扮演者是著名演员于蓝，曾受到周恩来总理的接见和赞扬。

许多年后，不知小龙猫对靖港镇会留下什么记忆，但我俩的记忆，一定有陶承故居。旅行的快乐往往在于意料之外、意外收获。

古开福寺

开福寺是女儿建议去的，说长沙人迎接春节喜欢去开福寺祈福，十分喜庆热闹。

我不明白，开福寺为什么要加个“古”字，难道还有“新”开福寺吗？其实没有。但开福寺确实古。寺里开设了一个“古开福寺历史陈列馆”，简明扼要介绍了开福寺的起因与发展脉络。后唐五代时期开福寺奉临济宗，殿宇宏丽，千僧云集，为湖湘之首。现任住持能净是位女法师，1963年出生，31岁任住持至今，是湖南省妇联执委、长沙市人大代表，也是一位高僧大德，能够带领开福寺再创辉煌。能净法师还是开福寺碧湖诗社社长，她的《序言》写得文采飞扬：

始建于五代的开福寺，千年多来，历经沧桑而佛光璀璨，历代高僧大德开悟众生，始终成为古今湘楚大地的佛教名片，成为普罗大众心目中一脉不息的温暖……

古开福寺的腊梅颇有名气。我们虽然错过了盛开期，但枝头仍缀满黄澄澄的花朵，飘来缕缕暗香，底色是寺院红墙，与腊梅相映生辉，也是一脉不息的温暖。

在露天观音雕像脚下的莲花池里扔个硬币，是祈福；在弥勒佛前举个福字，是祈福；在大雄宝殿里领个福袋，是祈福……

古开福寺祈福为长沙之旅圆满收官。

2025 年 2 月

附录

文化行者的追求与快乐

邱景华

近些年，唐颐的人和文，让我真切地感到：文化行者与文化学者的不同。

文化学者所研究的是文献里的历史文化，他们多半是在书斋里做学问，皓首穷经；而文化行者所关注的则是当代“活”的文化，他不是在书斋里研究，而是在大地上风尘仆仆地行走，看大地上的自然景观和人文景观。但文化行者又不是一般的旅行者，他能在自然景观和人文景观中，深入探究和挖掘积淀在其中的文化内涵，辨析各地文化的独特性、差异性和多元性。

如果说，“行万里路，读万卷书”是古代士人学习的传统方法，那么这种传统的学习过程，行与读常常是分开的，即分阶段完成的。而对文化行者来说，行与读是不可分开，必须融合在一起。行，就是旅行中的实地考察；读，就是读所到地域相关的文化史料和文献资料。“行读”还与“写”结合在一起，就是把边走边读过程中的所见所闻所思，写成系列的雅俗共赏的文化游记。

这样，作为一个旅行整体的边走边读边写，就成就了一个文化行者的追求与快乐。

一

远方有诗，诗在远方，去追寻远方的诗，是许多文学青年的梦想。唐颐认为：“诗与远方”是潜藏在每个人的基因里，关键在于如何把它激发出来。

1981年秋，作为福建师范大学中文系学生的唐颐，来到永安一中实习。桃源洞是永安著名的自然名胜，400多年前，徐霞客曾来到桃源洞探险，并在游记中写下桃源洞的奇景。永安一中的老师带着唐颐游览了桃源洞，并推荐他阅读《徐霞客游记》。这一看，他就入迷了。他后来写道：“永安实习之后，《徐霞客游记》摆上我的案头，从此成了一直跟随左右的读本。”

《徐霞客游记》是对唐颐“诗与远方”梦想的激活，从此一个志向在他心中暗暗形成：做一个当代的徐霞客。他生性好动，年轻时喜欢爬山，热爱大自然，喜欢自由地行走，不怕旅途的艰险和困苦，有冒险精神，这些都是旅行家的基本素质。他说：“徐公每一次户外考察，几乎都有探险经历。他似乎与生俱来就有一种无历险不快乐、无探险不过瘾的行为。”

唐颐也具备这种探险爱好和冒险精神。他在《自古华山一条路》中，以自己亲身历险经历，弥补了《徐霞客游记》对华山过于简略的记录。到华山北峰的棋盘台，必须攀爬一段名曰“鹞子翻身”的险道。那险道在悬崖上，只有一条铁索凌空，不见路径，唯有面壁挽索，以脚尖探寻石窝，有如鹰鹞一般左右翻转身子才下得去。400多年前，徐霞客下去；400年后，追随徐公足迹的唐颐，也下去了。

“华山天险”号称华山第一险道，它开凿于南峰山腰之间，上下皆是刀削般的悬崖峭壁。“分为三段栈道，均需手挽铁索，面壁贴腹而行，望之森森，登之危危。”《徐霞客游记》中没有记载徐公是否攀登。

唐颐说，他要替徐公一试，冒险下去了。那一年唐颐 41 岁，同行的年轻人手脚发软，只能坐着看老大哥施展敏捷的身手，在悬崖峭壁上上下下，叹为观止。

具备这样的胆识、体力和冒险精神，才能做一个不畏艰险的旅行家。

从读大学开始，唐颐就喜欢文学和历史。工作后，他从不间断地阅读和积累，形成比较深厚的文史修养。他喜欢对所在地域文化的收集和研究，并且四处走动，把地方文献与旅行考察结合起来，这样他就不同于一般的旅行者。特别是退休后，自驾游成了他的最爱，他开始全国性地边走边读边写。徐霞客的精神早已在他心里扎根，又得益于现代社会交通便利，他的足迹大大胜过徐公，走遍华夏并走向世界……

唐颐退休后的十多年间，在不停地边走边读边写中，视野更加开阔，感觉更加敏锐，气魄也更加雄健。他经历了长期旅途的艰辛，但途中的夜晚再累，也要坚持写日记；每次出发前和回家后，都要伏案研读史料……如今，一路上的风风雨雨都过去了，彩虹却留在文字里，他捧出《唐颐行读文存》8 册，200 多万字，洋洋大观……

一个文化行者的追求与快乐形象，跃然而出！

二

《唐颐行读文存》（以下简称《文存》）其中两册是《边走边读徐霞客》《边走边读苏东坡》。这两册是《文存》重心所在，也是作者用力最多的。唐颐是在重踏徐霞客和苏东坡走过的路上，边走边读边写。这其实是一种对历史名人的综合性研究。前者厚厚的一册，凝结着作者的多少心血。对徐霞客旅行路线的考察，对他旅行中所经历事件的考证和分析，都超过一般学者的论述。花这样大的工夫，不仅仅是对文献的梳理，而是通过重踏徐霞客旅行的足迹，与《徐霞客游记》结合起来，深入探究徐霞客丰富和复杂的内心世界，重新塑造这个大旅行家有温度有情感的奇志和性格。其二，这种重踏，把《徐霞客游记》中相关内容与唐颐的实地考察，进行古今对比，形成他笔下游记新的内容，既有历史沧桑感、文化感，又有时代感。唐颐充满深情的抒写，提供了一个新的角度，让今天的读者更好地理解400年前的奇人徐公。

除了徐霞客，唐颐还痴迷苏东坡。很多人喜爱苏东坡，主要是通过阅读他的诗文去认识他。而唐颐却是重踏苏东坡走过的路，追踪苏公一生的足迹，在边走边读中，去接近一个从生存困境乃至绝境中超脱出来的伟大的自由心灵。唐颐年轻时也喜欢秦观的词，但不喜欢秦观忧愁的性格，认为他不能像苏老师那样豁达开朗。唐颐也有近似苏东坡的性格，具有明智通达的特点，自然有诸多的相通和共鸣。所以，他也是苏东坡的“粉丝”。

但许多人都写过苏东坡，唐颐还能写出新意吗?

唐颐崇拜苏东坡，还有一个重要原因，就是苏东坡曾几次任太守，在为官任上为百姓办实事办好事。因为唐颐也曾是基层官员，特别关注苏东坡的政绩。他认为，苏东坡与白居易、李白相比，他的行政能力最强，白居易次之，李白最差。唐颐这样写道：“民情、民意、民生，似乎无关风雅，但能时刻挂在心头，应是地方官最大风雅。”（《扬州风雅贯古今》）苏东坡的风雅，并不只是文才的盖世，还有为官留下的政绩。所谓“政声人去后”。

比如，苏东坡任定州太守，时间虽短，但做了诸多好事，却在定州任上被贬。百姓自动组织起来，堵住城门，不让苏公走，也不让皇差走，要讨个说法；还做了一把万民伞，在伞上签名请愿。后来在苏东坡的一再劝说下，老百姓才让皇差出城，仍然不让苏公走。相传第二天黎明，苏东坡悄悄离开，但还是被百姓发觉，不让他走。苏东坡苦口婆心说服大家，最后，老百姓要求苏知州扒下老靴子，穿上百姓赠送的新靴子上路。那双老靴子被供奉在城门楼上，作为纪念。这便是定州流传至今的“苏东坡扒靴”的故事。写到这里，唐颐还对苏东坡的无奈，作了更深一层的分析：“在政治斗争面前，民意算什么呢？老百姓拥戴又算什么呢？弄不好，老百姓自发的场面会被认为是你鼓动教唆的，这不是违抗圣命，罪上加罪吗？”苏东坡的悲剧，得到了深刻的揭示。

唐颐不仅关注苏东坡和徐霞客这样的历史名人，关注传统文化留在大地上的“文脉”，而且对所到之处的现代科学文化倍感兴趣。换言之，对科学知识和理性精神的热爱和展示，为《唐颐行读文存》增添了鲜活的新文化形态。

《腾冲有一条“胡焕庸线”》，写得特别新奇，富有启示。许多人不知道，腾冲是中国一条著名的人口地理分界线。这条看不见的中国人口地理分界线，被国际人口地理学界命名为“胡焕庸线”。“1935年，36岁的胡焕庸用一把尺子，在中国地图上，画下这条大致倾斜45度的直线。就这么神奇一画，画出了中国人口密度的对比线：线的东南方36%国土居住96%人口。”后来的研究者不断发现，“胡焕庸线”也是一条自然地理分界线。它基本上和我国400毫米等降水量线重合，两边地理、气候迥异，是半湿润与半干旱地区的标志。它还是一条历史地理分界线，这条线几乎成了中原王朝控制疆域的边界线，是汉民族与其他民族战争与和平的生命线。近些年，有许多人不断发现“它”的西面是唐代边塞诗歌吟的大漠落日、古来征战地；东面则是田园诗人笔下的江南风光。社会学研究者发现，它的东部是农耕的、宗法的、科举的、儒教的；而它的西部是游牧狩猎的、部族的、崇武的、多元信仰的……

这条神奇的“胡焕庸线”，400年前的徐霞客是不可能发现的，它需要现代的科学知识。今天，唐颐把它写出来，而且作为文存中一册《行读“胡焕庸线”西面风景》。他从腾冲自驾车出发，沿着川藏线一路前行，进入西藏，又顺着青藏线，到格尔木，再进入新疆、内蒙……有了“胡焕庸线”作为背景，对它西面辽阔而奇异的地域和风景，就有了另一种的理解和认识。

到了甘肃，唐颐专程参观酒泉卫星发射中心的航天城。这里是我国综合性导弹卫星的发射中心，是唯一的载人航天发射场。2003年10月15日中国第一艘载人飞船——“神舟”五号，乘载着航天员杨利伟，在酒泉发射成功。现在，“把‘神舟’五号送上天的发射塔，现已成为文物，专供游客参观。浅蓝色的巍巍高塔矗立在戈壁滩上，与作为底色的蓝天几乎融为一体，由远及近走向它，显然比电视上逐步推进的镜头真实”。

酒泉中国航天历史展示馆里珍藏着杨利伟着陆的返回舱，“一个直径2.40米的球状体，舱壁上有两个圆形窗口，银灰色，外表斑驳陆离，明显火燎烟熏过的痕迹。令人联想起孙悟空被太上老君投入八卦炉冶炼的场景”，杨利伟就藏身在这个小小的球舱，从太空飞回到大地。

《唐颐行读文存》记录了许多红色文化，描述了留在各地的英雄故事和足迹。

2019年，唐颐与妻子一起瞻仰红军长征突破湘江烈士纪念园。1934年冬，中央红军长征到湘桂边界，国民党集中了30万兵力，欲凭湘江天险，全歼红军。经历浴血奋战的七个昼夜，红军将士以牺牲过半的沉重代价突破湘江防线，继续北上抗日。唐颐细细地记述了他们在纪念馆里，所看到的可歌可泣的悲壮历史。

湘江之岸浯溪，是革命家陶铸的家乡。唐颐夫妻拜谒了浯溪公园的陶铸坐像，参观了陶铸纪念馆。他想起年轻时读过的陶铸名篇《松树的风格》《理想、情操、精神生活》，为陶铸的思想境界和才情所折服。特别是看到陶铸在动荡年代写给夫人曾志的诀别诗里的名句“心底无私天地宽”，他再一次为之感动。陶铸和曾志曾是闽东苏区的开创者，作者还写了曾志和陶斯亮一家与闽东的革命情缘。

《行读五洲万象》是一册域外游记。唐颐记述在非洲、亚洲、欧洲等各国的游历。在非洲的肯尼亚大草原，他看到角马奔腾的壮观无比的大场面。他仰望海明威笔下的乞力马扎罗的雪山，沉迷于这个“赤道雪山”的奇观。在伊斯坦布尔，他细致地写下在本地大巴扎购物的经历和奇闻。在意大利，他坐着翘尾的彩船，穿过一座座形状各异的小桥，欣赏水城威尼斯的奇特风光。

唐颐笔下最有特色的写法，是将自己经历中与外国文化有关的内容，结合起来写，在两者之间建立起文化交流的桥梁。比如，写布拉格，从自己早年收藏的与布拉格有关的邮票说起，再写到出生在布拉格的作家卡夫卡，接着写根据米兰·昆德拉小说改编的电影《布拉格之恋》。又如到匈牙利的布达佩斯，他从早年读过的中国诗人殷夫用格律诗所译的裴多菲诗“生命诚可贵，爱情价更高”写起，再说到1957年“匈牙利俱乐部”的纳吉……这样写来，因为有了这些中国读者熟悉的人文内容，原本陌生的外国，不再陌生，而且有了亲切之感。

《唐颐行读文存》8册，内容繁复多样，展示了作者视野的开阔和精神世界的博大。他从闽东写起，扩大到福建，再写到全国各地，最后是五洲万象，展示了一幅幅万象纷呈、五彩缤纷的长卷。人在大地上旅行，就是不断走出边界、走出国界的隔离，不断进行不同文化之间的交流和融合，才会有人类文化的共同体验。

三

从唐颐的散文创作历程上看，2006年出版的《树犹如此》散文集，让原本熟悉他的人，惊奇地看到一个陌生的散文作家的新面孔。随后的《二十八个人的闽东》《闽东纪事》，从文化视角，通过闽东历史人物，对地域的历史和文化作了深入的探寻。善于对所处地域“文脉”的梳理和挖掘，成为他散文创作的一个特点。

但他的散文创作并不局限于闽东，2016出版的《寻找苏联记忆》，是他旅游散文的开端之作。它不同于一般的域外游记，因为作者这一代人曾经接受“苏联文化”和俄罗斯古典文学的教育，现在他通过20天的俄罗斯行旅，来寻找记忆中的俄罗斯文学和苏联印迹。

同年出版的《山水有道》散文集，是八闽采风的游记，也是“行读”的开始。

“行读”作为唐颐一种新的创作方式，它与文化学者在书斋里的“神游”是大不一样的，也没有那种掉书袋的学究气。后者关注的是文献所记录的史实，而前者则是通过实地考察，把眼见的“实物”与历史文献的相关内容，进行对比、联想和思考，产生一种理性分析。这得益于他丰富的人生阅历，对人性深刻的理解。即使是对他所崇敬的徐公和苏公，也同样是用他的慧眼来观照来分析，并不盲目崇拜。

他专门写了《徐霞客与静闻和尚》，通过两人的关系，来探究徐霞客的内心世界。静闻和尚是虔诚的佛教徒，曾刺血写一部《华严经》，想供奉大理鸡足山寺迦叶菩萨道场，所以与徐霞客同行。在一次旅途中，乘船在江中遇强盗时，他用性命保存了徐霞客的手稿，自己身负重伤。但他性格执拗、迂腐，是一个书呆子。在长途旅行中与徐霞客产生过误会和冲突。静闻负伤后，抱病跟随徐公离开桂林，身体越来越差，渴望早日朝拜鸡足山，献上血经，以偿夙愿。“但徐公一进向粤西，似乎完全沉醉在喀斯特地貌之中”，在桂林考察五十多日。但此时的静闻已经不能再等待，在病榻上再三向徐公索求布鞋和衡山茶，就是准备痊愈后，独自上鸡足山。徐公虽然明白静闻的心思，但考察喀斯特地貌是他的重要事业，不可能放弃，只能对不起静闻了。“伟人对认定的事业永远执着，或者也可以理解为偏执。”待他75天后回到南宁，静闻已经不幸在暂住的寺庙抱恨病逝。徐霞客感到愧疚、自责、悲痛，写下泣血之作痛悼静闻，并历尽艰难，从寺庙讨回静闻的遗骨，护送到鸡足山寺下葬佛塔。这篇佳作，在史料基础上真实地刻画和分析了徐公与静闻的各自性格、两人不同信仰的错位而产生的悲剧，感人至深，表现了唐颐的理性穿透力。

又如，唐颐到惠州，专程拜谒朝云墓。当年苏东坡万里投荒到惠州，已年近花甲，身边的丫头和家仆纷纷离开。只有三十出头的王朝云，不离不弃始终陪伴在苏东坡左右。不幸的是一场瘟疫夺走了她34岁的如花生命。王朝云的忠贞和痴情，感动了一代又一代的惠州百姓，感动了一代又一代的文人墨客。当然，最感动的应该是苏东坡，写诗称赞她是患难与共的知己，是慰藉他心灵伤痛的天上仙女……

可是，如此感动如此深爱朝云的苏公，为什么生前和死后都不给她“扶正”？

当唐颐看到王朝云墓碑上写着“苏文忠公待妾王氏朝云之墓”，他对“待妾”提出质疑：“王朝云死后仍没有夫人的名分，让人弄不明白，苏东坡为何如此？从礼仪上说是没有障碍的，因为王闰之夫人已去世多年；从感情上说，朝云于苏东坡心目中是实际上的夫人加仙女。这也许是个千古之谜吧。”作者没有给出答案，而是用含蓄的质疑，把读者引向对苏东坡内心复杂性的思考。

这样独立思考的理性分析，源自史料又大大超越了史料，是唐颐散文中最为精彩最为闪光的内容。正因此，使他超越了“粉丝”的低层次，表现出一个文化行者的思想高度。

《唐颐行读文存》不是追随那种曾经流行的学者长篇文化散文的写法，而是承继《徐霞客游记》的日记体，精短、简洁，追求纪实性和审美性的融合。在他的笔下，简练古朴的句式，和当代流行的口语融合在一起。也像徐霞客一样，不用过多的抒情和文采。文中引述《徐霞客游记》时，还把其中一些古奥难懂的段落，译成现代语言。可见，他是写给热爱“文旅”的普通读者看的。所以他的语言讲究浅白、朴实、生动，充盈着一种新鲜活泼的情趣，追求一种雅俗共赏的艺术效果。这样，就形成《唐颐行读文存》“好读”和“好看”的艺术特点：“好读”，就是上面所说的语言特色；“好看”，是书中的内容，是旅途所见所闻的美丽山水和新奇有趣的故事。这就是唐颐游记散文的艺术魅力。

唐颐退休前，只能利用节假日外出旅行。2013 年退休后，他成了专业的旅行家。生命不但没有因为退休而衰老，反而爆发出令人惊叹的活力。他年近七旬，还自驾游到西藏，在世界屋脊驰骋。他的生命力更加充沛，胆识和气魄更大。与此同时，他走到哪里，也写到哪里，游记散文创作出现了“井喷”，写出了 8 册的《唐颐行读文存》。退休后的唐颐，那种充满青春激情的再出发，那种焕发着生命力的豪情和喷涌而出的灵感才华，让众人惊讶，令文友们羡慕。

2025 年的春天，这位年过七旬的“三游斋老夫”，又与妻子一起“自驾游”。坐在副驾驶位的永远是他的爱妻。这是唐颐旅行的一个特点：与妻子同行。他称为“余生伴侣逍遥游”。在高原山风的吹拂下，他手握方向盘，兴致勃勃地驰骋在川西大地上……一路上，他们是多么欢畅，那是一种能按照自己的理想生活，从内心涌出的真正快意！

记得 2016 年，唐颐赠我新作《寻找苏联记忆》，那次我正好乘动车从宁德到厦门，就在车上展读。伴随着动车轻微的节奏感，我仿佛也是乘着列车，追随唐颐到俄罗斯旅游，去寻找我们这一代人的“苏联记忆”。那种美好的读书场景，一直留在我的记忆中……

我与唐颐同龄，但很少出门，是个孤陋寡闻的文弱“宅男”。唐颐的勇气、胆识和生命的活力，是我望尘莫及的。这一次在家中通读《唐颐行读文存》，我感到又是一次跟随着他去快乐地“神游”，而这一次的文化之旅，时间更长，路途更遥远、更美好……

2025 年盛夏